危險詭計

DANGEROUS
DECEPTION

卡蜜・嘉西亞 & 瑪格麗特・史托爾
KAMI GARCIA & MARGARET STOHL

給諾斯與佛珞依德，
因為愛一個不屬於你的人
並不容易。
也獻給無論如何都愛著他們的——
各位讀者。

你能墮入並存活的黑暗之深，
等同於你能伸手觸及的高度。

——老普林尼

之前
林克

愛，就是徹頭徹尾的瘋狂，對吧？

尤其是你還在念高中就遇到了想共度一生的另一半，很瘋狂吧？這個女孩會硬生生擠進你的自傳裡，占掉比你爸媽、你的車還有你最好的哥們更多章節，你說不瘋狂嗎？而且這女孩根本是惡魔撒旦的好麻吉——至少，石牆中學家長是這麼說的。

萊德莉．杜凱在每個男生的媽媽眼裡，就是一場噩夢——而且是跟她們兒子風格迥然不同的噩夢。我這樣說吧：還跑得動就趕快跑，別用走的，因為你一旦暴露在女妖的魅力下，就再也別想忘了她。

如果哪天有人發明萊德莉．杜凱的疫苗，我一定會搶第一個排隊接種。

然而一旦你接觸到她，事情就麻煩了。萊就像探索頻道整天講個沒完的殺人病毒一樣，她能改變一切——包括你在內的一切。

我想表達的是，對我來說已經太遲了，我現在就像開著一輛沒有剎車的車，在一條沒有紅綠燈的單行道上前進。最狂的是，我還不想回頭——換成是你也不會想回頭的，這種事情不用巫師心情戒指你也該知道。

因為這世界上有三種女孩。

好女孩。

壞女孩。

還有萊德莉‧杜凱。

萊德莉自己獨樹一幟，也當之無愧。她可能前一秒讓你在她窗戶外面偷窺，下一秒就直接在你面前把門摔上；她愛幹麼就幹麼，愛說啥就說啥，結果像我這樣墜入愛河的男生還是傻傻地為她寫情歌。

她確實把我唬得一愣一愣的，騙我跟她一起來紐約、騙我加入黑暗巫師組成的樂團，甚至還假裝這一切都是為了實現我的夢想，而不是還清她欠雷諾斯‧蓋茲的賭債。玩巫師撲克牌遊戲的時候，應該沒幾個女孩會拿她男朋友的未來對賭吧？我就說，徹頭徹尾的瘋狂。

那你猜猜看，還有什麼比這更瘋狂的？我告訴你，這個女孩不在你身邊破壞你的人生時，你卻會覺得人生失去了意義。

不過現在說這個還太早。

一切得從那場大火說起……

第一章 諾斯

火焰之環

諾斯恢復意識時，發現自己倒在運動休旅車後座的地板上。記憶中最後一幕，是休旅車駛離被大火焚盡的媚妖俱樂部……他被西拉的手下痛揍了一頓，就不省人事了。

不過，這些都不重要就是了。

他在俱樂部的火海中吸入太多濃煙，後來又經兩個黑暗巫師拳打腳踢，可能已經瀕臨極限。即使不是凡人，他也是有極限的。

汽車停止前進，片刻後司機打開車門，刺眼陽光令諾斯眼前一片空白。

西拉·雷下了車，叼著雪茄居高臨下瞅著他。「小鬼，雖然我想說我這段時間玩得很盡興，不過老實說，你主要的作用就是浪費我的時間而已。」他朝諾斯彈了彈雪茄，差幾公分就要彈到他的臉。「你也白白浪費了你巫師的資質……不過你既然是婊子的兒子，我也不能抱太高的期望，是吧。」

「好好笑啊，我從來沒聽過這個笑話呢。」

西拉猛地一拳打在他臉上，諾斯的臉頰多了斑斑血跡。

諾斯捏緊雙拳，但他並沒有行動，因為已經沒有意義了。萊德莉已經安全逃離此處，他現在就是挨揍也要拿出男子氣概。在他選擇違背承諾，選擇放火燒了媚妖俱樂部，而不是將萊德莉與那個四分之一混種夢魔交給西拉・雷時，他就明白事態會演變成這樣。

但是西拉，我向天發誓，總有一天我會殺了你。到時候你就可以去冥界，和亞伯一起爛在那裡了。

西拉站在暗巷陰影中。「今天就是你這輩子最後一天了，下輩子再見，小鬼。」他摔上車門，而後司機駛離路邊。

西拉一離開，真正的狂風暴雨便揭開序幕。頭部被重擊幾下之後，諾斯連自己的名字都快記不得了，更慘的是，他對自己目前所在位置全然不知，也不曉得他將會被帶去什麼地方。

諾斯猜是去河邊。說不定他們會把他像小貓一樣裝袋子裡扔了。

這麼輕鬆就解脫了？我運氣有那麼好嗎？

此時休旅車遇到紅燈，停在路口。

諾斯能遠遠望見俱樂部上方濃煙，正當他愣愣盯著那朵煙雲時，身旁的車窗突然碎裂。

一隻餐盤大小的手打穿了玻璃。

山普森將西拉其中一名手下從窗口拖出去，隨即在司機回過神之前開啟門鎖。司機沒有踩油門快跑，反而愚蠢地下車，想赤手空拳打敗兩米高的暗黑之子——一位怒不可遏的暗黑之子。

下錯棋了，兄弟。

後座還有一個混混守著諾斯，他也跳出車加入戰局，結果被山普森丟出去撞招牌，臉上的傷幾乎與山普森手上的傷一樣嚴重。諾斯爬出休旅車，跌跌撞撞地站起身，不過戰鬥已經結束了。司機與一個混混重傷昏迷，山普森用穿著十五號紅翼鞋的腳狠狠一踩，解決了被招牌撞得血流不止的另一名混混。

暗黑之子抓住諾斯手臂，將他推上運動休旅車的副駕駛座。「不客氣。現在快給我上車。」

「山普，你的手。」諾斯話都快說不清了，只能指著友人傷痕累累的皮膚與沿著手臂淌下的鮮血。

山普森倉促脫下無袖上衣，再拉好他穿在裡面的性手槍樂團上衣。「包住我的手指，但別包太緊，等我們離開這地方我再來處理。」

「我欠你一個人情。」諾斯用鑷子挑出山普森手上的玻璃渣說道，不過他塞了很多紗布在鼻孔裡止血，山普森可能聽不懂他在說什麼。

甩掉西拉的手下後，諾斯去最近一間杜安里德藥局買了急救包，他們此刻停在賓州車站附近一座髒兮兮的長期停車場。諾斯感覺身體狀態到達今日的顛峰——一隻眼睛幾乎能看見東西，牙齒都還健在，沒被西拉的爪牙打掉。

小確幸，小確幸。

「一個？」諾斯挑出一塊較大的碎玻璃，使山普森整張臉一抽。「你現在應該欠我三、四個人情了吧，老闆。」高大的暗黑之子說。

「你不用叫我老闆了，反正現在俱樂部沒了，我要是再開一間新的，基本上就是邀請西拉來殺我。」

「你應該說，『再』邀請一次。」山普森並沒有露出笑容。

諾斯不理他，隨手將一塊碎玻璃丟到儀表板上。「所以你如果冒生命危險來救我是為了保住工作，那我也沒辦法了。」

山普森一咬牙。「這世界上除了紐約之外還有很多城市。如果你認為我是為了一份爛工作才救你一命，還偷了西拉·雷的車，那你也太不懂我了。」

諾斯瞬間感覺自己是白痴。「抱歉，山普。」

「算了。那些人沒在我趕到之前宰了你，你就該偷笑了。」

諾斯知道山普森說得對，但他一點都不認為自己很幸運。活著和幸運是兩回事，一個人失去了他此生唯一在乎過的女孩，還能說他幸運嗎？

諾斯拿起一瓶雙氧水，倒在山普森粗糙的手上。「我覺得都挑乾淨了。」

「把它包起來就好。」山普森說。「暗黑之子恢復力很強。」

諾斯將一整捲紗布纏在友人手上，直到山普森看起來有那麼點像職業拳擊手。

山普森指向諾斯的臉。「你臉頰上的傷口最好消毒一下，縫個幾針。漂亮小白臉多了疤痕就不漂亮了。」

「是嗎？」諾斯翻開遮陽板的鏡子，表情一僵。他看上去悽慘無比，被西拉揍了一拳之後臉上多了一道血淋淋的傷口。「誰曉得呢？我覺得考慮到現在各種因素，我還滿好看的啊。」

「以漢堡肉的標準來說也許很好看——而且是半生不熟的漢堡肉。快把它縫好。」

山普森旋開外用酒精的瓶蓋。「雙氧水用完了，你得拿出男子漢大丈夫的勇氣撐過去囉。」

諾斯從急救包裡找出針，在針上淋滿酒精。他已經做好疼痛的心理準備了。

但在山普森點燃打火機的同時，火光映入諾斯眼簾，他感受到的是全然不同的感覺。酒精刺痛了諾斯的肌膚，眼前的世界緩緩消失……

火光觸發了諾斯的預知能力，幻影如潮水般襲來。

熊熊大火……

萊德莉的尖叫聲……

恐懼。

這一次，他聽見撞擊聲。

金屬擠壓的聲音。

剎車尖銳的鳴聲。

最後傳入耳裡的聲響，彷彿有隻腳重重踹在他腹部。那是一首歌——《天堂之梯》。

諾斯先前便用預知幻象看出了一些頭緒，但之前的幻象中細節不夠清晰，那一直都是模糊不清的未來。但現在，未來已成現實。

這是他竭力想避免的結果，如果他能早些將線索拼湊起來就好了。

到頭來，他並沒有改變萊德莉葬身火海的命運，雖然他將萊德莉從一場大火——媚妖俱樂部的大火——救了出來，但她終會被車禍現場的火焰吞噬。明明想盡了各種辦法，要改變他在夢裡瞥見的未來，最後卻還是失敗了。

我太輕易放棄了，不該讓她和那個混種笨蛋走的。我應該要求她選擇我才對。

諾斯為了保護萊德莉犧牲了一切——他的俱樂部、他的人身安全，甚至犧牲的他的心。現在，他的犧牲全數付之一炬，他壓根就沒保護到萊德莉。

那時候，我直接將她推向另一個男人的懷抱。

我以為他能保護她，我以為他對她而言是更好的選擇——更安全的選擇。

你倒是告訴我，誰才是笨蛋啊？

「諾斯，怎麼了嗎？」山普森問道。

「一切都錯了。」諾斯下顎幾乎動彈不得，但他勉強擠出字句。「她遇上麻煩了，山普。我們現在就得動身。」

找到車禍地點相對容易，諾斯在預知幻象中清楚看見了被大火融化的路牌。「山普，快點，我們時間不多了。」

如果已經太遲了怎麼辦？諾斯心想。

他恍惚地盯著車窗外，試圖以窗外風景掩蓋烈焰的畫面與萊德莉的尖叫聲。他按著臉上的縫線想感受疼痛，努力用痛苦讓自己分神，不去思考萊德莉遭受的痛苦。

她還沒死。如果她死了我一定會知道，一定會感覺到。

……會吧？

諾斯按得更用力了。

山普森雖不發一語，但車速默默超過了一百四十公里。不到一個鐘頭，車子便行駛了一百五十公里。

諾斯望見黑煙時，他嚇得魂不附體。髒汙的空氣被風吹入休旅車碎裂的車窗，他們駛近三角錐與照明燈圍住的事故現場及閃爍不停的警示燈──高速公路路肩停了兩輛警車、一輛消防車和救護車。一位警察站在道路上指揮車流，每位經過的駕駛都伸長脖子想看清車禍殘骸，導致交通阻塞。

諾斯掃視現場，找尋萊德莉的蹤影，或是法醫的藍白廂型車。

沒有法醫。「還沒有」法醫。

山普森搖搖頭。「看起來很慘。」

近看之下顯得更慘了。林克那臺本就破爛的老爺車，如今像錫罐似地被徹底撞爛了，消防隊忙著用水柱噴灑已經融化一半的車身。

山普森將休旅車停到路肩的剎那，諾斯跳了出去，筆直奔向救護車。他憋著一口氣瞄向汽車殘骸──沒有屍體或屍袋，視線所及之處只有焦黑撞爛的金屬、被火焰舔拭的墊襯物，以及破碎的玻璃。

她在哪裡？

兩名急救人員站在救護車後方。

「她還好嗎？」諾斯氣喘吁吁地發問。

其中一人困惑地抬頭看他。「什麼？」

「車上的女孩，她還好嗎？」諾斯重複道。

兩名急救人員對視彼此，眼神古怪。「我們到場的時候車上沒有人。這是場肇事逃逸事件，警察已經找過附近區域了，卻找不到駕駛人的下落。你認識車主嗎？」

「對，他是我們認識的人。」山普森跑過來加入他時，諾斯說。

其中一位急救人員看到暗黑之子，忍不住倒退一步。所有人看見山普森都是這個反應，畢竟兩米的身高使他看上去像個美式足球後衛。

「警方在調查車主的下落。」急救人員說。「他們應該會想跟你們談談。」他仔細打量諾斯。「你的臉怎麼了？」

諾斯身體一僵。「打架。」

急救人員狐疑地看著他。

「打了好幾場架。」諾斯補充道。「幹麼，你是我媽啊？」

那名急救人員望向最近一輛警車。「在這裡等一下。」

那個人一轉身，山普森便將諾斯推往休旅車的方向。「我們得開溜了。我不喜歡凡人，更討厭凡人警察。」

諾斯默默同意。看過車禍的慘狀後，他有些慶幸萊德莉不在現場。

她還沒死，如果死了會有屍體。

然而他內心卻有另一部分惴惴不安。

別傻了，老爺車看起來都像燒焦的蝴蝶餅了，那麼嚴重的車禍不可能有人好端端地離開。

只要扯上萊德莉・杜凱，雷諾斯・蓋茲的心情就從來沒有簡單過，現在自然也沒理由變得不複雜。他回到運動休旅車並摔上車門。「我們得盡快推測出她的下落。」

「我們先離開這裡，我再來想這件事。」山普森快速倒車、駛離路肩，隨後迴轉，等到警車閃爍的燈光離開視線範圍後才催緊油門。

「放輕鬆點，又不是警匪飆車戲。」諾斯緊抓車門。

暗黑之子瞄了後照鏡一眼。「目前還不是。」

「我們沒做錯事啊。」諾斯說，不過他自己也不甚確信這點。

「是嗎？我們看起來可沒那麼無辜。」山普森盯著眼前的道路。「我的手在滴血，我們的車窗碎了，你又一副籠鬥打輸了的模樣。」

「你覺得她有可能自己離開車禍現場嗎？」諾斯問道。他痛恨自己近乎絕望的語調，不願說出心中哀求的話語。

她還活著。她不能不活著。

「我不曉得。」山普森似乎不相信她有辦法自行離開。「他們車尾完全被撞爛了。」他瞥向諾斯。「不過，沒有不可能發生的事吧。」

山普森駛回高速公路時，諾斯注意到路旁某樣事物。某個小小的、毛毛的、不屬於此處的東西。

一隻動物。

一隻貓。

露西貝兒。她彷彿等待他們到來似地端坐路肩。

「快停車。那是林克的貓。」

「她是怎麼一路走過來的？」山普森在露西身前幾公尺處停車。

貓咪動也不動地等他們兩人下車，而後小跑步進入樹林。

諾斯拔腿跟上。「她好像要我們跟她走。」

山普森搖了搖頭。「比較像在逃離我們吧。」

「逃往哪裡？」諾斯提問。萊德莉曾經對他說過，有一次她表妹蕾娜不見了，就是露西引領萊德莉與她朋友找到蕾娜的。諾斯不知道這個故事究竟有幾分真、幾分假，但他知道那隻貓與眾不同。

露西蹦蹦跳跳地跑在前頭，時不時止步確認諾斯與山普森有跟上。諾斯沒興趣追著髒兮兮的貓在樹叢間奔走，但他還是緊追不捨。

如果那隻笨貓當時也在他們車上……那她可能想帶我們去找萊。

等他們跟隨貓咪穿過密集的樹叢，看見林克頹然靠坐在前方一棵樹下時，諾斯的信念開始動搖。那顆可笑的金色刺蝟頭，與黑色安息日樂團T恤——不可能認錯，就是他。林克上方的枝枒多數被折斷了，彷彿他撞斷了每一根樹枝後才終於摔到地上。

就我對他的認識，肯定是頭下腳上落地。

「林克，你在這裡做什麼？」山普森和諾斯穿過矮叢，出聲發問。

林克幾乎沒有動靜。他的皮膚沾了黑灰，一條手臂盡是燒傷，同一側的上衣肩袖也被燒得破爛不堪。

諾斯靠近他，一把揪起林克破爛的T恤。「喂，醒醒。」

林克臉上的表情已經無法用「惶惑」形容了，他睜眼又閉眼，看見諾斯時直搖頭。「啊，好棒喔，我下地獄了。還真給老媽說中了。」

「你沒有下地獄，你在紐澤西州。」諾斯蹲在他面前。「萊德莉在哪？」

聽到她的名字，林克猛然抬頭。「等一下，你也不曉得她在哪裡嗎？」

諾斯全身一僵。這就是最關鍵的，沒想到林克和他同樣一無所知。

「我們還想問你呢。」山普森說。

林克揉了揉眼睛，舉起手臂時痛得皺起臉。「事情發生得太快了，我只記得廣播電臺開始播《天堂之梯》……一輛黑色貨車突然闖紅燈，撞上老爺車。」察覺自己話語的含意後，他的臉蒙上了一層陰影。「啊，可惡。我的老爺車。」

「全毀了。」諾斯帶著一絲快意說。

山普森同意地點頭。「你還是不要知道細節比較好。」

林克雙手按住太陽穴。「貨車司機連閃一邊的意思也沒有，簡直像是衝著我們來的。」他用力揉眼睛，彷彿患了此生最嚴重的頭痛。「那之後我只記得金屬被撞爛的聲音，還有萊德莉的尖叫聲。當時到處都是煙，我根本看不到她，我一直叫她的名字卻沒人回應，老爺車就起火了。」

山普森仔細檢查林克雙眼。「你還記得你是怎麼來到這裡的嗎？這裡離車禍地點有好一段距離，我猜你不是走路過來的。」

林克瞇起眼眸，似乎努力想在腦中拼湊事發經過。「我不是用走的，我直接瞬移過來了。」

「你竟然沒帶萊德莉一起瞬移？」諾斯厲聲喝問，絲毫不打算隱藏語氣中的狂怒。

她到底為什麼會選擇跟這個小丑走？

林克搖搖頭。「不是這樣的，我那時候想抓她一起走，可是她不在副駕駛座上。火勢越來越大，我的上衣燒了起來——我不曉得發生了什麼事，我也沒有要瞬移的意思，可是一回神我就到這個地方來了。」

山普森瞄了諾斯一眼。「我猜是某種自衛機制，夢魘的『戰鬥或逃跑』反應。」

「膽小鬼的反應。」諾斯嘀咕道。「你唯一的任務就是帶她逃離這座城市，結果才過多久——兩個小時？——就變成這樣。你的全力就只有這樣嗎？」

「我當時又沒得選。」林克努力保持專注，但眼前的事物朦朧不清。他向後一倒，雙手按壓太陽穴。

諾斯抓住他的手，用力一扯。誓約戒指就在那裡——它本該如大型火災般閃個不停的。

然而此刻，戒指卻黯淡無光。

三人驚恐地盯著戒指，就連林克也一副想將它扔進樹叢的模樣。

「說不定它壞了。」

諾斯口氣強硬地說：「說不定你天生就是白痴。」

林克翻身側躺。「我第一句話說對了，聽你這個有錢小白臉說話就跟下地獄沒兩樣。」他痛得全身一縮，語調流露的哀愁更甚於痛苦。

「不覺得我們現在很有效率嗎？」山普森說。現在大家都惱了。

雖然敗事的罪魁禍首是那個混種，但諾斯明白事情沒有如此簡單。**林克別無選擇，但我當時有得選。我選擇不去爭奪，我選擇放棄——我為了給她更多追求快樂的空間，而放棄了一切。**

至少，我想給她活命的機會。

諾斯嘆息一聲，彎腰俯視林克。「再努力想想，你還記得什麼？當時附近有其他車輛嗎？有人目擊車禍嗎？」

林克搖了搖頭。「沒有，我看到的唯一一輛車就是肇事的貨車。它不是我們蓋林鎮的人開的那種破舊小貨車，是輪胎很大的花俏貨車，是黑色的福特『迅猛龍』。」

黑色迅猛龍。

山普森盯著諾斯。「你知道這意味著什麼吧？」

諾斯點點頭，不讓自己出聲。

「什麼意思？」林克奮力起身問道。

山普森抓住他手臂，將他一把拉起來，動作快到林克瞬間雙腳離地。「你對那臺貨車還有印象嗎？引擎蓋是不是有巨鳥的圖案？」

「對啊。」林克回答。「像《芝麻街》節目的大鳥一樣大。你怎麼知道？」

山普森放開手，林克雙膝無力地踉蹌幾步後，在摔倒前被諾斯扶穩。

「是烏鴉。」諾斯竭力不去思索萊德莉此刻的境遇，以及可能發生在她身上的種種。「那臺是西拉．雷的貨車。」

第二章　林克
（直到失去）才知曾經擁有

西拉．雷。光是想到他，林克便一陣暈眩，像是肚子被狠狠揍了一拳，乘以一百倍的不適。

要是她沒活下來怎麼辦？

萊，別這樣，妳才剛回到我身邊啊！

「他們要抓的人是我，全部都是我的錯。」三人在附近搜索，過程中林克一直無法直視山普森與諾斯。自從失去百分之百凡人的身分後，他就沒有受過如此嚴重的傷，然而傷得更重的是他同樣跌跌撞撞的心。

腦中揮之不去的，是萊德莉的身影。林克舉起原本插在口袋裡的手，盯著手指上毫無生氣的戒指。

萊，妳在哪裡？

「說得好，就是你的錯。沒有人打算反駁。」諾斯走在最前面，頭也不回地說。

林克無視他的發言。「她一定是逃下車了。我剛剛說過，我伸手想拉她的時候沒摸到她。」

性嗎？」

「不然就是西拉・雷貨車上的人把她抓走了。」諾斯怒斥道。「你有想過這個可能

林克皺起眉頭。「你確定是西拉的車？」

「大家都知道那是他的貨車。」山普森說。

林克停下腳步。「殺死亞伯・雷的人是我，不是萊，為什麼亞伯精神錯亂的孫子不抓我？」

「我們終於取得共識了。」諾斯說。

林克臉色一沉。「你不要一副自己很偉大的樣子，在我看來我們兩個都對不起她，我至少還有種承認自己失敗了。」

諾斯瞇起雙眼。「車可不是我開的。」

林克上前一步，逼近諾斯。「是不是你開的有差嗎？」

諾斯雙手緊握成拳。「你知道我有多希望當時是我在開車嗎？換作是我就會有所行動……跟『某人』不一樣。」

山普森踏步上前，將兩人隔開。「等我們找到她，你們愛吵多久就吵多久。」

「等我們找到她，我會帶她去一個安全的地方，你再也別想見她一面。」諾斯的視線緊鎖著林克。

林克幾乎無法克制揍他一拳的衝動。「你有種試試看啊。」

「我倒想試試把你們兩個揍到連親媽都認不得，可惜人生就像米克・傑格說的：『你不可能總是稱心如意。』」山普森推了兩人一把。「好了，還不快走。」

林克才不在乎雷諾斯・蓋茲在媚妖俱樂部救了他們一命，在他眼裡，那傢伙還是地下俱樂部的弱智垃圾，太有錢又太油嘴滑舌……而且還有「那件事」。

那個弱智過去幾個月一直想搶我女友，幫忙找她的唯一動機就是再把她搶走一次。

如果，她還活著的話。

林克努力制止自己往那個方向想。眼下三個人窩在高速公路出口附近的小餐廳裡，絞盡腦汁設法在他們滅了彼此之前找到萊德莉……他們之所以還沒對彼此出手，單純是因為累壞了。

儘管萊德莉被西拉或他手下綁走的機率很高，他們三個——四個，如果露西也算進去的話——仍然在樹林中搜索了好幾個鐘頭，找尋她的蹤跡。

或她的遺體。

這就是沒人願意說出口的話語。

情況糟透了。

我糟透了。

林克也不想將這句話說出口。他心不在焉地攪拌盤中的薯條，身為四分之一夢魔，他根本沒想過要吃那盤薯條，因為對現在的他來說，凡人食物嘗起來與厚紙板沒什麼兩樣。不過即使不受夢魔的生理限制，林克在這種時刻也絕對食不下嚥。「你真的覺得她在西拉手裡嗎？」

諾斯並沒有立即回應，他默默注視著手中的咖啡杯。

這不是什麼好兆頭。

「如果她還活著的話。」諾斯終於開口。

「不准那樣說。」林克企圖越過餐桌打諾斯，不過被山普森制止了。「你不准再說那種話了！她還活著，我們只要找到她就好了。」

「你的戒指——」諾斯盯著林克的誓約戒指。

「壞掉了。」林克對他怒目相向。

「少幼稚了。」諾斯不悅地回道。「有種東西叫『現實』。是我們任由西拉將她抓走的。」

林克又撲了上去，結果直接被山普森拎著後頸提起來，明明是人高馬大的混種夢魔，卻像極了人畜無害的小貓咪。

「我們還什麼都無法確認。」山普森將林克拖回座位上。「而且就我對她的認識，萊德莉‧杜凱才不會『讓』任何人對她做什麼事，所以我們先冷靜點，我們沒辦法合作的話，想救她出來根本是作夢。」

餐廳門口的鈴聲響起，妮骷髏與佛珞依德掃視店內走了進來。先前山普森一入座便撥了電話給她們，兩位少女原本躲在布魯克林外一間破爛的六號汽車旅館，等著山普森從西拉手裡解救諾斯，整個樂團照計畫遷往洛杉磯。當她們接到山普森的來電，知悉了車禍的狀況後，林克的樂團夥伴毫不浪費時間地趕到餐廳加入討論。

佛珞依德左顧右盼地尋找林克的身影，細繩般的金髮甩過肩頭。當她望見林克時表情瞬間崩裂成千百片碎片，林克實在看不出她究竟會露出笑容或痛哭失聲。她幾乎飛奔至他們的雅座前——身上穿著破了洞的牛仔褲與褪色的平克佛洛伊德樂團《月之暗面》演唱會T恤——接著用力摟住林克的脖頸。「你還好嗎？我們擔心得不得了。」

林克緊緊摟住她。他知道佛珞依德仍然暗戀他，但此時此刻他沉浸在與朋友重逢的喜悅中，絲毫不在乎。至少她不像某些人一樣，堅持將所有事情怪到他頭上。

某些人，包括我自己。他難受地想。

有人咳嗽一聲，是站在佛珞依德身後的妮骷髏。她穿了各式飾環的臉朝林克笑了笑，藍色偽雞冠頭似乎比平時更鮮藍，未來風格皮革外套也比平時更貼近《瘋狂麥斯》的感覺。也許與死亡擦肩而過後，周遭萬物都會顯得更鮮明。

「嘿，兄弟。」林克伸手想抱她，不過她舉起拳頭。

「撞個拳。」她微笑著說。

還是老樣子呢，妮。她們能來，真的該謝天謝地。

妮骷髏擠進山普森旁邊的座位，坐在林克與佛珞依德對面，諾斯則是坐在山普森另一側。暗黑之子自己就占掉雅座上一大塊空間。

「速度真快。」山普森說。

妮骷髏點點頭。「我們找到計程車就直接跳上車了。」

「車費五十美元，瞧我們多愛你們。」佛珞依德面紅耳赤、結結巴巴地說。

「妳少假裝自己有乖乖付車費了。」諾斯回嗆她。

「所以，發生什麼事？」妮骷髏發問。

「是西拉・雷幹的好事——或是開了他貨車的別人。就是這樣。」林克聳肩說。「老爺車嚥下了它最後一口氣，然後萊——」他說不下去。再重述事情經過對他而言太痛苦了。

再說下去就要吐了。

佛珞依德捏了捏他的肩膀。「山普森打給我們的時候，大概講了下事情經過，他說萊德莉失蹤了。」雖然她喜歡林克，但語音還是流露出微乎其微的憂愁。

「我們到處都找過，完全找不到她的下落。」諾斯說。「我們猜測她被西拉抓走了，但我們不曉得西拉將萊德莉帶到了什麼地方。」

山普森灌下他第五杯——應該是第五杯吧？——牛奶，這傢伙比凡人林克吃得還多。在去年萬靈法則被破壞之後，才出現了暗黑之子這個種族，他們的生活方式沒有能參考的既定規則，包括山普森在內的每個人都仍在摸索階段。「西拉是黑黨的首領，他經營那樣的事業一定和人渣手下設定好集合地點，總不能跟別人租辦公空間吧？」

「『黑黨』？」林克從未聽過這個組織。「你是說像黑幫的『黑黨』？」

「地下巫界的犯罪組織比凡界發達多了。」佛珞依德解釋。「賭博、販毒、魔法交易——你想得到的樣樣俱全，而且大部分都是黑黨經營的。」

「所以你們的意思是，西拉是黑手黨老大？」光是這麼想就讓林克驚慌起來。

「你們是說，像《教父》裡那個胖胖的柯里昂老大？」

山普森猛地將空牛奶杯推至餐桌另一端。「與黑黨相較之下，柯里昂黑手黨根本就是慈善團體。」

林克差點拿老媽與美國革命女兒會凶神惡煞的成員開玩笑——女兒會隨時能屌打柯里昂黑手黨——然而話還沒出口，他就想起萊德莉不在，就算說了蓋林鎮的笑話也不會有人捧場。

少了她，一切都變了。

另一縷念頭飄過他的意識。

女兒會。我媽。

林克霍然坐直。「慘了，我得打給我媽。」

「你還沒打給她？」山普森搖搖頭。「警方應該調查過老爺車的車牌，我猜他們已經打給你媽了。」

林克火速拿起手機，輸入自家電話。過這麼久還沒打回去報平安，老媽一定會宰了他。現在家裡多半擠滿她的女兒會朋友與牧師，一群人圍成一圈禱告。

電話鈴一響，媽媽就接起電話，從吸鼻子的聲音聽得出她已經哭了一陣子。

「媽？是林克，我是說，衛斯理——」

「衛斯理！」林克聽見隱約的雜音，像是用手蓋住話筒的聲音。「是衛斯理。感謝全能的主，祂聽見我們的禱告了。」

林克能想像那群人一邊大啖「我就說那小子很會惹麻煩」烤鍋與「希望妳兒子不抽大麻」派，一邊齊聲說「哈雷路亞」。

片刻後，他媽媽回來了。「發生了什麼事？警察打電話給我，說你的車在高速公路上被撞得稀巴爛，可是他們找不到你。而且是在『北方』。」她這句話的語氣簡直像在說「在鐵達尼號上」。她接著說：「你沒事吧？你失憶了嗎？主啊，請保佑我兒子不要失憶。」

「媽，冷靜點，我要是真的失憶，不就記不得家裡電話了嗎？我沒事，我當時根本不在車上。」這是林克一秒前編出來的故事，他為此深感自豪。「情況有點混亂，之前有人偷了老爺車，但我還沒報案，所以警察到車禍現場的時候以為是我開的車。」

「那你為什麼現在才打回家？」他媽媽語音中的怒火開始升溫。「你知道我有多擔心嗎？我還打電話給布克．佩提，叫他準備出動獵犬呢！」

林克嘆著氣撥弄自己的刺蝟頭。

「你打算怎麼樣？帶著一貨車的獵犬，去喬治亞救贖大學找我嗎？」林克為自己感到驕傲，他居然還記得自己「理論上」在讀哪間大學。

「兒子失蹤的時候，是個好母親就該這麼做，衛斯理．傑佛瑞．林肯！我緊張到快不能自已了！你忘記怎麼打受話人付費電話了嗎？你出門前我們明明還排練過的。」

「媽，對不起，我也是剛剛才發現出事了。我現在不能聊，警察要我去做筆錄。」哈，老媽還說他花那麼多時間看《虎父虎女》影集是浪費時間呢！

「怎麼會有人去喬治亞救贖大學偷車，還一路開到紐澤西收費高速公路？」

「天曉得。妳最好趕快動員電話網路打給大家，不然女兒會的太太們就要開車去喬治亞，到處在電線杆上貼我的尋人啟事了。」

「衛斯理，你等下最好給我再打一通電話。」林克的母親沉聲警告他。「我可還沒說完。」

「好的。媽，我得走了，訊號不好。」林克掛斷的同時拿餐巾紙擠在送話口上，要做就做得徹底。

無論你多麼希望它改變，有些事情就是永遠不會變。

再度轉身面對餐桌時，所有人都憋著笑——有錢小白臉除外。「好啦，好啦，鬧劇演完了。」林克說。「所以我們要上哪找西拉？」

「當他不是威風八面地指揮犯罪集團時，西拉喜歡低調生活。」山普森說。「所以他應該是藏在某個隱蔽的基地，從那邊操控他的犯罪行動。」

「確實低調得可以。」妮骷髏說著轉向諾斯。「你比我們都瞭解西拉，如果是他綁走了萊德莉，他會帶萊德莉去哪裡？」

「我沒有你們想的那麼懂他。」諾斯一臉煩躁。「我不是他聘用的手下。西拉興風作浪之後就會消失無蹤，如果我是他，就會用巫界隧道行動——照這樣來看，他的基地在哪都不奇怪。」巫界隧道是凡界地底四通八達的網路，隧道中的時間與距離並不遵守凡界的規則。

佛珞依德看向諾斯。「亞伯從來沒提過這件事嗎？你以前不是——」她遲疑半晌。「——認識他？」

諾斯捲起衣袖，在林克眼中那又是一件貴得離譜的時髦上衣。「我說過了，雖然他可以說是綁架了我媽，不過我跟他在一起的時間不多，他只有在我小時候讓我去探望媽媽幾次而已。」諾斯頓了頓，抬頭注視天花板。「他剩下的時間都泡在實驗機構裡。」

看來花花公子也是有感情的。林克暗想。不過他還是巴不得痛揍諾斯一頓。

「好，至少有一點頭緒了。你有聽他提過實驗機構嗎？」山普森問道。

「當然有，亞伯幾乎整個心思都放在實驗機構還有實驗體——他都這麼叫那些人——上面，但他從來沒有帶我進去參觀。實驗室在他家後方某處。」

「你確定？」林克出聲置疑。

「我剛才就說了，我在他的屋裡待過一段時間，西拉也是一樣。西拉自己有一間房間，我有一次不小心闖進去了。」諾斯回憶著搖搖頭。「我在一間臥房裡看到一臺老式唱片機，想看看那玩意是如何運作的，結果我從房間出來時亞伯就站在走廊上。我永遠不會忘記他對我說的話：『小鬼，我能容忍你在我的屋子裡鬼鬼祟祟的，但如果西拉逮到你在他房間附近鬼混，他可能會認為你是小偷，直接剁了你的手。』」

「謝謝你和我們分享詭異的兒時回憶。」林克說。「我晚上鐵定會睡得更好。」

諾斯眉頭一皺。「我只知道西拉和他家老祖宗一樣，就算離開實驗室也不會離開太久。我猜我們找到實驗室就能找到西拉。」

「那他的屋子在哪裡？」山普森問道。

諾斯搖了搖頭。「我不知道。每次我去探望我媽媽，亞伯的手下都會在隧道裡蒙住我的眼睛。而且那個地方施了某種隱蔽咒，凡人是看不見的。」

又是一條死路。林肯心想。**好極了**。

他考慮要打電話向伊森求救，畢竟伊森比他聰明一千倍。但要伊森找西拉．雷的麻煩，就等同於要他去死。他都已經死過兩回了，林克不能再讓好朋友遭遇不測。

「不可能沒人知道實驗機構在哪裡。」山普森說。

一絲念頭在林克腦中緩緩成形，宛如流出瓶子的糖漿。「有一個人，一個在實驗機構裡長大的人。」他抬起頭。「約翰・布利。」

「誰?」山普森狐疑地問他。暗黑之子似乎生性多疑。

「他是我們好人陣營的一分子。」林克說。「不過在更早之前,他是幫壞人那一派的,所以他有點像我的黑暗巫師維基百科。」

諾斯交叉雙臂。「在這種情況下,我不確定好人成不成得了事。」

「他不但能成事,而且會做得很好。相信我。」

諾斯不予回應。

「你為什麼這麼有把握?」妮骷髏問道。

「他是亞伯・雷在詭異實驗室裡造出來的人。」林克咧嘴一笑。「幫我殺死亞伯的人,就是約翰。」

「你的意思是,亞伯的科學實驗造物反咬了主人一口?」山普森問他。

「沒錯,是科學怪人跟機械戰警的合體。」林克得意地說。

林克為眾人大略解說事情原委,例如咬了林克、將他轉變成四分之一夢魔的就是混種夢魔約翰・布利……如此開誠布公感覺十分怪異,類似只穿內褲站在大家面前。雖然很難,但林克最後還是原諒了約翰,因為咬林克不是他的錯,他之所以變得扭曲是亞伯造成的。況且,約翰在關鍵時刻挺身幫助林克與他朋友——與林克合力殺死亞伯——沒有人能破壞此般情誼。

於是林克向眾人說明亞伯・雷如何挑選約翰的父母:一名嗜血夢魔,一名黑蝕師——有能力透過觸碰其他巫師「借用」他們能力的強大巫師。亞伯利用兩者創造出完美的混種——約翰擁有夢魔的強大,卻不受夢魔的弱點束縛。

約翰與一般夢魔一樣，能瞬移並擁有巨力，但他同時擁有黑蝕師的力量，而且他能做到除了林克外沒有一個夢魔能做到的事情：在陽光下行動。

若天底下有人能找到雷氏實驗機構，那個人一定是約翰。

「那我們還等什麼？」佛珞依德問道。「快打給他啊。」

林克嘆息一聲。「他不在蓋林鎮，他和女友小莉去牛津大學了。」

「有種東西叫『手機』，你知道嗎？」佛珞依德的發言一點幫助也無。

「妳不懂，小莉是一個整天泡在圖書館的瘋狂天才，以前在蓋林鎮從來不用手機的。約翰現在也沒好到哪裡去，他之前留的號碼我已經撥了好幾通過去，結果都直接轉接到語音信箱。」

「好喔。」佛珞依德說。「那你就得帶我們全體瞬移過去。」

「我不坐飛機的。」山普森交叉著雙臂，向後一靠。

「真的嗎？」妮骷髏打趣地輕輕撞他。「你不敢坐飛機？」

山普森雙手插進口袋裡，一臉羞赧。

「瞬移跟飛行不一樣。」林克說。「感覺比較像被吸進吸塵器裡。」

暗黑之子盯著他。「雖然你的說法很吸引人，但我還是算了。」

「我不想這麼說，不過我跟山普森看法一樣。」妮骷髏跟著說。「我在自己體內外移動就夠不舒服了，沒興趣體驗瞬移。」

諾斯撇開臉。前不久，妮骷髏使用她死靈巫師的法力讓亞伯附身，結果卻中毒病危。即使是現在，林克仍看得出她的黑眼圈較平時還要深。

因為我和萊的關係，他們都經歷了太多磨難。

還有諾斯——他也給大家添了不少麻煩。可是你看看佛珞依德、妮骷髏跟山普森，假如亞伯和西拉一開始就得到了我跟萊，那他們三個人也不必為我們出生入死了。我怎麼能要求他們再下場，參加第二輪巫師格鬥賽呢？

「我去。」佛珞依德立刻說。

林克非常感激，但同時也很有罪惡感。「妳不必勉強自己做不想做的事。」喜歡也好，不喜歡也罷，林克的心從以前便一直屬於某位女妖，他無論如何都會將她找回來。

「謝謝你這樣說。」佛珞依德微微一笑。

「我也要去。」餐桌對面的諾斯說。

「我覺得你不要去比較好。」林克說。「約翰有點像山普小子，他需要跟人相處一陣子才會熟起來，你跟他共通點又不多，搞不好會出問題。」

「我要去。」諾斯作勢起身，卻被妮骷髏拉住手臂。

「那我這樣說好了。」林克說。「我不會帶你去的，所以除非你可以瞬移，不然就自己看著辦。如果你真的關心萊德莉就別在這邊礙事，浪費我們的時間。」

指控的言語似乎戳到了痛處，諾斯不再堅持己見。

「諾斯，別擔心。」佛珞依德插話。「我們會找到這位約翰·布利的。」

所有人跟隨林克走出餐廳。他帶領大家到餐廳後門，這麼一來他與佛珞依德憑空消失時才不會被人注意到。

林克伸出手。「準備好了嗎？」

佛珞依德點點頭，握住他的手。

妮骷髏快速給她一個擁抱。「祝好運。」

「我們不會用到的。」佛珞依德脫口而出時，他們已然消失無蹤。

第三章 諾斯
夢之街

「紐華克？紐澤西州的紐華克市？我不懂。你也知道我們在三州地區討不了好。」妮骷髏語氣煩躁地跟著諾斯與山普森走在人行道上。「還是說，我們過去幾天不好的回憶都只是我自己的幻想？」

「我們不會有事的。」諾斯說。「紐澤西這個花園之州有足球媽媽（註1）和凡人黑幫，就連西拉手下的流氓也極力避免來這裡惹是生非。」

「可是媚妖俱樂部才剛燒毀，你不覺得我們離家有點太近了嗎？」妮骷髏半信半疑地說。「那地方到處都是西拉的手下，我當時也在，我全都看到了。」

「這正是紐澤西對我們而言很安全的原因——俱樂部已經沒了，現在西拉比起關心我們，應該更關心別的事情才對。」

山普森停下腳步，前方是一幢寒酸的公寓大樓，看樣子似乎是仿冒的都鐸村莊風格。「艾塞克斯大樓，是愛普兒（April）——或是茱恩（June）——的住所……反正是某個用月份取

註1 住在郊區的中產階級母親，以小孩為生活重心。

名的女生就對了。我只記得這些。」

「你好棒。」妮骷髏說。「看得出你非常愛你以前的女友。」

「她不是我女友。」山普森紅著臉說。「只是一夜情而已。」

「這樣有比較好嗎？」妮骷髏揚起眉毛。

「我不管她是誰，只要她把鑰匙給我們就好。」諾斯說。先前偷聽山普森尷尬地講電話後，諾斯只聽得出愛普兒或是茱恩——總之是個女的——希望有機會和山普森重修舊好，所以很樂意讓他們去她家。

妮骷髏搖了搖頭。「你跟人交往，都不超過一個晚上嗎？」死靈巫師的口氣似乎是在開玩笑，但從她臉上的表情看來，她在得到一個認真的答案前絕不會善罷甘休。

山普森皺起眉頭。「可能只是還沒遇到對的女孩啊。」

「你就繼續這樣騙自己吧。」諾斯說。「一年還有十個月呢——何必只跟四月和六月好？還有九月、十月、十一月、十二月……」

「夠了。」山普森從門廊的花盆下取出鑰匙。

一進屋裡，妮骷髏便毫不客氣地癱在褪色又破洞的扶手椅上，拿起繡了鳥兒與肥肥圓圓金黃色太陽的抱枕，瞅了山普森一眼。「好，我在此宣布：你贏了。你看女生的眼光實在太差了。」

諾斯魂不守舍地盯著那個抱枕，彷彿看見了鬼魂似的。

有可能嗎？我真的有這麼笨嗎？

其餘兩人沒注意到他的反應。

「好吧，她確實不是什麼天才。」山普森打開冰箱躲在門後，聲音有些窘迫。「至少我找到我們能待的地方了。諾斯不能回他自己的公寓，我打碎西拉的車窗後，我們也別想回2D公寓了。」

「打碎車窗還偷了他的車。」諾斯說。他望向窗外的停車場，那輛巨大的黑色休旅車與周圍的銀色多功能休旅車格格不入。他忽然不想再關在這間煩人的公寓裡，說什麼都想出去透透氣。

他得整理思緒，回憶起關鍵的資訊。

山普森從冰箱取出一條麵包與一整堆做三明治的食材，包括一整罐酸黃瓜。「手工蛋黃醬？什麼是手工蛋黃醬？」他旋開貼著手寫標籤的醬料罐，嗅了嗅內容物，隨即表情一皺。「這絕對不是人吃的。」

諾斯抓起外套。「我出去走走。我必須呼吸一下新鮮空氣。」

我必須回想起來。

妮骷髏穿著軍靴的雙腿翹到椅子扶手上，翻開一本關於咖啡桌小書的咖啡桌小書。「我不做的事，你也別做喔。」

諾斯帶上公寓前門時，已經明白自己該採取的行動。才剛走到人行道，他便從口袋掏出打火機，周遭的世界變得模糊不清，幻象吞噬了他的視界……

車上坐著兩名男子，他們疾駛於高速公路上，留下一縷雪茄香菸。

「您希望怎麼處理她呢？」較高大的男子問道。

「看情況。」那個聲音……太耳熟了。

西拉。

「先看看她對注入的藥物有什麼反應。我很看好這次實驗，第十三個總是最幸運。」

「先別抱太高的期望吧，您的實驗已經進行好幾年了，目前為止還沒成功過呢。」

「只能反覆試驗，不斷摸索了。」西拉說。「這就是科學實驗的精神。根據醫師的說法，我們終於試驗出完美的配方了；而且這女孩也不是普通的巫師，她出自法力強大的血脈。」

「如果她的身體對藥物產生排斥反應怎麼辦？」虎背熊腰的男子問道。若以身材判斷的話，此人想必是暗黑之子。

西拉將雪茄菸灰彈到車窗外。「你可以殺了她，就跟其他失敗品的處理方式一樣，或是你想留著也行。隨你便。」

「您費了九牛二虎之力才逮到她，假如實驗失敗了，不自己留著嗎？」

「我對瑕疵品沒興趣。」西拉說。

前方數公里的高速公路平凡無奇，直到一塊綠色路牌進入視線：「紐奧良68公里」。

「若是您這回實驗成功，黑黨將會所向無敵。」暗黑之子說。

西拉停下動作，轉向共犯。「錯了。所向無敵的會是我。」

世界的邊緣滲入諾斯眼角餘光，他心跳狂亂地揮開腦中的迷霧。

瑕疵品。

西拉說的肯定是萊德莉，他的確費了九牛二虎之力才抓到萊德莉。但他此刻與共犯談論萊德莉，就表示——

她還活著。

即使腎上腺素在血液中流竄，諾斯還是強迫自己理性思考。

西拉說的可能是別人，但我看到的預知幻象一定和我認識的人有關。

後者才是決定性的結論。

萊德莉在他手裡，可能在紐奧良，也可能在那附近其他地方。

這代表我們還有時間。

不甚充裕的時間。

諾斯鬆了口氣，但他並沒有放鬆太久。假設他的推測成立，而萊德莉依然活著的話，那他就得和時間賽跑。他不確定西拉說的藥物是哪種藥物，不過只要與他的實驗相關就不會是好東西。

至少我知道西拉要帶她去什麼地方。

若西拉朝紐奧良前進，那表示他的目的地是雷氏橡園——亞伯的農園，也是諾斯幼時探望母親的地點。實驗機構想必也在那附近。

我應該回去告知妮骷髏與山普森。但我不能這樣做。

他們信了林克尋找約翰·布利的瘋狂計畫。

拜託，別傻了。

不管是林克認識的哪個朋友，對我們都沒有幫助。那個混種夢魘是個笨蛋，他身邊的人也都是笨蛋。

諾斯回眸望向身後的公寓大樓，雙手深深插在口袋內。

我不能帶妮骷髏和山普森一起走，我已經害他們受了太多苦，尤其是妮骷髏——我差點害她送了命。山普森也是，他為我經歷了太多次危機，我甚至已經數不上來了。帶他們去只會害他們受傷。

因為他在乎的人最後一定會受傷。

這，才是他不得不認清的事實，也是最為痛苦的事實。

我才是真正的危險。我從以前就明白這點。

諾斯還是自己一個人來得好。只有萊德莉懂他的感受……明明希望自己在乎的人能幸福快樂，卻總是害身邊的人受苦，這種痛只有她明白。

每次都恨不得和他們交換命運，我自己受苦就好……

諾斯過去在俱樂部賭桌上收集了相當足夠的才能、人情與法力，不足的戰力也能用這些才能、人情、法力補足。再讓其他人冒險就太自私了，況且多人行動被抓到的機會比單獨行動高出許多。

我自己去更有效率，他們也不必冒生命危險。

諾斯很清楚這條思路通往什麼終點——也很清楚接下來會發生什麼事。

萊若是知道了，一定會叫我放手去做。她如果在這裡，肯定能明白我的想法。她會說：少哼哼唧唧的了，要走就趕快出發。

諾斯沿著人行道前行，此時還能感覺到山普森從樓上俯視他的目光。當他拐過轉角，諾斯加快腳步走向往返市郊的火車站，也就是最近的化外之門——連接凡界與巫界隧道的魔法門。

他不打算等林克與佛珞依德歸來；沒時間了。如果萊德莉現在還活著，她的時間肯定不多了，諾斯才不會將她的命運交給她的蠢男友或約翰・布利——更何況這傢伙也是混種夢魔，諾斯也不曉得能不能信任他。

瑕疵品。

想到西拉這句話，他忍不住捏緊拳頭。

假如我趕到時她不見了——或者西拉說的不是她，她已經死了——那我會讓西拉血債血償。

有一句話林克說錯了：知曉亞伯的紐奧良實驗室地點、知曉黑黨大本營所在處的，不只約翰・布利一個人。

諾斯看見那個凡人女孩公寓裡的白痴抱枕時——那個繡著黃色大太陽的抱枕——他就想到了。

那幅圖案喚醒了他的記憶，告訴他接下來該往何處去、進行何種行動。

他試著消除腦中的聲音，擠開月臺上等車的通勤族，溜進電梯後方的檢修門。眼前的走廊陰陰暗暗，充斥著霉味，諾斯行經多年無人使用的電器控制板——將近十年前車站更新過後，就沒人用過了。他走至走廊盡頭，化外之門近在眼前。

諾斯彎腰觸摸人孔蓋，輕聲唸出開啟門扉的咒語：「**阿培立——坡坦**。」

換句話說，就是「快給老子開門」的意思。

人孔蓋順暢地滑開，他踏入洞口的無底深淵——不過諾斯知道下方有隱形階梯。雙腳碰觸到第一級階梯後，他迫不及待地直接一躍而下，離開凡界。

巫界恆常不變的規律令人心安，隱形階梯永遠會出現在它該出現的位置，咒語也永遠能開啟巫界的門。

除了巫界隧道中時間與距離運作方式不同之外，隧道內的世界與凡界的城市與巷弄大同小異——好吧，有些地方看似歷史書中的場景，中世紀、文藝復興、維多利亞時代的倫敦……還有一些地方令諾斯想起小時候讀的奇幻故事。

這條隧道並不屬於那一類。

靴子踩在一灘灘餿水裡，老鼠在滿地泥濘中跑竄，幸好這條隧道燈光不佳。雖然他平時不會去下水道閒晃，但這地方的環境和下水道應該差不了太遠——這麼一想還真可悲，因為諾斯的目的地比此處還要糟糕許多。

第四章　萊德莉
夢中的霓虹黑

死亡的每一瞬間，你都會記得清清楚楚——至少，對萊德莉而言是如此。

如果她已經死了的話。

她不太確定，那個部分稍微有點模糊。

首先是車上擴音機傳出的吉他前奏，後續的聲音與畫面一股腦湧入她的腦海。

黑色貨車朝老爺車直直衝過來——

輪胎的尖鳴，金屬的彎曲聲——

迴響在我耳邊的尖叫聲，林克大喊我的名字——

還有濃煙，還有高溫，還有火焰——

萊德莉緩緩睜開雙眼。她平躺著，腦袋昏沉，周遭事物像是隔著沾了凡士林的鏡頭般朦朧不清。一絲可怕的念頭竄過她的意識。

拜託別告訴我這裡是棺材內部，我說真的。我可是為自己規劃了史詩級的葬禮耶！

她奮力眨眼，直到能勉強辨認出上方模模糊糊的天花板——看樣子像是臥房的天花板。

謝天謝地。

萊德莉拍拍身體周圍，摸到身下硬硬的彈簧床。

我在什麼地方？我來這裡多久了？

還有最重要的是，林克在哪裡？

她試圖回想車禍的細節，但回憶中最後一幕便是烈焰與濃煙。

如果他死了……我們經歷了那麼多波折才終於在一起，他要是敢死我就親手宰了他。

搞不好真的死了，我的運氣就是這麼背。

好不容易決定把自己的心送給一個男生，他自己的心卻先停了。

她舉起空著的手擦臉，抹掉幾滴不知何時出現的淚珠。太過突然的動作使得一陣劇痛沿脊椎竄上來，全身彷彿被鐵鎚亂敲過一頓，脖子敏感到每次呼吸都痛得要命，她兩條手臂到處都是黃紫色瘀傷。以肩背的痠痛程度來看，多半也青一塊、紫一塊。

「她醒來的時候一定要通知我。」遠處，某個男聲說道。「應該快了。」

萊德莉將頭轉到一側，痛得整張臉揪成一團，掙扎著與眼前的薄霧奮鬥。她大略將周遭事物收入眼底——唯一的光源是掛滿水晶的華麗吊燈，水泥地板上鋪著看上去價值不菲的波斯繡織地毯，石牆漆成淺灰色也許是不想讓人聯想到監牢——但效果卻被鐵柵門破壞殆盡。

我被關在一間裝潢得像住宿加早餐瘋人飯店的牢房裡，顯然是類似《沉默的羔

羊》的場景——等下就會有一個精神失常的連續殺人犯出現在鐵門外，在那邊思考要拿我的人皮做什麼樣的大衣。

另一名男子的聲音——較之前那人更刺耳的聲音——在鐵門外的空間迴蕩。「你得搞清楚那個混種的下落，不然你就完了。我可不打算扛這個責任，你懂嗎？」

混種。

他們說的是林克。

說不定還有那麼一絲可能性——說不定他還活著。

「你把他們其中一個搞丟了。」第二個男子接著說。「等情況穩定下來以後他一定會拿我們兩個開刀。所以，你給我把混種找回來，不然我不只會讓你背鍋，後續還會有更多精采的好戲等著你。聽懂沒？」這個人說話帶著南方口音，類似林克在蓋林鎮的鄰居。

迷霧再度重重包裹萊德莉，兩名男子的對話化為一串含糊低語。

深呼吸。閉上眼睛，集中精神。再痛也不能放棄。

過一小段時間，含糊的聲響終於又化為有意義的字句。

「你真覺得那個女妖什麼都肯說？」適才被同夥罵了一頓的男子問道。

南方男子哈哈大笑。「等那個女妖被他調教完以後，一定什麼都願意告訴他。到那時好戲才真正開始。」

萊德莉用掌底按壓太陽穴，試圖清除腦中的混亂。若非那兩名男子的聲音不停迴蕩、震動——像是在園遊會的瘋狂遊樂屋裡一樣——那她說不準還有機會推測出自己面對的敵人是誰。

他們到底在我身上用了什麼藥物啊？給馬用的麻醉劑？

「所以他給女妖打了一堆藥物，然後呢？你覺得他會把女妖賣掉嗎？」第一個男子問道。「我猜黑黨內有一堆巫師想買下她那樣性感的小女妖。」

萊德莉氣息一滯。

把我賣掉？

這些瘋子是怎麼回事？我要怎麼逃出這鬼地方，去找林克？

她不允許自己考慮另一個可能性——她就算逃出去，也沒人給她找的可能性。

管事的男子沉默半晌，感覺就不是什麼好兆頭。「他搞不好會留著自己用。他現在沒有女妖，而且品質好的女妖也不好找。」

他們說的「他」是誰？

水泥地上的腳步聲漸行漸遠，迴蕩在萊德莉耳畔。她深深吸一口氣，祈禱那兩人離開。

腳步的回音越來越輕，她聽見南方男子說了最後一句：「『珍禽獸園』再加上她就完美了。」

對這句話的含意，萊德莉毫無頭緒，但她有種不祥的預感。這個「珍禽獸園」，可能比以前被關在鍍金鳥籠裡還慘。她從出生到現在惹過不少麻煩，現在自然知道自己處境不妙。

什麼處境？開頭是被不認識的男子綁架、下藥，結尾就是不斷祈求自己能一死了之。

「喂，妳還好嗎，小粉紅？」一道女聲將萊德莉拉出盤旋不散的濃霧。

她不知道過了多久，不過一旁的鏡面床頭櫃多了個托盤，盤上擺著一杯水和一碗尿色的混濁湯汁。

有人進來過，我怎麼都沒感覺？

萊德莉嘗試坐起身，卻渾身乏力。她雙腿發冷，仔細一看才發現自己穿著一件類似病人住院的睡衣——不是她平時悠閒躺在床上時穿的絲質日式睡袍，而是像米袋一樣毫無剪裁可言、粗糙且廉價的睡衣。她甚至不敢摸自己的頭髮。萊德莉忍不住噁心地一抖。

好極了。他們幹麼不直接殺了我算了？

萊德莉伸手想拿起床頭櫃上的水杯，結果估錯了距離，整杯水砸到地上。

開什麼玩笑？

她彷彿在果凍裡游泳般行動困難，數小時前就算有火車從房間裡經過也聽不見，好在現在神智逐漸清晰了起來。她想到一件事……如果有人在床頭櫃放了托盤，代表那個人之前就站在她床邊。萊德莉全身一顫。

她再次伸出手——這回更加小心——一根手指伸進那碗可疑的湯裡。還是溫的。

她注意到手指上的誓約戒指，它完全失去了色彩、黯淡無光，彷彿其中的法力隨著她與朋友的聯繫……消失了。

和林克的聯繫也……

萊德莉感覺眼中再度盈滿淚水。

「欸，小粉紅？妳怎麼了嗎？」又是那個女生極其細微的聲音。「妳好像被他們虐得挺慘的。」

萊德莉推著身體起來，靠著床頭板而坐。她兩條手臂沉重無比，彷彿每一個動作都是在半乾的水泥中完成，不過和頭顱一陣陣的劇痛相較根本不算什麼。

他們給我的一定是效力更強的藥物。

有大象麻醉劑這種東西嗎？

她肯定是被人下了藥，用的還不是普通藥物。女妖對藥物與酒精的抗性非常高，萊德莉從未經歷過這種感覺。

儘管如此，她勉強滑下床之後，奮力在地板上爬著前進，說什麼也要找到聲音的主人，也盡可能想找到那個人的所在。

萊德莉爬至鐵柵門邊時，她同時感覺身體狀況好轉與惡化——她的思緒稍微清晰，肢體協調能力也逐漸恢復，不過每一次呼吸都帶來潮水般的嘔意。

萊德莉無視雙腿不停抖動，攀附著鐵柵站起身。「是誰？」她輕聲說。「救我出去。」

「沒辦法，我也被關起來了。」女聲與萊德莉同樣沮喪。

聽到這句話，一股求生意志竄遍萊德莉全身，短暫地戰勝了藥效。「妳在這裡待多久了？」她問道。

「好幾個月。」女孩回答。「我已經數不清了。」

「九個月。」另一名帶有德國腔的女生加入話題，刻意壓低的聲音從走廊某處傳來，聲音小到萊德莉全神貫注才聽得清。「杜露是在我之後來的，她已經在這地方待了九個月。我的名字是卡泰琳娜。」

這是場噩夢。萊德莉心想。**或是藥物引起的幻覺**。

不管怎樣，這一定不是真的。**不能是真的**。

「把我們關起來的人是誰？」她問道。她不是第一次被人關在籠裡，但沒想到這種事情還能發生第二次。

女妖的霉運。

走道傳來腳步聲的回音。「把她叫醒，她已經睡夠久了。」凶惡的聲音，男性的聲音，不在乎對話被誰聽到的聲音。

萊德莉視線模糊、跌跌撞撞地跑回床上。牢房外，一道人影在走廊上走動。片刻後，鐵柵門外出現一個虎背熊腰的人形。

「睡得好嗎，女妖？是不是作了個美夢啊？」身材高大的男子說，萊德莉認出了他的南方口音。男子開啟門鎖後走進房裡，牢門在他身後重重摔上。

萊德莉竭盡全力盯著他，召喚自己的蠱惑法術。

你不想待在這裡。

你想掉頭離開。

你可以不用關門。

男子將鑰匙收進口袋後走近。注意到萊德莉專注的視線時，他哈哈大笑。「別浪費力氣了，女妖，暗黑之子對蠱惑法術免疫。」

聞言，萊德莉絕望地任視線渙散起來，倚著床頭板癱坐床上。若是無法對綁匪使用法力，那她還有什麼辦法逃出生天？

「你要對我做什麼？」她發問。

「現在，我會給妳打一劑好東西。」男子從口袋掏出針筒，除下蓋子後用手指輕敲它。「東家特別招待妳的。」

「別碰她，如果你害她腦袋變成漿糊的話，你老闆會生氣的吧。」門外某處，杜露說。

「稀飯腦，閉上妳的臭嘴。」拿著針筒的暗黑之子說。「不然下一個就換妳。」

萊德莉縮起身子向後挪。「你真的不用這麼做，我不會亂尖叫的。」

「隨妳去叫，女妖，這下面的聲音根本沒人聽得到。」他咧嘴一笑，牙齒在昏暗空間中顯得特別潔白。「而且我很愛聽人尖叫，我活著就是為了聽你們叫，不信妳問問妳的新朋友。」男子提高音量。「我說得對不對啊？稀飯腦，妳有什麼想補充的嗎？」

萊德莉全身顫抖。無人答應。

男子伸手抓萊德莉手腕，她徒勞無功地掙扎。這位暗黑之子比山普森還壯。

跟他打，我完全沒勝算。

針頭刺入她的手臂，在皮膚下宛如一條細細的灰色蠕蟲。她痛得一縮，身體不由自主地放鬆，任由藥物引發的冰寒睡意流遍全身。儘管她奮力抵抗倦意，意識依然離身體越來越遙遠。

「漂亮的小石頭。」男子看著她手上的戒指說。「是妳小男朋友送的嗎？」他不懷好意地大笑。萊德莉很想建議他把那根爛針插進某個地方，但就連說這句話的原因也已離她遠去。

不行。

抗拒它。

如果妳現在失去控制，那妳就會失去一切。

保持清醒，想辦法逃走。

林克會找到妳的。

「這裡是……什麼地方？」她含糊不清地問道。周圍的房間忽明忽暗，但她必須知道。她必須保持清醒。她必須告訴林克……

她聽見沉重的腳步聲，以及鐵門關上的聲音。

「歡迎光臨『珍禽獸園』。」

第五章　林克
倫敦的呼喚

林克與佛珞依德碰碰撞撞地穿出黑暗，在最終到達目的地時摔成一團。熟悉的瞬移暈眩感撲面而至——挑戰了時間、空間與物理法則，這就是只有夢魔擁有的能力。

那是令人心神振奮的感覺，無拘無束的感覺，還有——

「我覺得我快吐了。」被壓在林克身下的佛珞依德說。

令人作嘔的感覺。

林克滾到一旁，分開兩人糾結的四條腿。「把頭擱在膝蓋之間，這個很有效。不然妳也可以吐出來，也滿有效的。」

佛珞依德照著他的建議做，一頭長髮掃過草地。「你要是打算用瞬移的方式行動的話，就真的要多練習了。至少降落做好一點嘛。」

「別擔心，我保證會練習的。」林克左顧右盼。「回程就練。」

「保證有什麼用。」

林克坐起身之後單手高舉，仔細觀察誓約戒指——它發出了火紅光芒。見戒指仍有功能，林克內心憂喜交加，喜的是它並沒有完全損壞，憂的是它對萊德莉沒有反應。

「他們一定在這附近某個地方。」他說。「約翰跟小莉。我的巫師心情戒指超激動的。」他將手塞回口袋。

「你確定是這裡沒錯？」佛珞依德坐起身，拍掉黏住頭髮的草屑。

說實話，林克不怎麼確定他瞬移的地點是牛津大學，或只是某個建築物很奇怪、長得有點像教堂的地方。除了先前經隧道去過一趟巴貝多之外，林克從未離開美國國境——甚至在今年夏天和萊德莉去紐約市之前，從未離開美國南部。

還有我和萊在南法度過的那一天，她穿著紅色比基尼。不過那可是法式薯條很難吃的地方（天曉得這是什麼道理）——他當時浪費一整天在找羅馬競技場（直到萊德莉告訴他競技場在義大利），他怎麼可能知道英國長什麼樣子？林克絞盡腦汁回憶過去在《哈利波特》電影裡看見的場景。

「很大臺的紅色公車，還有電話亭對吧？還有戴領結的男生，跟超大杯啤酒？」

「你在胡說什麼？」佛珞依德抬起頭。

「英綜合王國啊。」林克說。

佛珞依德似乎很努力在憋笑。「是嗎？什麼時候改名的？」

林克聳了聳肩。「我不知道，不過希望我們真的到了倫敦。」

少女將長髮紮成馬尾。「等等等等，我想搞清楚一件事。約翰的女朋友——小莉——是牛津大學的學生，所以你把我們瞬移到『倫敦』來了？」

「有什麼問題嗎？」

「沒有嗎，天才先生！牛津大學在『牛津城』好嗎，不然你以為它是怎麼命名的。」

林克左看看右看看，他們瞬移時落到了一塊四周皆是灰色石建築的廣場。林克走向十幾座相同的拱門之一，跳過一些樹叢，走到一條有頂棚的通道。

「慢一點！」跟在後方的佛珞依德喊道。

「抱歉。」林克抓住她，提著她越過樹叢。

他們沿著通道走進一棟建築，而後踏上電影裡才見得到的鵝卵石街道。路上的學生與身穿花呢背心、一臉不悅的老頭子快步經過他們。

林克四下張望。「我們怎麼知道有沒有來對地方？應該找個人問問。」他攔下一位戴著眼鏡、穿著三一學院T恤的乾瘦青年。「嗨，兄弟，這裡是牛津大學嗎？英綜合王國的牛津大學？」

乾瘦青年倒退一步，表情古怪地瞪著他。「對，我想是的……大概。」他作勢轉身離開。

「圖書館在哪裡？」林克問他。

「哪一間？」

這回輪到林克古怪地瞪著他。「不只一間圖書館？」

為什麼？

乾瘦青年將眼鏡推好，瞟了佛珞依德一眼，對兩人的觀感顯然毫無改善。「當然不只一間。你在找哪一間？」

林克皺起眉頭。既然是小莉，那邏輯上說得通的就只有一個地方。「最大間的。」

林克盯著眼前巨大的建築物——看樣子足足有紐約市一個街區那麼大的建築物——與之相比，故鄉的蓋林鎮圖書館簡直是戶外流動廁所。他轉向佛珞依德。

「妳覺得這地方真的滿滿都是書嗎？用紙做成的書？」

她聳聳肩。「進去就知道了。」

他們跟在一群多半是學生的女孩子後方。她們說話都帶有英國腔，林克不太確定她們到底在說些什麼，不過感覺實在非常像電影或電視劇常見的畫面。

林克在《蝙蝠俠》影片下了不少工夫，因此看得出這幢建築是哥德風格。**就像高譚市的哥德風，簡直就像韋恩大宅**。

屋頂上一座座尖塔彷彿鋸齒狀的長劍，讓林克聯想到可能會出現在歷史課本封面的華麗教堂——當然，他從來沒有翻過歷史課本。不過與此同時，這棟建築與雷氏莊園——萊德莉舅舅在蓋林鎮的農園別墅——一樣，有著令人生畏、令人毛骨悚然的氣場。

林克與佛珞依德跟著那群學生穿過廣場，進入主建築。學生們一個接一個用像是學生證的卡片刷卡通過電動十字轉門。到了門前，林克止步不前。「可惡，有那個卡片之類的才可以進去。霍格華茲明明就沒有。」

「直接跳過去啊。」佛珞依德說。「這才是紐約客的作風。」

十字轉門只到腰部的高度，但附近人非常多，而且他們兩人已經夠顯眼了。

站在他們身後的人清了清喉嚨。「不好意思。」一名男子舉起手中的卡片，滿口英國腔地說。

「抱歉。」林克退後幾步說。「我們只是想進去裡面而已。」

英國男子上下打量他們。「只有學生才能用圖書館，除非你申請閱覽證。」他指向後方。「不過你們可以去大門旁邊買票參加導覽。」

「謝啦。」林克拉拉佛珞依德的手臂。「我們去買票吧，等進到裡面就可以脫隊了。」

待他們排隊排到售票口時，林克已焦躁不安。「這位女士，」他打開錢包。「請給我兩張票。」

「十七鎊。」售票員說。「英鎊。」

林克看著手裡的二十美元鈔票。這地方怎麼每件事都不一樣，就連錢也不一樣？

他嚥了口口水。「喔，好，好的，英鎊女士。能請妳等我一下嗎？我找一下錢。」他偷瞄佛珞依德，壓低音量說：「老天，我要付多少錢才湊得到十七磅啊？拜託，比露西貝兒還重耶。」

「你還真是凡人教育最成功的典範，你知道嗎？」

佛珞依德翻了個白眼，從他手裡搶過紙鈔。當她將鈔票滑過櫃檯遞給售票員時，林克的二十元鈔幻化為一角印了「20」的怪異紫色鈔票。

「給你。」售票的女子邊說邊將門票推到他們面前。

林克笑容滿面地離開售票口；帶著幻術師出門實在太方便了。他用肩膀撞撞佛珞依德。「很厲害的一招！」

「你說剛剛那個？」她有些心虛地輕扯演唱會T恤衣角。「拜託，我上幼稚園的時候就會了。等你看到我的信用卡魔術，你才知道什麼叫厲害。」

「如果我之前就認識妳，妳就能幫我變成績單魔術了。」

兩人加入一團聚集在解說員面前的遊客，他們的導覽才剛開始。「博德利圖書館內部，使用中的書架總長一百九十三公里，館內有二十九間閱覽室，是英聯合王國第二大圖書館。當然，最大的是大英圖書館。」

「不都是大英的圖書館嗎？」林克一臉困惑。

佛珞依德連忙摀住他的嘴。「閉嘴。」

解說員引領眾人走上狹窄的階梯，來到一間從地板到天花板擺滿了書籍的狹長房間。

林克抬頭盯著覆蓋整片天花板的鑲板，上了漆的鑲板下方是暗色的木造橫梁，書架也是同樣暗色的木材所造，而且像萊德莉舅舅書房裡的精美書架一樣，書架之間都由圓柱相隔。

這麼多房間，都專門拿來放舊書。

沒道理啊，林克愛看的書連一個房間也填不滿，更別提一整棟建築了——世界上沒那麼多本《星際大戰》小說。

「這裡是亨佛瑞公爵圖書館，博德利圖書館年代最久遠的閱覽室。」解說員說。「這裡存放著地圖、音樂和公元一六四一年前的稀有書籍。各位可以看到這裡很多書都用鎖鏈連著書櫃，這是因為過去還沒發明印刷機前，製作書本並不容易，所以在當時書籍的價值非常高。這些鍊條夠長，把書拿起來看不是問題，但也能確保這些書不被人帶出它們所屬的圖書館。」

林克指著鎖鏈。「他們把書鎖起來耶，就像桑莫市購物中心的皮夾克一樣。妳覺得這裡面有《哈利波特》嗎？」

佛珞依德蹙著眉，撥開垂落眼前的金髮。「我們得快點想辦法脫隊，去找你朋友。」

解說員帶領遊客走下長廊，林克拉住佛珞依德的手臂停下腳步。

「讓他們先走。」他悄聲說，接著點頭示意附近的樓梯。

參加導覽的最後一人走到走廊轉角時，林克抓著佛珞依德的手迅速爬樓梯上樓。不過他忘了巫師跟不上四分之一夢魔的速度，所以爬了三段階梯後拐彎時，佛珞依德被帶得撲進林克懷裡。

她上氣不接下氣地注視著林克。一名男子恰巧經過，看了緊貼著林克的佛珞依德一眼，朝林克讚許地點點頭。

林克只覺得整張臉燒起來了。

佛珞依德邊拉好T恤邊退開一步。「原來『英綜合王國』也是有智障的，真好。」

林克臉上浮現了微笑。「果然全世界的智障都是一家人啊。」

他跟著佛珞依德走進一扇門，來到一間龐大無比的閱覽室。一櫃又一櫃的書籍從高處俯視他，與巫師圖書館魯納古書閣的氛圍十分相似，不過這裡的書積了更多灰塵。寬敞的閱覽室中央，有些學生坐在長桌邊念書，有些則使用書架附設的閱覽桌閱讀，林克的目光掃過這些學生，尋找小莉的金色髮辮。他並沒有看到小莉，倒是望見一個與約翰幾分相像的人——如果約翰是超級書呆子的話。

一名身材壯碩、短黑髮與約翰一模一樣的男生獨自坐在閱覽室另一頭的桌邊，不過他穿的並不是約翰平時的黑T恤與皮革機車夾克，而是一件對全世界宣布「來揍我吧」的書呆子風格藍色襯衫——叫約翰穿這種衣服，他寧願去死。

不可能是他吧。

「你怎麼一直盯著他？是那個人嗎？」佛珞依德耳語道。

「我不確定。如果真的是他的話，那我們可能掉進《駭客任務》的世界了。」林克走向長桌與看不出是不是約翰的書呆子——那個人舉起手時，林克看見散發明亮光輝的誓約戒指。那個人抬起頭，巫師綠瞳與羞赧神情映入林克眼簾。

「我就知道是你。」林克說。「老天爺啊。」他咧嘴一笑。「你簡直像是被《變形邪魔》裡的人偷了衣服……至少，我希望被偷的只有衣服而已。」

約翰粲笑著捲起襯衫衣袖，彷彿這樣他看起來就會比較酷一樣。「我是為小莉穿的，以便幫她融入這裡的群體。」

「是這樣啊？那你覺得效果如何？」林克揚起眉毛。

約翰聳聳肩，林克伸手撥亂他的頭髮。「兄弟，好好維持這個形象吧，我精神支持。」林克一手做出抽鞭子的動作。

約翰推開他，同時上下打量佛珞依德。「你不介紹一下你這位朋友嗎？」他的語氣聽上去很隨意，但林克明白這句話背後真正的意思——至少，他知道約翰真正想問的是什麼問題。

「啊，抱歉，這是佛珞依德。」

「黑暗巫師？」約翰問道，彷彿視線能穿透佛珞依德在凡人面前戴的虹膜變色片。

「你有意見嗎？」她問約翰。

「倒是沒有，我以前也見過林克和黑暗巫師女孩在一起。」約翰揚起一邊眉毛，轉向林克。

「她是我樂團的貝斯手。」林克說。他希望這句話清楚傳達了自己想說的話：**兄弟，別問了，說來話長**。

「**我們的**樂團。」佛珞依德不悅地糾正他。「而且現在也沒了。」

「惡名昭彰的『女妖之歌』？」約翰看向林克。「這就是你來這裡的原因嗎？而且說到女妖，咱家的女妖呢？」

林克的臉蒙上一層陰影。「你說到重點了，萊的狀況不太妙。」

也可能更慘。

林克並沒有說出來。他幾乎無法忍受萊德莉已死的念頭，對約翰說出這個可能性的話，林克大概會崩潰。

約翰嘆了口氣，身體向後靠著椅背。「我應該感到驚訝嗎？」

「不是那種小事，這回很嚴重。我們麻煩大了。」

「每次都很嚴重。」

佛珞依德開口插話：「她失蹤了，而且我們認為她在西拉·雷手上。」

「什麼？」聽到西拉這個名字，約翰全身一僵。在他們所有人之中，他與雷家的關係最複雜。「她怎麼會和西拉扯上關係？」

「西拉是在找我——其實是我跟你。他想替亞伯報仇，把萊關在籠子裡之類的。我們被一個叫諾斯・蓋茲的弱智給出賣了。」林克滔滔不絕，幾乎沒停下來喘氣。「我們差點就要成功逃走，結果被他們找到了。我們出了車禍，老爺車起火了，我不曉得萊發生了什麼事，不過應該是被西拉抓走了，他好像是巫界黑手黨的老大之類的，你一定要幫我們找到實驗機構。」

「慢一點慢一點。」約翰說。「看來我得拿出考前複習講義了。」

佛珞依德一手搭在林克手臂上。「換我來。」

他點點頭，讓佛珞依德負責為約翰說明遺漏的片段。林克並沒有專心聽，因為找到約翰之後，他滿心只剩下拯救萊德莉的念頭。

佛珞依德剛說完，林克立刻又加入對話。「所以你會幫我們找她嗎？」

約翰解開「來揍我吧還有盡情霸凌我」襯衫的釦子，脫下襯衫。「畢竟西拉真正要抓的是我們兩個，我要是不去救萊德莉，也說不過去。」他將襯衫揉成一團丟在地上。

林克看見約翰穿在裡頭的黑T恤，稍微鬆了口氣，而佛珞依德見他裡頭有穿衣服，似乎有些失望。林克差點就忘了約翰在女性眼中多麼有魅力。

約翰拿起背包。「我們一小時後在列王紋章酒吧碰面。我得先對小莉交代清楚，不能就這樣不告而別。」

「瞭解，列王紋身。」林克舉起拳頭。「謝了，兄弟。」

「就算萊被西拉抓走不是我們的錯，我還是會幫你的，因為我們是朋友。」約翰與林克撞拳，林克收到了最重要的一則訊息。

他會幫我們。

離開博德利圖書館比混進去容易許多。

約翰提到的酒吧就在對街，於是林克與佛珞依德決定直接入內。佛珞依德雖然纖瘦，但她總是飢腸轆轆，林克不希望為了覓食而迷路——這地方一切都有點詭異。牛津從奇怪的腔調到左右相反的馬路，簡直像巫界的大學城。

「看起來挺好的。」他們走近酒吧時佛珞依德說。這棟粉紅、水蜜桃色建築的玻璃窗漆成了白色，門的兩側則掛著黑色燈籠。

林克低頭瞄了自己的黑色安息日T恤與牛仔褲一眼。「希望沒有太『好』。」他嘆一口氣。「我們幹麼在這裡浪費時間呢？要趕快走才對啊。」

佛珞依德搭住他的手臂。她的手與本人同樣溫暖、同樣朝氣蓬勃。「放輕鬆點，你朋友說了一個小時之後碰面，那我們不如先吃點東西。」

林克扮了個鬼臉。

「喔對。」她聳聳肩。「我不如先吃點東西。」

列王紋章酒吧內部盡是深色鑲板與不同年代的標牌，一張正式的木吧檯占據主廳大部分空間，調酒師背後的櫃子排了整整齊齊的酒瓶。

佛珞依德走至角落靠窗的桌邊，直接坐在簡易的梯格式椅背座位上。林克掃過桌上的菜單後鼻頭一皺。「傳統農夫早餐與煎魚餅？蘇格蘭式香腸蛋？酥豆糊？這是什麼鬼？」

佛珞依德仔細看過菜單。「傳統農夫早餐看樣子應該是麵包、酸黃瓜、蘋果和起司。」

「酸黃瓜、起司和麵包？」林克搖了搖頭，從口袋掏出原子筆。「還好我不用吃東西了。」

她拿著菜單起身。「還沒試過就別急著批評人家。我要去吧檯點餐了，我猜你什麼都不要？」

林克望向附近堆滿餐盤的餐桌。「幫我點個可樂之類的，我才不會看起來很奇怪。」

佛珞依德粲然一笑。「就算有可樂也沒用的。」

「是嗎？反正不要讓他們在我的蘇格蘭威士忌裡面加蛋就好了。」林克目送她走到吧檯前點餐，表面上與其他學生無異。

他拿起一張餐巾紙，隨手寫下幾句歌詞。自發生事故，山普森與諾斯在樹林中找到他之後，林克腦中便不斷飄著各種歌詞。唯一的問題是，這些歌詞都很爛——對他而言，這是前所未有的情況。林克從有記憶以來就一直寫歌，從午餐吃什麼，到無數次被萊德莉整到心碎，什麼都能寫，而且之前他十分確信自己的歌詞好到沒話說。

他盯著餐巾紙上一行行黑色墨跡。

要是我再也寫不出新歌怎麼辦？

少了萊德莉，他做不了的事情應該很多，因為她不只是林克的女孩——萊德莉是賦予他靈感的繆思女神，一切的開端是她，一切的結局也是她。

失去。繆思。瘀青。

為什麼害我神智不清？

像最愛的鞋弄丟時心情……

他讓原子筆從指間滑落桌面。

我遜斃了。沒有萊我寫不出東西，非找到她不可。

「你在做什麼？」佛珞依德將他的可樂放到桌上邊問道。「你在寫歌嗎？好聽嗎？」

林克將餐巾紙揉成一團塞進口袋。「不好聽。自從失去……失去她以後，我就寫不出好歌了。」

佛珞依德聞言，表面上從容不迫地入座。但是過去一年林克和女孩子相處多了後，學到一件事：你可能認為女生心裡這麼想，可是她們通常跟你想的不一樣。佛珞依德臉上又出現那微妙的表情，林克看不出她究竟想哭或想笑。

女生都這樣。

「萊德莉真幸運。」她說。「不管她做了什麼、犯了什麼錯，你都會站在她那一邊。如果有人這樣對我就好了。」

「萊不是故意犯錯的——至少，她通常都不是故意的。」林克說。

佛珞依德翻了個白眼。

「她內心深處真的很善良。」林克說。「她只是不想讓別人知道而已。」

「這是什麼邏輯，我聽不懂。」

「可是我懂。她小時候的日子不怎麼好過。」

「有誰小時候的日子好過了？」佛珞依德說。

「喔？萊轉化成黑暗巫師以後，連她親媽都不要她了。」

佛珞依德很瞭解似地點點頭，不過她的神情透露出全然不同的信息。「你不用跟我說什麼悲慘童年，我爸可是地下巫界的黑暗重機幫會老大，你難道忘了嗎？」

「我根本沒辦法想像那種童年。」林克說。「我媽在我十歲前都不准我把腳踏車輔助輪拆掉，我爸大部分時間都花在南北戰爭重演活動上面──主要是為了避開我媽。」他聳了聳肩。「不能怪他，老媽整天禱告跟大驚小怪的，不管是誰都會被她搞得精神衰弱。而且，如果碎碎唸是一種奧運比賽的話，老媽絕對會拿金牌，我們乾脆在她的居家服上披一面美國國旗，叫她直接去跑一圈慶祝勝利算了。」

女服務生端著一盤東拼西湊、在林克眼中引不起食慾的食物走來。「我們的傳統農夫早餐。」她說。「謝謝！」

佛珞依德將一塊起司拋進嘴裡。「其實挺好吃的，這是我吃過最棒的傳統農夫早餐。」

「妳說了算。」林克說。「可是農夫在哪裡？」

她無言地盯著林克，他聳聳肩。「我覺得凡人食物吃起來都差不多。」

佛珞依德點頭，專心用餐。適才她父親的話題似乎令她不太愉快，於是林克不再提起這件事，繼續在餐巾紙上寫爛歌詞。

等到林克寫完第四首歌，佛珞依德開始吃英國人稱作「薯片」的薯條（林克無法理解英國人的思考模式）與酥豆糊時，他開始擔心約翰會放他們鴿子。正想對佛珞依德提起這個想法時，酒吧前門恰巧被推開，他隱約瞥見熟悉的金色髮辮。

小莉——約翰的女朋友，在那之前便是林克的朋友——與林克記憶中的她一模一樣：明亮金髮與高䠷身材。

第三級的辣妹。

林克第一次見到她的時候曾這麼對伊森說。不過說來也怪，現在小莉在他眼中就是他的朋友、約翰的女孩。

雖然她是約翰超火辣的女朋友。

小莉穿著與林克初次會面時那件齊柏林飛船T恤，只花一秒便用眼神鎖定林克。林克從她的表情看得出她非常不高興，她雙手抱胸、臉色陰沉地朝林克走來，約翰則緊隨在後。

抱歉了。約翰脣語道。

「衛斯理・林肯。」

只有林克老媽才會這樣稱呼他，而且這通常都不是什麼好兆頭。小莉說著上前給他一個令人膽怯又深情親切的擁抱，林克盡快退出她收緊的臂彎。

他嗅到「危險」的氣味。

小莉拉開林克對面的椅子坐下後，掃了佛珞依德一眼。「奧莉維亞‧杜朗。先說聲抱歉，我現在心情很差，平時我待人挺大方有禮的。」她轉而面對林克。「我聽說你打算帶約翰一起去找西拉‧雷。」

「那個，小莉——」林克開口說。「我只是——」

她舉手阻止他說下去。「所以我心情很差。」

約翰在她身旁坐下，一隻手擱在她椅背上。

小莉推開約翰的手並狠狠瞪了他一眼，隨後又將注意力轉回林克身上。「若我所言有誤，歡迎糾正我。上回，亞伯‧雷差點殺了你們兩個——應該說，差點殺了我們所有人吧。」

「呃，妳說的也不算錯啦——」

「然後現在，你想去招惹他的玄孫？」小莉問道。「你為何會認為這是明智的選擇？」

林克又試圖插話：「也不完全明智——」

「我說過了，萊德莉現在的狀況很危險。」約翰說。

「我要聽林克親口告訴我。」她視線片刻不離林克。「你說的『危險』究竟是哪方面的危險？」她舉起戴著戒指的手。「為何戒指只對你有反應，對萊德莉卻沒有？」

林克嘆了一口氣。對付小莉，「委婉」是行不通的，她聰明到可能對自己造成危害的地步。

還有對我造成危害。

他不甚確定該從何說起，決定直搗黃龍。「西拉‧雷知道我跟約翰殺了他的亞伯爺爺，所以他要我們去死：我跟約翰——還有那時候幫了我們的蕾娜和萊，他搞不好連妳和伊森也不會放過，這我不曉得。可是他是『黑黨』的老大——有點像地下巫界的黑手黨。」

「那還是保守的說法。」佛珞依德補充道。

「嚴格來說，那就是普通的『陳述』。」小莉用一個眼神使她閉上嘴。「我聽訓練我的保管者說過黑黨的情況。」

「情況真的很慘，小莉。」林克把內心的痛苦流入言語。「要不是情況很慘，我也不會來這邊找你們。西拉好像特別喜歡女妖，萊又失蹤了，如果我們不快點去找她的話，我真的不知道西拉會對她做出什麼事情。」

小莉的神情稍微軟化，瞄了腕上奇怪的儀器一眼——林克太久沒看到她的塞勒儀，都差點忘了它的存在。塞勒儀看起來像是只怪異的腕錶，不過林克知道它能量測各種東西，例如月球的引力。

過去，事態幾乎與現今一樣慘烈時，小莉也曾使用那只塞勒儀。現在光是看見它便喚醒了各種瘋狂、慘痛的回憶。

林克別過頭。

「你和萊德莉前去紐約本就是錯誤的選擇，我從一開始就有不祥的預感。」小莉說。「當初不該替你偽造大學錄取證明的。」小莉是林克「逃離蓋林鎮」計畫重要的一環，尤其是憑空捏造出喬治亞救贖大學這間基督教學院，以及偽造文件的部分，小莉的幫助更是不可或缺。

林克滿臉通紅。

「給我等等。」佛珞依德說。「那妳是要林克怎麼樣，直接放棄他的夢想嗎？基本狀況就是，萊德莉為了一場牌局把林克給賣了，而且他還不知情。萊德莉一點都不無辜好嗎，我當時親眼看到的。」

「嗯？」小莉凝視佛珞依德良久，她的目光使幻術師微微縮回座位上。「這位女孩是？」

和約翰先前問的是同一個問題。

其實是兩個問題。

這位黑暗巫師是誰？還有，她為什麼和你在一起？

林克默不作聲。佛珞依德全身緊繃地說：「『這位女孩』有名字好嗎！而且妳想『嚴格來說』的話，告訴妳，我有兩個名字。」

「很好，我很喜歡以嚴格的標準論事。」小莉說。

林克將手放在她的手臂上。雖然她關心的態度令人感動，但對現況並沒有幫助。「好啦，小莉，對佛珞依德發飆也不會比較快找到萊，我現在需要妳全力幫我們。」

「我並沒有發飆，只是陳述事實罷了。」小莉泫然欲泣地說。林克這才發覺她的情緒與佛珞依德完全無關，小莉和他一樣擔心萊德莉。

約翰攬住她的肩膀，同情地抱緊她。

林克看著小莉與約翰。「沒關係的，佛珞依德是我們——我跟萊——在紐約遇到的朋友，她也想幫忙。現在有人肯幫忙就不錯了，我們不能把人家趕走。」

小莉撇開視線。

林克拉拉佛路依德手臂。「放過小莉吧，失蹤的是她的好朋友。」

漫長的一瞬間，兩名少女動也不動。然後，佛路依德難為情地聳肩。「我懂。我是說，我懂你們的心情。萊德莉雖然很煩，可是她是專屬我們的麻煩，對不對？」

林克差點沒從椅子上摔下來，他從未聽過佛路依德給萊德莉這麼高的評價，他也很清楚，佛路依德說出這句話簡直是要了她的命。

「她確實是專屬我們的麻煩。」小莉輕聲嘆息。

儘管處境不樂觀，林克依然露出笑容。多了約翰與小莉，他的心情瞬間好了起來。

「你們確定綁架她的是西拉・雷？」小莉問他。回到正題，少女腦中的齒輪開始運轉。

林克搖搖頭。「不確定。我的意思是，我沒有親眼看到西拉把她抓走，可是撞爛老爺車的是西拉的貨車，萊就失蹤了。」

小莉蹙著眉說：「你知道西拉有可能將她關在什麼地方嗎？」

「我們幾乎能肯定他的大本營是在實驗機構附近，所以我們才得找約翰幫忙。」

聽林克提起他從小被亞伯養大、被亞伯進行各種實驗的場所，約翰便一臉鐵青，但他默默點了點頭。

小莉又嘆息一聲，取出她的紅色小筆記本振筆疾書。多半因保管者的責任是保管記錄，所以她必須寫下適才發生的一切。誰知道呢？林克從以前就無法理解她的思路。小莉寫完時闔上筆記本。「我們該動身了。」

「『我們』？妳這是什麼意思？」約翰詫異地注視著她。「妳還得上課。」

「我可以寄電子郵件向教授請假，然後通知負責訓練我的保管者說我家裡有急事。」她說。「你去哪，我就去哪。就是這樣。」

她舉起手。她的誓約戒指現在與約翰、林克的戒指同樣黯淡無光，三枚死氣沉沉的戒指更強調了她的論點。

「小莉。」約翰靜靜地說。「我們這是要去找西拉．雷，太危險了。」

小莉收起筆記本。「所以你們需要我，所以我才要一起去。」

他搖了搖頭。「小莉，求妳了。」約翰輕喚她名字的語調、凝視著她的眼神——林克聽見約翰語音中瘋狂的感情，以及怕小莉遭遇不測的瘋狂恐懼。

我懂。林克心想。

我現在也一樣，還是很瘋狂，還是很害怕。

這種感覺永遠不會變的，因為你愛一個人愛得太深，愛到自己都支離破碎。

小莉站起身，將鉛筆夾在耳後。「我們邊走邊吵。」

第六章 諾斯
天國之南

不到一小時後，諾斯出現在天國樓門前。對窩在這幢大樓裡的巫師毒蟲而言，「天國樓」之名是殘酷的諷刺——街頭藥物雖然是凡人的發明，但真正將之發揚光大的絕對是黑暗巫師。

這就是抱枕上繡的黃色太陽引領諾斯抵達的中繼站。

他來到了「燦陽」的源頭。

燦陽是黑黨最新的熱銷商品，由黑黨在地下巫界各地經營的藥物廚房設計出的迷幻藥——鴉片與黑暗魔法的混合物。巫師一旦嘗過它的滋味便會立即上癮，所以儘管黑暗巫師對這種藥物的市場有增無減，諾斯一直禁止人們在他的俱樂部內使用燦陽。燦陽只會導致問題，導致痛苦。

諾斯本人一向對藥物興致缺缺，他只對權力與控制成癮——至少，在遇見萊德莉之前是如此。他不知道世上是否存在針對那位女妖的十二步戒毒守則，不過那又是另一回事了。

想到西拉可能正在對她做的事——假設她還活著的話……諾斯毅然決然穿過旋

轉門進入大樓。

快點進去，快點出來。這一切都是為了她。

內部是開放式的方形大廳，諾斯只需抬頭，上方全十八層樓便一覽無遺。每一層樓都布置得一模一樣，沿著樓層邊緣圍繞大廳上方的，是破破爛爛的金屬欄杆，而欄杆與走道內側則是一排標著號碼的金屬房門。在黑黨接手之前，天國樓一度是棟低租金廉價公寓。

每層樓的欄杆邊是七横八豎的人體，諾斯看不出有多少已經是死屍了……照他們現在的路走下去，死亡對那些人而言只會是某種小事。

一名骯髒不堪的黑暗巫師跌跌撞撞地靠近諾斯，金色眼眸像是發高燒似地渙散失焦。還有更多巫師從樓梯口晃過來，人人宛如殭屍般神情呆滯，也沒有任何人注意到諾斯——或周遭任何事物。諾斯走上樓，沿途避開縮在角落用錫箔捲成菸斗吸食燦陽的毒蟲，走到七樓時，他終於找到一位毒販。

那位夢魔站在角落分發玻璃紙包裝的黃色石塊，而上癮的毒蟲忙著將現金塞進他手裡。

「我沒有錢了。」一名骨瘦如柴的少女對夢魔說。「可是我可以用法力跟你換。」

夢魔哈哈大笑著露出鋒利犬齒，一把推開她。「妳的法力早就用完了。不付錢就沒陽光。」

陽光——也就是燦陽誘發的迷幻快感。

光是看著這群人，諾斯就想吐，但他沒時間玩英雄遊戲了。他直接擠到隊伍最前頭，兩指夾著百元大鈔遞上前。「那看來我來對地方了。」

拜託，快一點。

毒販揚起眉頭，咧嘴一笑。「你這是要開大型燦陽趴？你要買多少？」

「我不是來買燦陽的。」諾斯說。「我要的是情報。」

他想到自己持有的才能、人情、法力，不過浪費在眼前的人渣身上實在太不值得了。對已經上癮的毒蟲來說，燦陽本身就具有足夠的吸引力——諾斯只需掏出平凡無奇的鈔票。

而且與才能、人情、法力不同的是，諾斯擁有的財富近乎無限。

夢魘的心思實在很難讀懂，因為你只看得見自己在他漆黑雙眼中的映象。「什麼樣的情報？」

諾斯又掏出一百塊。「我想找住這附近的一個巫師，人們稱他為『化學家』。」

夢魘大笑著扯過兩張百元鈔。「現在可不是這麼回事了。」

「你到底知不知道他在哪裡？」

夢魘朝樓梯口點了點頭。「十八樓，十三號公寓。如果他還沒跳樓的話一定在裡面。」他嘲諷地行禮後將錢收入口袋。

諾斯無視他。

他只對一個毒蟲感興趣，那是他很久很久以前認識的人——當時那個人還不是毒蟲。當時諾斯的母親已經被奪走，而他父親則瀕臨崩潰。

當時亞伯·雷主宰他們生命中的一切，諾斯的童年就是在一條條規則的狹縫中求生存，但是有一條鐵則比其他所有規定加起來還要重要：**永遠、永遠不准問關於實驗機構的問題**。

諾斯闔上雙眼，讓回憶的暗流將他帶往遠方……

媽媽在泡茶時，亞伯突然衝進廚房，他看起來比平常激動很多。

「現在去打包。」他朝媽媽打了個響指。「有個問題必須立刻處理。」

她點點頭。「雷諾斯，快點，去把你的東西打包好。」

「小鬼留下來。」亞伯的語氣很堅定，聽得出媽媽怎麼說都不會有用。「我是要去處理正事的，不是當保母。」他冷眼盯著我。「給小鬼一盒火柴玩去，我們運氣好的話他還會把自己燒死。」

媽媽看起來很驚恐，可是她沒有跟亞伯吵架。誰都不敢跟雷家第一個嗜血夢魔吵架。

「上樓去我房間待著。」媽媽小聲對我說。「把門鎖好，在我回來之前一定要乖乖待在房間裡。」我點點頭。「我要你跟我保證。」她的表情很絕望。

「我——我保證。」我結結巴巴地回答，害怕一說錯話就會被亞伯殘忍處罰。

「快去。」

我衝上大廳的螺旋樓梯，看他拖著媽媽出門。我有乖乖守信用，在媽媽房間裡——亞伯讓我來看她的時候我跟媽媽一起睡的房間——待了好幾個小時，接著我突然發現可以趁這個機會去實驗室探險。亞伯每次都跟他孫子西拉在實驗室裡面不知道幹麼，我想知道他那樣的人會在實驗室裡做什麼樣的東西，是監視工具嗎，拿來監視媽媽跟那些被迫幫他工作的超自然生物？

武器或是炸彈？

或是讓我怕到極點——幾乎跟怕他威脅我們家一樣怕——的可能性：說不定亞伯用巫師奴隸的法力做動物實驗。

現在就是我去找到真相的大好時機。

所以我決定把握這個機會。

溜出門很簡單，亞伯手下的混混大多是笨蛋。

實驗室在地底下，可是我知道入口在農園以前的馬車房後方，沒想到我很輕鬆就找到了厚重鐵門，它有點像電影裡的龍捲風避難所。大家那麼怕亞伯，他平常應該不用擔心會有人闖進他的超級祕密實驗室。

大門好重，重到我差點放棄了，不過就在我準備放棄的時候，它終於打開一條縫，我勉強擠了進去。

在我想像中，亞伯的實驗室和我愛看的小說裡常出現的中世紀煉金工坊差不多。可是這地方跟中世紀完全搭不上關係，每樣東西都閃亮閃亮的，超先進超高級。

他絕對是在做炸彈。

看到走廊沒人，我有點驚訝。說不定亞伯帶著媽媽和全部的手下一起去辦事了。說不定他手下也不准下來實驗室。

我沿著走廊往前走，注意到一面很長的窗戶，像是醫院裡爸爸媽媽看剛出生的寶寶那種窗戶。我爬到窗戶下面，花了一點時間才鼓起勇氣偷看……如果被人抓到的話亞伯會怎麼處罰我，我連想都不敢想。

我終於放膽隔著玻璃偷看的時候，看到一排又一排的病床排在牆邊，每張床旁邊都有醫療用具跟顯示螢幕。

很多巫師跟夢魔都動也不動地躺在床上，要不是螢幕上面動來動去的鋸齒線，還真看不出他們是不是死了。

最後一張床上躺了一個男孩，他跟我差不多大，而且他跟其他人不一樣，是醒著的。他在病床上扭來扭去，看他的表情就知道他非常痛苦。

「搞什麼啊，你怎麼會在這裡！」突然有人在我背後說，害我嚇得差點靈魂出竅。一個瘦瘦的、看起來很緊張的巫師站在我背後，他穿了一件白色實驗袍。

「我——我迷路了。」我結結巴巴地說，心裡一直祈禱他相信我。

「迷路也不能來這裡，你得在被其他人發現之前趕快出去，不然下場就和他一樣。」他比著在床上扭動的男孩。

「他怎麼了？」我問那個人。

「你是智障嗎？你要是不想被『他』抓去做實驗，就給我現在離開。」

走廊傳來腳步聲，那個醫生——之類的——一緊張，直接打開後面儲物間的門，把我推進去。

「外頭有人。」門外傳來刺耳的話聲。

「放輕鬆點，只是化學家而已。」另外一個男人說。

「你在實驗室外做什麼？」聲音比較凶惡的人說。

「我——我需要調適一下心情。」化學家緊張地說。

另外一個人笑了。「怎麼樣，受不了這份工作嗎？」

「當初你們告訴我這是基因技術的實驗，我才沒有答應要在孩童體內設置死亡開關，或是拿巫師做人體試驗。」

「是你自己答應做亞伯·雷叫你做的事。現在給我回去。」

我在儲物間裡待了好久好久，感覺過了好幾個小時才偷偷摸摸爬出來。那時候我就對自己發誓，我再也不會回那個地方了。

諾斯攀上最後一段階梯，甩開兒時的記憶。

萊德莉，我會找到妳的。求求妳活著等我。

十八樓絕不是什麼高級頂樓公寓，從壞掉的欄杆到沒有門且不能住人的公寓，整層樓彷彿正在施工拆房似的。唯有一扇門仍然完好，門上以噴漆標了十三號。

諾斯在門口頓了頓，暗暗祈求屋內的化學家還有一口氣在——以十八樓整體的狀況來判斷的話，這裡住著活人的機率相當低。他用力敲門，等了一小段時間。

無人應門。

管他的。諾斯心想。他轉動門把，轉了幾下之後直接奮力一推。腐朽的木材應聲斷裂，房門打開的同時，一股奇臭無比的味道填滿他的鼻腔——那是食物腐敗的味道，再加上霉味與腐爛的惡臭。

化學家肯定死了，除了屍體腐壞之外，還有什麼能產生如此難聞的臭味？但諾斯必須百分之百確定，於是他踏進房間。而與此同時，一位穿著骯髒實驗袍的老頭繞過轉角走來。

諾斯心算了一下：小時候遇到他時，化學家頂多四十歲，然而此刻站在諾斯眼前的男人比起五十更接近七十歲。老頭的指尖盡是燙傷的傷疤，顯然是用自製鋁菸斗吸食燦陽所致。

身穿髒舊實驗袍的老頭上下打量諾斯。「你有多少我就能幫你多製作一倍，只要讓我嘗一點就好了。」他腳步虛浮地左右搖晃，只能扶著牆壁穩住身子。

「我對燦陽沒興趣。」諾斯嫌惡地說。「我要找化學家。」

老頭踉踉蹌蹌地退開。「抱歉，我不認識這個人。」

諾斯指向他的實驗袍。「你確定嗎？」

老毒蟲花了一點時間才發現自己穿著實驗袍。「這玩意？我是在一樓找到的。」化學家的聲音比外貌年輕許多，諾斯見過不少毒蟲，他知道藥物能在短期內使人迅速衰老……他同時也知道唆使毒蟲開口的方法。諾斯舉起一張百元鈔。

化學家雙眼圓睜。

「我需要一些情報，你只要告訴我就能拿錢。」此人可悲的殘骸不值得諾斯浪費法力。

極度渴望現金的老頭雙手插進口袋，口水都快滴出來了。「你想要什麼情報？」

慢慢來，先確定是本人再說。

諾斯抽回手，老頭的視線緊跟著鈔票不放。「我不是問你。」諾斯說。「只有化學家能回答我的問題，但是你不認識他，對吧？」

他幾乎能看見老毒蟲心裡激烈的交戰。

「你想從這位化學家打聽什麼重要情報？」

「我想知道一件事：他過去工作的實驗機構在什麼地方。」

「不。」老頭搖搖頭。「如果你知道那地方的事，最好趕緊忘了。」

「你的意思是，你知道實驗機構的位置？」諾斯問道。

化學家的視線飛到門口，他幾乎像是有強迫症似地亂撥頭髮，彷彿想將頭髮拔光。「我們不應該討論這件事，如果被不該聽見的人聽見你問這些問題，他們一定會殺了你——還有我。」

「這件事讓我來操心就好。」

「不行，其他人就是這樣死的，大家都是這樣死的。」他目光不安地飄移，避開諾斯的雙眼。

「假設你是我在找的那個人，那你現在良心不安也太遲了。」

化學家走入殘破不堪的迷你廚房，瘋狂地翻箱倒櫃尋找某樣事物——多半是毒品。

諾斯嘆了一口氣，揮揮夾在指間的鈔票。「你需要這個吧？把我想知道的事情告訴我。」

老頭發現廚房內只剩幾團錫箔與數支塑膠打火機後，他開始一個接著一個打開櫥櫃繼續翻找。「你根本不明白自己在說什麼。」

諾斯走向化學家，砰的一聲關上老毒蟲臉邊的櫥櫃門。「我知道你過去在亞伯的實驗機構做了什麼，你們使用巫師與夢魘——還有那個小孩——進行人體實驗。」

化學家愕然呆立，雙手緊緊抓著身前的流理臺。「什麼小孩？」

「別想騙我，約翰的事我都知道了。」

化學家惶恐地倒退，彷彿諾斯舉槍威脅他。

諾斯逼近一步。「約翰．布利，那就是他的名字對吧？」

「我不想做的，是亞伯．雷逼我的。」

「他當時只是個孩子而已。」諾斯搖頭說。

「你根本就不曉得他是什麼樣的人，他會對我們做什麼——」化學家更加仔細地審視諾斯，全身不停發抖。「等等。你是那個孩子。約翰。你終於來殺我了，是不是？」

有進展了。

諾斯充分利用化學家內心的恐懼。「我不是約翰，但我知道他在哪。」也不算是說謊。

假若是在別的時空，說不定約翰的命運就會變成我的命運。

「如果你不告訴我實驗機構的地址，我就帶約翰過來親自『報恩』。」

化學家開始飛速說話，快到諾斯差點聽不懂。「就在亞伯的房子後面，你不能從那邊進去，不過英里隧道有直接通往屋子的門。」

如我所料。

「我怎麼知道是哪一扇門？」

「天亮前去英里隧道，雷家的廚師會在那裡——如果那個老巫師還沒死的話——跟著她走就是了。不過你就算去雷氏橡園也找不到亞伯．雷，他死了，聽說殺死他的人就是你朋友約翰。」化學家布滿血絲的雙眼閃過瘋狂的暗光。「下一個大概輪到我了。」

「要是實驗機構不在你說的地方，下一個就輪到你死。」諾斯將百元大鈔扔在廚房流理臺上。英里隧道並不難找。

老毒蟲的視線在諾斯與鈔票之間閃動，然而恐懼最終不敵陽光的舒爽，他撲上前帶著鈔票從諾斯身旁飛奔而過。

等諾斯再度回到一樓時，化學家手裡已經多了一包塑膠袋——他正用一小塊接著一小塊的燦陽邁向死亡。

諾斯在陰暗的巫界隧道中行進的同時，回憶的惡魔於他內心肆虐。他此生花了非常多時間試圖忘卻過去，這就是他努力遺忘的原因：一旦開啟回憶之門，隨之而來的黑暗之海將淹沒他的心靈。沒有人堅強到能夠與一整片汪洋相抗，諾斯從未如此時臨近深淵。

他拚命逼自己思索幼年回憶之外的事情——幼年回憶，以及西拉·雷。

更準確地說，西拉·雷與萊德莉。

他努力甩開這些念頭，然而他越是努力不去想，腦中浮現的畫面便越是清晰。

西拉此刻在對她做什麼——或逼她做什麼。只要西拉想，他愛對萊德莉做什麼就做什麼。或是她已經走了。

諾斯停下腳步，倚著隧道壁而立，垂頭喪氣地將臉埋入手心。那絲念頭會將他推入深淵，當他被深淵吞噬時他就無法思考，無法思考時他就會犯愚蠢的錯誤，犯錯可能會害萊德莉受傷。

停。

找別的事情來想，什麼都可以，在抵達紐奧良之前不崩潰就行。

他必須知道萊德莉是否在西拉手裡。

萊德莉……或她的屍體。

諾斯從口袋取出打火機，舉至面前。他感受到蜷縮在腹中那熟悉的情緒，想起未來無可撼動的碑文。

乾脆將命運之輪綁在背上前行。

但這不重要。

他不重要，自從上回在打火機的火苗中看見車禍之後，他便不再是事件的主角。

諾斯顫抖的手點亮打火機，他抬眼凝視明暗閃爍的火光……

一開始，除了霧氣之外什麼也沒有，霧氣較平時還要暗、還要濃。

諾斯一如往常地走入霧氣的中心。

眼前的煙霧是時間、記憶，以及阻隔黑暗巫師與其黑暗幻象的一切。

諾斯推開濃霧，步入其中。

當暗影開始變得清晰、預知幻影開始顯形時，諾斯發覺情況不對勁。

我預知未來的能力減弱了，我什麼都看不見。

然後，他發現自己看見了某樣東西。

黑煙形成了粗直條紋，彷彿有人在他頭上潑了墨水，墨汁在眼前一條一條滴落。

像是開快車經過森林時，樹木一閃而過的殘影。像是籬笆，只不過不是白色，而是黑色。

他的預知幻影怎麼可能出現白籬笆這種歡樂、祥和的景象呢？想到此處諾斯差點露出微笑——而後黑霧開始聚焦形成更多細節，諾斯．蓋茲不再微笑，因為他終於明白眼前的畫面。

鐵柵。

牢獄的鐵柵。

他強迫自己控制幻象，緩緩地隨著鐵柵向下探，直到他看見了……她的臉。蒼白且毫無動靜，刮傷、瘀青與乾涸的血液布滿臉龐，嘴脣則是青紫色。

萊德莉——

萊德莉，醒醒。是我，是諾斯。

沒有用，她雙脣微微分開但並沒有移動，諾斯看不出她是否在呼吸。他盡全力維持這幅畫面，說什麼也不願讓萊德莉的面容消失，因為這可能是他最後一次看見她的臉。

等到幻象開始淡出時，諾斯的視界已如煙霧般朦朧。

她還活著，幻象的意思是她還活著。

一個雷家人不足以殺死萊德莉．杜凱，也許兩個都不夠……諾斯不能讓自己考慮其他可能性。他將身體推離隧道壁，繼續前行。必須有人做正確的事情，必須有人為了她深入險境——即使為時已晚。

不是「有人」，是我。

諾斯不信任自己以外的任何人。只有他真正瞭解情況，因為只有他經歷過這一切。

我必須阻止他。我必須找到她。萊德莉。

他不能容許雷家再奪走他身邊的另一個女妖——但不僅如此。諾斯無法逃避，也不願逃避，他很怕，因為過去從未對任何人有過這種感覺。

因為他知道自己在乎的人，最後都會落得什麼下場。

對黑暗巫師而言，愛即是死刑。

這絲念頭——這份情感——撲面襲來，雷諾斯・蓋茲深深確信一件事：他愛萊德莉・杜凱。

第七章　萊德莉
戰將歸來

妳一定要保持清醒。

萊德莉奮力撐著眼皮。

抵抗它，控制自己的身體。

妳只有醒著才能思考，只有思考才能想辦法逃出去，去找林克。

但是沒有用，萊德莉無奈地陷入忽睡忽醒的淺眠，腦中盡是離奇的夢境與幻覺。

不能再這樣了，不准再閉上眼睛。

快想想蕾娜和林克，想想妳的朋友。

藥物。一定是某種藥物。

然而此時她就連那些人如何對她下藥都不記得了。

林克，我不行了，我好累。

她感覺自己再次闔上沉重的眼皮，抗拒的心理幾乎消失無蹤——因為睡著了就能夢到林克。

「妳想去哪呢?天涯海角隨我們去喔，寶貝。」林克坐在老爺車駕駛座，看了我一眼。我們前方只有一望無際的高速公路，上方則是一望無際的藍天。

「不准叫我寶貝。」我說，不過經過這陣子的種種之後，我其實有點喜歡上這個暱稱了……話雖這麼說，你永遠別想聽我承認喜歡。我將穿著厚底鞋的腳翹到儀表板上。「絕對不要回南方，我覺得我們應該往西走，洛杉磯、拉斯維加斯……找個地方窩在四星飯店裡，點餐叫他們送到客房，簡單說就是享受和我們在紐約截然相反的生活。」

林克笑咪咪地調高《天堂之梯》的音量。

「妳說了算，甜心寶貝。不過我這麼聽話只因為我為妳著迷，而且我也沒去過西岸。」他又對我露出笑容，我從來沒看過他如此開心的模樣。

露西在後座「喵」了一聲，跳到我們兩人中間。今天，就連那隻滿身跳蚤的貓也無法影響我的好心情。

歌曲已經唱到一半了，我發現自己不知為何憋著一口氣，彷彿等著可怕的事情發生。

林克跟著齊柏林飛船樂團高歌，我一直等待。

等待。

歌曲播完了，我舒了口氣。一切都沒問題，我們會平安無事地抵達洛杉磯、拉

斯維加斯或我們想去的任何地方。我會用魅術弄到最高級的飯店套房，我會和林克在一起，我們會去到一個離紐約市很遠很遠的地方。

紐約市。

一絲念頭飄過我的腦海，我卻抓不著。那是和紐約有關的，和我遺留在紐約的某樣事物有關……

諾斯。

回憶的狂潮吞噬我身心，我看見黑色貨車朝我們高速駛來，《天堂之梯》再度陰魂不散地播出。

尖叫聲又開始了——

林克——

萊德莉扯著被單駭然坐起身。水晶吊燈雖然開著，但周遭的世界在昏黃燈光下依然模糊不清。

我就知道，他們又給了我藥物。

她隱約記得那個暗黑之子走進她的牢房——她的「房間」，暗黑之子是這麼說的。但這地方不是房間，萊德莉也不是客人。她還記得之前與關在其他牢房的女孩對話，也記得對話內容的某些片段。

我不是唯一的俘虜，還有其他的女孩，她們有不同的名字、不同的長相。

我不記得了。為什麼想不起來？

珍禽獸園。

四個字在萊德莉腦中盤旋不去。無論這個珍禽獸園是什麼鬼東西，她拒絕成為它永久的一員。

快起來，妳得想辦法逃離這地方。

她深呼吸數次，朝自己內心聚集法力。雖然她無法對自己使用蠱惑法術，但嘗試使用法力能加速擺脫藥物引發的迷霧，只要能維持神智清明就好。

床頭櫃又擺著銀質托盤，這回監禁者給的不是湯，而是送上更高級的菲力牛排與嫩胡蘿蔔，彷彿萊德莉見到高級餐點就會忘記他們虐待她的事實。

食物應該也下了藥。

她像是看見櫻桃棒棒糖似地盯著那塊肉。肉對林克的吸引力，就如櫻桃棒棒糖對萊德莉一樣誘人。

那首歌的歌詞是什麼呢？小菲力，我每天想著妳。

愚蠢的歌詞充滿萊德莉的意識，她幾乎露出了小小的笑容——藥物所致的迷霧隨著字句逐漸消失。

她低頭看著雙手，忽然發現自己不知何時在床邊上了亮漆的木桌側面刻了文字，一片粉紅色長指甲斷了。

萊德莉用指尖撫過木桌的刮痕。

較長的一豎，較短的一橫——「L」。

他會來找萊德莉的，她得先做好準備才行。

保持意識清醒，然後起來。

萊德莉推著身體下床時，注意到手臂暗紫色的瘀傷已經消失了，這麼說來她的脖頸也不痛了。若非藥物的影響，她此刻應該會感覺身體無礙。

可是我在這裡待的時間不長，應該還來不及痊癒吧？

走廊上熟悉的腳步聲嚇得她再次鑽回被窩裡，她緊閉著雙眼裝睡。

拜託不要進來。

金屬叮咚聲與另一位女孩的尖叫聲撕碎了走廊上的寧靜。

「快出來，我們要去郊遊囉。」萊德莉認出暗黑之子的南方口音。

「我不要去，我哪都不想去。」女孩苦苦哀求。人名浮現在萊德莉腦海中，這個女孩不是杜露或卡泰琳娜，她說話帶義大利腔。「拜託，讓我留在這裡。」

「怎麼現在想留下來了？」暗黑之子戲謔地問她。「明明前幾個月還一直求我讓妳離開的。」

幾個月。萊德莉胃部開始糾結。

我在這裡待了多久？她無法接受在這間牢房裡待上數週，更別提數個月。

除非我已經待了好幾個月。

「別擔心。」暗黑之子接著說。「妳還會回來的。」

萊德莉聽見鞋子摩擦水泥的聲響，想必是那位可憐的女孩被暗黑之子拖行。

「我們要去哪裡？」義大利女孩語音驚恐。

「黑黨裡很多人願意花大把大把的錢換得神入師的服務——各種服務都有。」暗黑之子殘忍地笑著說。

萊德莉睜開眼睛盯著鐵柵門。她聽得出腳步聲正朝反方向遠去。

魔法交易，這些人渣在做魔法交易。

她在苦痛俱樂部這種較黑暗的巫師俱樂部聽過傳聞，有些人會綁架巫師並當作魔法工具賣掉，或像剛剛那個女孩一樣出租。無論詳情如何，這是連大多數黑暗巫師都不齒的骯髒交易。

我絕對不會讓那些人把我像狗一樣拖著走，也絕對不會為他們表演雜技。

我才不是商品。

我可是萊德莉‧杜凱。

腳步聲遠去後，萊德莉又等了良久，憤怒的情緒於心中劇烈翻滾。她拿起床頭櫃上的餐盤朝牆壁一丟，白色骨瓷的碎片散落在地毯上。

她不喜歡被人玩弄，但是她更痛恨被人利用。

來啊，試試看啊。

把我當成狗看待，我就咬你一口。然而此時的她仍太虛弱，怒火只會加速燃燒她的精力。

萊德莉爬下床，雙腿蹣跚地撐著身體走至鐵柵前。「喂，卡泰琳娜？杜露？」她輕聲說。「妳們在嗎？」

無人回應，一時間萊德莉以為所有人都被暗黑之子帶走了。

「妳們聽得到嗎？」她嘗試再次出聲。

「小粉紅，閉嘴。」黑暗中傳來杜露的噓聲。

「他已經走了。」萊德莉說。「而且我的名字叫萊德莉。」

德國女孩過了片刻才回答：「我是卡泰琳娜——我還在。」

「剛剛那個女生怎麼了？她會被帶去什麼地方？」

「她的名字是露琪亞。」卡泰琳娜說。「西拉將我們的法力出租給黑黨的成員，露琪亞剛剛被帶去工作了。」

「快閉嘴。」杜露斥責道。「妳們是白痴嗎？他要是回來妳們就完了。」

寂靜瀰漫所有牢房，直到萊德莉又一次出聲：「我們這裡有幾個人？」

一小段沉默後，卡泰琳娜終於答道：「我猜六個。」她的聲音微微顫抖。

「不對，至少七個。」一位法國口音的女孩輕聲說。「妳忘了算安潔麗克。」

「笨蛋。」杜露低聲罵道。

「誰是安潔麗克？她發生了什麼事？」萊德莉抓緊鐵柵，用力到指節泛白。

「她發生了很多事，但她最後逃走了。」卡泰琳娜說。「她除了露琪亞之外不怎麼和別人說話，他們每次帶走露琪亞的時候安潔麗克都會抓狂。」

萊德莉聽得出其中還有隱情，但現在有更重要的事情必須釐清。「妳們都是巫師嗎？」

「我是先知。」法國女孩回答。

「神喻師。」德國女孩卡泰琳娜說。

「靈療師。」這個女孩聽起來像西班牙人。「我叫艾莉西亞，之前被他們帶去治療妳的人就是我。」

和小萊兒一樣是靈療師。難怪我感覺不太像加溫過的殭屍。

美國人、義大利人、德國人、法國人、西班牙人。女妖、先知、神諭師、靈療

師。看來西拉想在這裡創立小人國。

「謝謝妳幫我療傷。」萊德莉揉了揉手臂先前瘀青的地方。至少這回答了她數不清的問題之一。「還有其他人嗎？」她問道。「出個聲吧，我們可以互相幫助。」

「我被帶過來的時候，已經有幻術師跟尋蹤師了。」法國女孩說。「不曉得她們還在不在。」

「我還在。」一個人應道。

「我也是。」另一人跟著說。

「我是女妖。」萊德莉悄聲說。「有人知道他們給我們注射了什麼嗎？我是說那個藥物。」

還是只有我被下藥？

「妳真傻啊，小粉紅。」杜露說。「藥效強到能把我們之中幾個人——包括妳這個女妖——迷昏的，就只有燦陽了。」

萊德莉不禁好奇這名女孩是什麼人，她顯然很有骨氣，代表在這群女孩子之中她應該是萊德莉的最佳盟友。

雖然她很討人厭。

「抱歉啊，我平常不會去關注巫師用的藥物，也不習慣在任何情況下被人迷暈。」

萊德莉絞盡腦汁思考，哪種巫師擁有與女妖相似的抗藥體質？她必須盡可能蒐集關於這個女孩的情報，才有可能拉攏她。「妳是變形師嗎？」

杜露笑了。「拜託，變形師用抗組織胺劑就能迷倒了好嗎？」

萊德莉腦中燈泡一亮。**原來如此，她的防禦機制幾乎和妮骷髏一樣重。**

「妳是死靈巫師。」

「中大獎囉。」杜露聽起來很無聊——也可能是害怕，不搭配表情實在很難判斷。

「暗黑之子叫我們『珍禽獸園』是這個原因嗎？因為我們這裡有各種不同的巫師？」萊德莉問道。

還是因為他們把我們當畜生看？

眾人沉默半晌。

「他老闆挑選了我們各種巫師。」法國女孩說。「在完成他的收藏以前，他是不會停手的。」

聽到「收藏」兩個字，一陣寒意竄上萊德莉背脊。

「或是直到他需要替換商品的時候。」杜露說。

萊德莉忽然雙腿痠軟，她緊緊抓住鐵柵門。「他老闆是什麼人？」

無人應答。

走廊遠方迴響起腳步聲。

「噓。」有人輕聲警告。

一股熟悉的氣味沿著走道飄過萊。

是亞伯生前鍾愛的巴貝多雪茄菸臭味。

不。

誰都好，不要是他。

但是她無法逃避現實。

不管到了什麼地方，我永遠認得出那個雪茄的味道。

在此之前，萊德莉知道自己有生命危險，但她以為綁架自己的是精神失常的暗黑之子——現在，她發現自己的命運被一個更瘋狂、更危險的人握在手心。

他現在就站在走廊上。

萊德莉瞥見他昂貴的正式襯衫、隨意捲起的衣袖，以及討厭的翼紋皮鞋。

西拉·雷在她的牢房前止步，指間夾著一根巴貝多雪茄。

他隔著鐵柵門朝萊德莉咧嘴一笑。「很高興再次見到妳，杜凱小姐，妳能加入我們真是太好了。」

第八章　林克
變遷之風

他們回程直接落在一間中式餐廳後方的垃圾堆裡，相較之下，攜帶佛珞依德瞬移去牛津的過程比瞬移回去時成功多了。

林克試圖往好處想，至少他們並沒有掉進垃圾車裡。「歡迎來到美利堅合眾國。」他向後癱倒在垃圾堆上。「歡迎回到臭臭的家。」

「謝啦。」佛珞依德從長髮挑出一把餿爛的撈麵。「你技術真的很爛耶，我已經夠想吐了。」

林克抓起一把麵條、蛋與高麗菜。「說不定我突然想吃中式義大利麵啊。」

「是。說不定我應該跟另一位混種夢魔一起瞬移的。」

「告訴妳，瞬移才沒妳想得那麼簡單，至少我們沒跑到中國。大概。」他盯著手上的誓約戒指。「這玩意理論上要讓小莉跟約翰出現在我們附近，可是我沒看到他們啊，妳有嗎？」

「我只知道你應該帶我瞬移到紐澤西，妮骷髏在電話上是這麼講的。」佛珞依德開始受不了了。

他們的對話被一陣笑聲打斷。「兩位怎麼不等我們就開始用餐了？你們有餓到這種地步嗎？」約翰低頭笑看他們。

可想而知，約翰與小莉並沒有倒在垃圾堆裡。

「你們怎麼這麼久才到？」約翰一面拉林克起身一面問道。「輔助輪還沒拆掉嗎？」林克敲了約翰二頭肌一拳，約翰也回敬一拳，他們又來來回回交換了五拳。

「好了，你們兩個蠢材。」小莉說。

「白痴。」佛珞依德補充一句。她們終於達成共識了。

等到佛珞依德從垃圾堆起身時，她已經用手機撥了通電話給妮骷髏。「我要到地址了，離這裡不遠。好像是山普森以前的一夜情對象，那個女的讓他們去她家住。」

林克左顧右盼。「我們找個人比較少的地方，我跟約翰再帶妳們瞬移過去。」

佛珞依德臉一皺。「不用，謝謝，我要坐火車。我短期內不想再瞬移了。」

「可是——」林克張口辯駁。

佛珞依德舉手制止他。「我從一個朋友的角度告訴你，你真的需要多練習。」

「搭火車也好。」小莉取出手機。「車程不會很長，坐幾站就到了。」

約翰注意到路邊一輛賣零嘴的流動餐車。「等我一下。林克，先幫我墊一些錢，我們等下再找地方換幣。」

林克從後口袋拿出錢包，一條銀色鎖鏈掛在錢包與皮帶環之間。「你要錢做什麼？」他邊問邊遞給約翰五塊錢。

「等一下喔。」約翰小跑步到餐車前，過了片刻抱著一大包多力多滋回來。「我真的很懷念這個。」

佛珞依德古怪地看了他一眼。「我以為混種夢魔不吃東西的。」

約翰將一大把玉米片塞進嘴裡。「這是每個人自己的選擇，我個人喜歡吃多力多滋。」

「以及任何用噁心橘色起司粉製成的食品。」小莉補充道。

「妳明明就很愛。」約翰滿嘴玉米片地說。他拉著小莉要親她，害小莉驚呼一聲跳開。

她抹了抹臉頰。「想都別想。」

林克努力想擠出微笑，但他做不到，現在少了萊德莉，看著約翰與小莉打情罵俏只會令他心裡更難受。四人走到車站、搭上火車時，林克注意到佛珞依德也比平時安靜許多。

「怎麼啦？」他邊問邊找到位子坐下。「我們來這裡之後，妳都沒說話。」

佛珞依德蹙著眉咬住嘴唇。「剛剛講電話的時候，妮骷髏聽起來怪怪的。」

「現在妳的第六感有反應了？」

她點點頭。「我覺得事情不太對勁。」

「那當然。」小莉調整完塞勒儀的調節控制器，抬頭看著約翰。「你以為我們出國一切就會改變嗎？」

他們終於抵達公寓時，事態已遠超「不對勁」的範疇。林克才剛為所有人做完介紹，山普森與妮骷髏便搶著爆出諾斯的消息。

「他不見了？你什麼意思？」林克在客廳來回踱步，雙眼死死盯著坐在沙發上的山普森——花朵紋樣的布料使山普森更顯得格格不入。「是誰笨到讓他出去的？」

暗黑之子將拇指滑到他的腳踏車鍊項鍊下，不安地玩弄它的環節。「諾斯開溜了，他說他想出去走走，之後就再也沒回來了。」

「我們幾乎能肯定諾斯自己去找萊德莉了。」妮骷髏說。「我們正想去追他時，接到了佛珞依德的來電。」

「不意外。」林克怒不可遏。「因為諾斯永遠只考慮到他自己，他只想第一個找到她，在她面前逞英雄。」露西在林克腳踝間磨蹭，彷彿能感受到他的憤怒。

「林克，冷靜點。」小莉抱起貓咪，搔搔牠耳後。「你不是說沒人知道實驗機構的位置，所以才需要約翰的幫助嗎？」

妮骷髏雙手插入藍色偽雞冠頭。「諾斯不是對我們說謊，就是自己想到了找實驗機構的瘋狂辦法，我們也不知道——他不是一個很好預測的人，而且他也不怎麼信任別人。」所有人之中，妮骷髏與諾斯認識最久。

「他『不怎麼』的事情可多了。」林克說。

山普森從沙發站起身。「好了聊夠了。所以實驗機構在哪裡，我們要怎麼過去？」

「別急，大個子。事情沒那麼簡單。」約翰習慣性地挺直胸膛，使自己顯得更高大，然而與身高體壯的山普森一比，他的手臂簡直像竹竿一樣——形成如此強烈的對比並不容易，畢竟約翰已經十分健壯了。最後約翰直接放棄，無奈地將手塞進口袋裡。「我不知道你們聽林克說了多少。我從小在實驗機構裡長大，亞伯從我小時候就對我的大腦動了一些手腳，有一陣子我甚至連自己做的一些事情——他逼我做的事情——都記不起來。」

小莉挽起約翰的手，頭輕輕靠著他肩膀。「那都不是你的錯。」

「或許不是。」約翰說。林克聽得出他說了這麼多之後，即將揭露壞消息。「我要說的是，有些事情我理應知道卻完全不記得，例如實驗機構所在的位置。亞伯改造我的大腦時加了很多保險設置，我猜這就是其中一個。」

林克感覺被人狠狠用石頭砸中腦袋，他不敢相信地盯著約翰。「等等，你不曉得實驗機構在哪裡？你在耍我嗎？」

「別緊張。」約翰說。「雖然我不曉得確切地點在哪，不過我認識一個能為我們指路的人。」

妮骷髏轉向林克。「你認識的人認識另外一個人？這就是你的天才計畫？」她不滿地搖頭。「我怎麼沒想到這個方法呢？啊，我懂了，因為這是個爛計畫，它根本連計畫都稱不上。」

佛珞依德雙臂交叉地倚牆站立，氣沖沖地瞪著約翰。「所以我們大老遠跑去牛津找你幫忙，結果你連我們該怎麼走都不曉得？你難道不覺得這件事很重要，應該早點說清楚嗎？」

佛珞依德靠近約翰一步——然後撞上同樣雙臂交叉的小莉。「夠了，我們大家先深呼吸冷靜一下。」

「妳男朋友還能呼吸就該偷笑了。」山普森毫無笑意地說。

「眼下雖非最佳狀況，但畢竟你們也不知該如何前去實驗機構，我不認為你們有資格指責約翰。」小莉轉向林克。「說到這裡，我認為我們或許該自己去解救萊德莉——你、我和約翰三個人——因為顯然並非所有人都關心她的安危。」

「保管者妳給我等等，妳說錯了。」妮骷髏說。「萊德莉是我的朋友，諾斯也是。如果他像笨蛋一樣直接去找萊德莉的話——事情只要扯上萊德莉他就瘋瘋癲癲的，我敢肯定諾斯現在腦袋一團亂——我們不能讓他幹傻事。」

「還要救萊。」林克補充道。

「也對。」山普森表示贊同。

佛珞依德不發一語，妮骷髏推了她一把。「喂，別這樣。」

「別怎樣？」佛珞依德問道。

這回，妮骷髏不會讓她蒙混過關了。「妳再怎麼不喜歡萊德莉，她還是我們的一員，我們總不能讓西拉・雷得到她吧？她幾乎算是樂團團員呢。」

佛珞依德嘆了一口氣。

林克恨不得緊緊抱住妮骷髏，不過他很清楚妮骷髏寧可眼眶被貓一拳。「撞個拳。」他笑著說。

「很好，終於消除嫌隙了。」山普森說。「你現在要我們大家抱成一團呢，還是可以去找諾斯了？……雖然我們還是不知道該怎麼走。」約翰開口想抗議，被山普森揮手制止。「是，是，你說你認識一個人。我剛剛就聽你說過了。」他瞅了瞅花布沙發。「總比呆坐在這邊好。」

約翰的目光落在林克身上，林克幾乎能感覺到排山倒海的一堆疑問。**他們說的**

諾斯是誰，為什麼他會為了萊瘋瘋癲癲的？那個幻術師女孩對萊有什麼意見？

問問題請排隊。林克暗想。

約翰牽起小莉的手，朝山普森點點頭。「這位大個子說得有道理，我們何不先離開這地方，別再浪費時間了。」

「您先請，小個子。」山普森為大家開門，待所有人出去後再關門上鎖。

「我們必須找到最近的化外之門，進到隧道。」約翰說。

山普森點頭示意街道一頭。「沒問題，距離不遠。」他大步啟程，露西腳步輕快地緊隨在後。這隻貓咪顯然喜歡上了高大的暗黑之子，林克希望約翰與小莉能因此接受山普森。

林克與佛珞依德跟在露西後方，而妮骷髏則與約翰及小莉並肩行走。「知道實驗機構位置的那傢伙，他是誰？」

「他是個音樂家。」約翰說。「他幾乎和我一樣痛恨亞伯・雷。」

林克猛然止步。「兄弟，我發誓我真的不曉得實驗機構在哪。」

約翰往林克背部大力一拍。「我發誓那個人不是你。」

山普森轉進一條看似死路的小巷，不過林克近年來眼界開闊了許多，他知道前方的死路其實是化外之門。巫師十分擅長隱藏連接凡界與巫界的門，對不時一頭撞上隱形門框的林克而言，這是巫師最惹人厭的特點。

眾人面前的牆壁漆滿班克西風格的塗鴉，噴漆壁畫裡一名戴著圓眼鏡的女孩正在用智慧型手機拍照，照片中的智慧型手機也在拍智慧型手機的照片，無窮無盡的照片到最後已經辨不出原樣了。

「就在這裡。」山普森朝壁畫一點頭。

「無限圖?」小莉輕觸水泥牆。

「妳是說,像黛阿姨那樣的時光師?」林克發問。

小莉點點頭。「有點像。無限圖是指一張圖裡包含一千張更小的圖,無限延伸下去,類似黛阿姨一次看見同一地點的不同時光那般。以巫師的化外之門而言,其實是挺有創意的設計。」

林克努力不去想蕾娜的黛阿姨有多古怪。「希望這扇門的效果比黛阿姨的記性好。」

「有什麼東西效果比黛阿姨的記性還差嗎?」小莉一針見血地問。

「大概就只有她的手錶了。」約翰說。他說得沒錯,不小心錯過晚餐時間的理由很多,但是沒有比「迷失在其他時空」更好的理由了。

山普森伸手撫過壁畫中最大支智慧型手機的黑色框線,陷入牆壁的指尖描出隱藏的凹槽。

「**阿培立——坡坦**。」山普森輕聲唸咒。手機的圖案消失了,牆壁也跟著向內滑動,露出一道狹隘的走道。山普森伸手示意那條通道。「女士優先。」

小莉擠到林克與佛珞依德中間。「為何只有在進入相當恐怖且具危險性的地方時,男生才會說這句話?」

山普森微微一笑。「我只是展現出紳士禮儀而已。」

小莉的目光從掛在他頸項的腳踏車鍊,移到覆滿刺青的手臂、皮革長褲,最後她逕自踏入牆壁內的通道。儘管不是巫師,小莉依然是林克見過最勇敢的女孩之一，與緊隨她腳步入內的下一位並列第一。

露西，好女孩。

佛珞依德顯然不願被凡人女孩與貓咪比下去，她拉著妮骷髏的手臂大步走進去。只剩男生了。

「你打算告訴我目的地在哪嗎？」山普森問道。「或者我們要找的人是誰？」

「就算我說了，你大概也不會信。」凡界最後一絲光明消失時，約翰說。

「你剛剛說要走多遠？」林克回頭看約翰，結果險些第十次撞到頭。

這條狹窄的巫界隧道裡，垂直空間也不高，林克、山普森與約翰還得彎身行走，就連小莉也得微微駝背。

「我剛剛沒說。」約翰說。「別抱怨，不遠了。」

佛珞依德在妮骷髏身後拖著腳前行。「妳剛才怎麼會撞到頭？妳明明就不用彎腰。」

「林克的笨貓跑到我前面了啊。」妮骷髏說。

「牠的名字叫露西。」林克說。「我要是妳就不會罵牠笨，牠搞不好聽得懂人話。牠跟之前把牠送給我的兩位老太太一樣，脾氣很拗。」林克聽見露西的肉墊踩著泥土，走向遠方淡淡的光圈。

「這算是客氣的措辭了。」小莉說。

「拜託，在前方的未來給我高一點的天花板。」山普森說。這位暗黑之子實在太高，以致行走時身體幾乎彎成九十度，現在背部想必十分痠痛——不過林克不確定山普森這種超自然生物究竟感受得到多少痛楚。

當山普森走出通道直起身子時，約翰長長舒了一口氣。「謝天謝地，再繼續彎腰走路我就要崩潰了。」

林克在妮骷髏與佛珞依德之後踏進較寬闊的空間，結果他只顧著頭頂上方的情況，不慎猛力撞上兩名少女。佛珞依德被撞得身體一晃，林克連忙扶住她的手臂。她垂頭看著林克的手與自己肌膚相觸的地方，令林克心生罪惡感——並不是因為對佛珞依德有感覺，而是因為林克對她沒有感覺。她確實很風趣很漂亮——非主流搖滾妹的那種漂亮——同時也是林克見過最出色的貝斯手之一，但無論佛珞依德有多酷，她永遠不可能成為某個人。

林克心中的某個人。

寶貝，妳到底在哪裡？

林克內心太過痛苦、太過孤獨，身邊有再多朋友也沒有用。他心思只能放在唯一缺席的那個人身上。

「你們看看天空。」約翰說。

淺綠與薰紫的色緞於眾人上方形成拱弧，目光所及之處，色彩遵守同樣的規律排列。當林克定睛一看才發現那根本不是天空，這條隧道除了腳下的草地之外盡是花藤。

儘管眾人此刻的心情五味雜陳，映入眼簾的景象仍然有幾分美麗、幾分動人。

「我從來沒見過這樣的地方，就算在隧道裡也沒有。」妮骷髏仰頭盯著薰衣草色的花海。「簡直是奇蹟。」

林克明白她的意思。奇蹟是由希望構成的。

而希望，是他們眼下最亟需的要素。

小莉在紅色小筆記本裡迅速畫了幅插圖。「其實這是花木隧道。」

「沒情調。」佛珞依德吐槽。

小莉不理她。「很多著名的花木隧道都在我們英國，不過這條看起來與日本的紫藤花隧道毫無二致。」

佛珞依德一臉奇怪地看著小莉。「怎麼會有人知道這些垃圾事啊？」

「多閱讀就知道了。」小莉直接走過佛珞依德與妮骷髏身邊，往花木拱廊深處行進。「有一種值得留意的物品叫做『書』，書裡面有很多很多頁的字。」她回頭瞟了佛珞依德一眼。「妳可能沒聽過這種東西吧。」

約翰忍住笑意，跟著女友繼續走。

「妳把那堆亂七八糟的東東全部背起來，難道不會頭痛嗎？」佛珞依德回嗆她。

小莉頭也不回地尾隨露西前行。「完全不會。倒是向別人解釋這些『亂七八糟的東東』，令我頭痛不已。」

小莉口中的「別人」很顯然是指佛珞依德一個人。

「我有時候真的不懂你是怎麼選朋友的。」佛珞依德瞅著林克說。

「小莉只是在刁難妳而已。」林克說。「她過一會跟妳熟一點以後，妳們一定會相處得很愉快。」他試圖保持樂觀正向的語調。

佛珞依德怒目瞪視他，妮骷髏也朝他挑眉。「我很懷疑。」

「同感。」小莉嘀咕一聲。

花木形成的隧道延續至少一公里多，即使是山普森也被夢幻的美景迷住了，每隔一小段時間就會抬一次頭。但是林克沒心情享受美景，因為此時此刻萊德莉看見的不知是何種景象。

每邁出一步，他的心便沉重一分。

如果她在什麼地方受了傷，自己一個人孤零零的怎麼辦？如果她不是自己一個人怎麼辦？

林克咬緊牙關。他無法忍受任何人傷害他唯一愛過的女孩，因為說到底，這就是最簡單的事實：他愛萊德莉。他對萊德莉的愛與女妖魅力無關，無論她是凡人或巫師、光明或黑暗，林克就是愛她。他愛萊德莉的嗓音——即使是在抱怨——他愛將萊德莉摟在懷裡——即使她穿了誇張的高跟鞋。

修長美腿、豔紅口紅與挑染粉紅的金髮，這些是萊德莉的外在，而內在的她並不是壞女孩。她誕生在被詛咒的超自然家庭是身不由己，而且十六歲生日轉化為黑暗巫師、被家人背棄也不是她自己的選擇。

萊德莉心中盡是受傷與心痛——她只是個需要林克陪伴的普通女孩。

她需要我，幾乎和我需要她一樣。

第九章　諾斯
明日之門

包含諾斯在內，所有巫師都知道英里隧道的所在處。它是隱藏在紐奧良法國區下方的巫界隧道——足足一英里長，途中所有門扉的外表都一模一樣。

深夜裡，醉酒的巫師與夢魔偶爾會互相打賭，去開啟其中一扇門，像是巫師版本的俄羅斯輪盤。不熟悉這段隧道的人可能會踏進某個胖子家的客廳，看他在電視機前打瞌睡——但也同樣可能會被地怒與其他危險魔物團團包圍。

打開門扉是瞬間的刺激，而餘下則由命運之輪決定——是好，或是壞？這是傻瓜的遊戲，諾斯永遠不會在沒把握的情況下下賭注。

大多數的巫師與夢魔顯然學乖了，現在這條狹窄巷道空無一人，只有兩側延伸至遠方的無數門扉。以諾斯對亞伯·雷的認知，通往這位嗜血夢魔實驗室的門必定設有法術，即使諾斯打得開那扇門也必然落入陷阱。

沒錯，必死無疑的陷阱。

諾斯低頭瞄手錶一眼。

那個人隨時都可能出現。

他在暗影中潛行，因為隨時需要躲藏而緊貼著隧道一側的門。若化學家所言屬實，那麼通往亞伯家的門扉就在這附近……但這點線索對他毫無幫助。

尤其在這分秒必爭的時刻。

萊德莉，我在路上了。求求妳，一定要平安無事。

諾斯奮力抵抗潛藏於內心暗處的思緒——它們一直與他同在，他怕這些黑暗的想法永遠不會消失。

別傻了，萊德莉．杜凱才不愛你。

她不相信你。

你相信什麼？

你相信自己嗎？相信你對她的感情嗎？如果她對你並沒有這種感覺呢？

他閉緊雙眼。

閉嘴。

我相信自己的感情。

我相信自己無論如何都會愛她。

這還不夠嗎？

他讓頭向後倚靠陰暗走道的牆壁，內心不斷掙扎。

過了數分鐘，他聽見腳步聲，再次低頭看錶。

上午五點五十分。

來得正好。

「天亮前去英里隧道，雷家的廚師會在那裡。」化學家是這麼說的。

諾斯等著瞥一眼雷家廚師的長相。他先前應該向化學家打聽她是哪種巫師的，不過此時懊悔也來不及了，諾斯必須在一瞬間決定如何制伏她。

先等她開門。雙手不由自主地捏成拳頭。

諾斯看著廚師的影子從道路前方的兩扇門之間出現。**她在那裡，就和化學家說的一樣**。

西拉的廚師穿著一件薄外套，豎直的領口包著脖頸，外套下緣露出黑色制服的裙襬，隨著她在英里隧道行走的步伐發出沙沙聲。

制服，不出我所料。

正式且做作，這就是亞伯的風格，也是西拉的風格。

諾斯朝女子走去，邊走邊假裝講手機，彷彿他也準備通過其中一扇門去上班。女子往他的方向看一眼，諾斯險些停下腳步——這個女人不知為何很眼熟。她緩緩從隧道一側走至另一側，老態龍鍾的身姿透露她的年齡——她幾乎面朝下躬身前行，彷彿遇上了決意摧毀她的逆風——但是令她挺不起身子的並非時間。

而是更邪惡——並且更強大——的存在。

諾斯終於明白了。

西拉不只繼承了亞伯的廚師，他繼承了從諾斯小時候便在亞伯家工作的同一位廚師。

他繼承了布拉本太太。

回憶如激流般湧來：即使在諾斯的孩提時代，布拉本太太總是彎腰駝背地在大理石流理臺揉麵團或準備茶點。根據諾斯的估算，她如今已超過六十歲……打量這位老太太，真的好嗎？

亞伯在世時已經折磨了她那麼多年，而且以前我被亞伯欺凌後，她還會做餅乾給我吃。

我沒得選了。諾斯告訴自己。**這是找到萊德莉的唯一方法**。

布拉本太太走到門前，一隻手平貼木門，正開始輕聲唸咒時她注意到諾斯，停下了動作。

諾斯努力裝作若無其事，彷彿只是從她身邊經過，不過老太太似乎看穿了他的演技。

她直視諾斯雙眼，隨後倒抽了一口氣。「你？」

諾斯左顧右盼，像是以為她在說別人。「什麼？」

布拉本太太搖了搖頭。「我就知道你會回來，可是已經太遲了。」她嚴肅地細語。

她明顯認得諾斯，諾斯只好放棄裝傻。「什麼太遲了？」

「你要找的人不在了，那個老混蛋已經死了。」

諾斯花了一點時間才領悟到她說的「老混蛋」並不是西拉。「妳是說亞伯？」

老太太點點頭，光明巫師的翠綠眼瞳直直注視著他。諾斯一直不懂，亞伯是如何說服一位光明巫師替他工作的？

這麼多年來，他究竟拿什麼威脅她呢？

諾斯望向門扉。「我不是來找亞伯的。」

布拉本太太向他投以會意的眼神。「西拉？」她的嗓音蒼老而沙啞。

他點頭承認。「我和他還有一些恩怨未了，妳是明白人，應該懂我的意思。」

布拉本太太一聳肩。「只要和亞伯跟西拉・雷扯上關係，就只可能有一種『恩怨』。」

諾斯踏近一步。「布拉本太太，妳以前一向沒有虧待我，我不想——無論如何我都不想傷害妳，但是我非進去不可。」

佝僂著腰的老太太搖頭說：「不管你惹了什麼麻煩，不管你想找西拉做什麼，最好現在馬上忘了，跑得離這地方越遠越好。」

「我做不到。」

「我從小就在那間屋子裡工作。」她娓娓道來。

「我也是小時候進到那間房子裡的。」諾斯補充道。

她點點頭。「就像你一樣，我的母親被亞伯帶到這裡來。雷家那些人體內流淌的不是血液——是又黑又稠的『邪惡』。」

「妳不說我也明白。」

「我知道。可是不管你是為了憎恨或復仇或金錢——不管你是為了什麼回到這裡——我告訴你，不值得。沒有任何東西值得你再回到那間屋子裡。」

諾斯靠著大門柱低頭凝視她。「如果，是愛呢？」

聽見這個字詞，她頓了一頓。

然後，布拉本太太老邁的雙眼變得非常柔和。「你從以前就是個貼心的孩子。我還記得亞伯是怎麼對待你母親的，我明白你當時愛莫能助的痛苦。我敢說，我懂你內心的感受。」

諾斯盡力保持冷靜，但卻滿腦子想砸東西。

妳瞭解嗎？無能為力地躲在一旁，看著自己最愛的人乞求誰來殺了她，讓她解脫酷刑的折磨……妳瞭解這種感受嗎？

布拉本太太盡量挺直身子。「可是你的母親已經走了，我的母親也走了，想救她們也來不及了。」

那一剎那，諾斯知道他可以信任這個人。

布拉本太太——雷家低賤的廚師，做為下僕侍奉雷家人不曾受罰、不曾獲赦的心。

如果你認為自己比她更自由，那你就是自欺欺人。諾斯心想。**你和這位老太太沒有兩樣，都屈服於亞伯與西拉的淫威下。**

他們兩人之間存在特殊的情誼，像是同一場飛機事故的生還者。

同一場戰爭的難民。

戰爭尚未結束，它永遠不會平息。

「這不只是過去的恩怨糾葛。」諾斯終於開口說。「西拉還抓了我非常在乎的另一個人，打算對她做以前亞伯對我媽媽做的事情。」

假如萊德莉還活著的話。

老太太點點頭，彷彿她理解的並不只是諾斯的言語。她細細觀察他的臉。「沒有一個精神正常的人，會在不必要的情況下自願回到這扇門另一側。」

諾斯不安地挪動身體。「我說過了，我非進去不可。」

布拉本太太半信半疑地蹙眉。「你知道他會怎麼對付你吧？」

「我很清楚，證據就在這裡。」諾斯指著臉頰上歪七扭八的縫線。「妳我都明白，這還不是最慘的。」

布拉本太太嘆了一口氣，下定決心似地又將手平貼著門板。「你鐵定是全地下巫界最傻的男孩——不是最傻，就是最勇敢。」

他露出笑容。「誰說只能選一個呢？」

老太太皺緊眉頭。「好吧。你可以跟著我進去，這條隧道通往雷氏橡園主屋的酒窖。雖然現在是西拉當家，不過我想除了他豔俗的品味以外，應該和你印象中的樣子差不多。」

「布拉本太太，謝謝妳，我知道妳這樣幫我非常冒險。」

「知道的話，等下在隧道裡就別出聲，我進到酒窖裡後，給我三十分鐘的時間，你再出來。如果西拉發現是我幫你，我就別想活了。」她停頓片刻，神情透出憂傷。「反正他總有一天會殺了我。」

諾斯點頭說：「所有人都終有一死。」

布拉本太太對諾斯露出近乎嚮往的淡笑。「和我們看過的種種慘劇相比之下，也許那才是最好的結果。」她再次面對木門，按住門框。「**阿培立瑞——多門——特內巴閨**。」

開啟黑暗之屋。

「我會回來救妳的。」諾斯低聲說。

「別。」她輕聲應道。「我們兩人之中，至少該有一個人永遠脫離這地方。」

門扉不發出任何聲響地自動開啟，諾斯跟隨布拉本太太入內。

連通英里隧道與西拉宅邸的隧道很短。對，現在已經是西拉的宅邸了——諾斯的腦筋一時轉不過來，回憶中亞伯一直是雷家的家主，他脅迫諾斯、折磨諾斯母親的畫面至今歷歷在目，諾斯無法想像這幢宅院易主。

兩人默默行進，隧道中只聞腳步聲。

然而寂靜並無法驅散緊隨在後的回憶——椅子砸過來、玻璃碎裂，尖叫與哭喊聲。**小鬼，看什麼看？你以為你是哪根蔥？**

他只能祈禱萊德莉此刻不要經西拉之手遭受相同的命運。

拜託讓我找到妳。小女妖，求求妳平安無事。

但即使她在此處，她也不可能平安無事。諾斯比誰都清楚。

當年沒人來救我們，但是現在我來救妳了，我發誓。

接近西拉的宅邸時他們拐過轉角，隧道變得較像是走廊，牆上貼著褪色、剝落的壁紙，還掛著畫作與黑白或深褐色相片——相片裡的雷氏族人多半逝世已久，其中包括潔莎敏．雷、以撒．雷與馬瑟．雷。

除了亞伯，諾斯誰也不認得，不過死氣沉沉的黑瞳一看便知是夢魔的表徵。行經那排相片時，布拉本太太注意到他的視線。「見鬼了嗎，孩子？」

諾斯別開視線。

布拉本太太撐著年邁的身體攀上木造樓梯，又一次低喃時空門咒，這回咒語開啟了酒窖的門。諾斯終於得以鬆一口氣。適才走在雷家的「回憶走廊」，頭腦完全無法清晰思考。

反而越來越渾沌了。

他們走至階梯頂端，踏進雷家的酒窖，狹窄的空間排滿了酒桶、一架架酒瓶與一櫃櫃雪茄保溼盒。布拉本太太轉身面對諾斯，一隻手指按著嘴脣示意他安靜，她輕輕一捏諾斯手臂，轉身快步爬上另一段通往廚房的階梯。

兒時熟稔的面孔消失了。她離開的瞬間，諾斯感覺這一切都只是自己的幻想。他還有機會看到布拉本太太嗎？

諾斯察看手機螢幕的時間。布拉本太太要求他等待三十分鐘，但不知萊德莉死活的三十分鐘簡直是永恆的煎熬。

他努力遏止自己往那個方向思考。

他必須耐心等待。

如果萊德莉死了，你就會明白真正的永恆是什麼意思——我保證比現在痛苦一千倍。

永恆是什麼感覺？當然就是永恆的感覺。

諾斯很想衝出去，他恨不得拆了這間屋子，大喊她的名字，撞倒每一扇門……但他不能這麼做。他像隻老鼠似的，被囚禁在西拉·雷的宅內。

他不能做出危及老太太的舉動。

她可是冒著生命危險幫助我。

諾斯開始研究酒窖內的酒瓶——雷家收藏了各種酒飲，從稀有佳釀到自家葡萄園的新潮混合酒類，樣樣俱全。不過藏酒再怎麼多，最後幾乎將諾斯逼瘋的是亞伯．雷標誌性的巴貝多雪茄。雪茄的味道令他作嘔，小時候只要聞到那股菸味，他往往轉身就跑。

諾斯不知自己看了多少次手機，感覺像是一百次之後，終於到了三十分鐘。

時候到了。小女妖，我馬上來。

除非他們先逮到我，然後殺了我。

諾斯上樓梯，在門後仔細聆聽，確認沒有聲響後他決定賭一把。他直接開門。印象中，門的另一側便是膳務室，就在廚房外，不過他不記得對面的門通往何處。諾斯必須到室外去，繞至屋子後方——他只知道這一條進入實驗室的路線，也就是多年前幼小的他走過的路。

諾斯別無選擇，只能重複走上當年的路徑，重拾太過痛苦的躲貓貓回憶。他極緩慢地開啟這扇門，發現幸運女神難得眷顧了他。

眼前是鋪展至遠方的莊園，部分區域仍隱藏於黑夜與破曉之間的暗影中，土地上種植了垂柳與掛著鐵蘭的老橡樹。數名魁梧的男子守著莊園，他們肯定是暗黑之子——黑暗巫師不可能壯得如此不自然，若是夢魔則會在黎明到來前逃回室內躲避曙光。

除非西拉手下有更多類似林克和他朋友約翰的混種夢魔。

無論如何，諾斯面對的是一項自殺任務。原本這對他而言並不重要，但現在他是萊德莉唯一的希望——以林克過去保護她的紀錄看來，那位混種夢魔來到此處，並救萊德莉逃出生天的可能性近乎於零。

萊，無論發生什麼事，我絕對不會讓妳失望。

諾斯宛如化身一道黑影，輕手輕腳地貼著樹木的陰影潛行，緩緩移向馬車房後方的實驗室入口。他交叉手指以祈求好運，全心希望那扇門仍在原處。

貼著老舊建築一側靠近入口時，他終於看見了。

令人聯想到龍捲風避難所的鋼製大門就在前方數公尺處，無人看守。但諾斯並沒有因此放鬆警戒，他還記得第一次溜進去差點碰上巡邏的夢魘。

當他打開大門時，一股惡寒竄上後頸，彷彿亞伯‧雷本人站在身旁注視著他。

陰魂不散。過去也是，未來也是。

也許，這就是我傷害那麼多人的報應，也許我就像他一樣惡劣。

但是眼下沒時間思索這些，諾斯溜進實驗機構裡，安靜地走在通往主廊道的走道。到走道盡頭時，他探頭窺視轉角的情形。

終於。

見到實驗機構內部的變化，諾斯有些驚訝。對兒時的他而言，它像是最先進的軍事基地或未來的高科技醫院——閃亮的鋼製牆面與玻璃觀測窗。

鋼製牆面沒變，不過觀測窗消失了。

走廊左側有一扇標了「未經許可禁止入內」、潔淨得過分的白門，門前天花板垂掛數條厚厚的塑膠簾。

若此時有作業人員穿著生物防護衣走出來，諾斯也不會感到意外。他不禁好奇亞伯生前是否一直進行他的實驗——而現今西拉是否也持續進行他的研究。

諾斯朝走廊另一側看一眼。顯然西拉並不只延續亞伯的實驗——走廊中段的鋼製壁板突兀地換為精心雕刻的紅木鑲板。

奇怪。

地板鋪滿數不清的動物毛皮，其中最浮誇的是一張保留頭、尾與腳掌的孟加拉虎皮。

實驗機構怎麼會突然出現詭異的獸皮博物館？

而且還不只獸皮，不只有掛在牆上展示的動物首級。

擺放在其下方的皮製扶手椅排成幾個小集群，類似上流社會紳士俱樂部常見的擺設——與諾斯經營的那種俱樂部完全不同檔次。一座巨型大理石壁爐更增添《傑作劇場》節目的氛圍。

儘管壁爐並未點燃，諾斯依然習慣性地避開視線。

當心。

壁爐臺上方掛著一幅肖像畫，是位身穿高級西裝的白髮男子，從諾斯的觀察角度看不出那是不是亞伯，不過他沒心思注意肖像畫，因為目光被畫像周圍的事物吸引了。

動物首級——至少十幾顆。

從模樣凶殘的狼獾、白牙森森的黑豹，到擁有鬃毛的雄獅、齜牙咧嘴的灰狼……全世界最危險的狩獵生物，簇擁著無可匹敵的狩獵者之王。

難道西拉其實很幽默？精神錯亂的幽默？

西拉怎麼會在實驗機構內開紳士聚會？諾斯小時候，亞伯從不允許他人進入實驗室。而現在看樣子，西拉喜歡在此招待客人。

他賣的是什麼商品？做的是什麼交易？為什麼是在這裡？

此時諾斯聽見生物危害實驗室的門內傳來話聲，他迅速後退躲入廊道上的凹處，緊緊貼著牆壁。

「太不切實際了，如果繼續這樣製造下去，我們空間一定不夠。」是女性的聲音。「現在空間已經很勉強了。」

「妳想告訴他的話，我不會阻止妳。」一名男子說。「到時候濺在地上的是妳的血，我才不幫妳擦。我要回家了。」

兩位金黃色眼眸的黑暗巫師穿著雪白實驗袍經過諾斯的藏身處，他仔細瞧了幾眼。所以這地方的運作模式和亞伯時代相去不遠，雷氏實驗機構處處皆是他們的研究人員——他們的走狗。

至少這一點沒變。

諾斯靜待數分鐘確保他們已離去，動身走向類似戰利品陳列室的區域。對他而言那只是一千張脫離肉體的毛皮與無數顆頭顱，不過房間的另一側有一扇門。諾斯的直覺告訴他，從那裡開始搜索。

躡足經過壁爐臺時，死去動物的眼睛從四面八方盯視著他。有些像火爐上方的展示品一樣掛在牆上，有些製成栩栩如生的標本擺在地上，甚至在房間的角落，一頭預備猛撲出去的美洲獅標本被設計成茶几，還附了水晶菸灰缸。

我也該弄一隻擺在公寓裡。

一隻至少三公尺高的灰熊直立於房間另一端，其粗長利爪捧著擺放雪茄的銀色托盤，瞬間奪走了牠的威勢。

這隻像山普森。

諾斯一面搖頭一面穿過那道門。他回想起父親生前多麼痛恨狩獵行為。「諾斯，就算是逼不得已，」父親曾說過。「也永遠別以殺害生靈為樂。」

這就是爸爸死去的原因。諾斯提醒自己。**也是西拉．雷還好好活著的原因**。

不過有一件事他父親說對了：這地方令人作嘔。

鋪著鮮紅地毯的走廊並無凹陷處，諾斯只能邊走邊祈禱一切順利。他又經過更多房間。

他踏進第一間房門大開的房間，來到擠滿資料櫃的辦公室。辦公室內擺著一大臺電腦螢幕，對面牆上貼滿女人的照片——碧綠眼瞳的光明巫師、燦金眼瞳的黑暗巫師，以及雙眼漆黑的魅魔，所有人神情呆滯地盯著他。

至少她們睜著眼睛，代表她們還活著。

拍照當時還活著。諾斯心想。

她們就如同犯案現場的無數受害者——數百，也許數千人。

為什麼全都是女性？經過這麼多年，雷家還是只對女妖有興趣嗎？

諾斯更細心查看牆上的照片。有些被人用黑筆畫了大大的叉，光想到那些叉的意義，他胃裡就一陣翻騰。

他盡量不思考這件事。

諾斯的目光掃過整面牆，心中迫切祈禱萊德莉的相片並不在其中……不過他的願望一般很少成真，這回也不例外。

她的照片就在靠近頂部的正中央——目光渙散的萊德莉．杜凱。在這張相片裡，她的眼神與牆上其他女孩一樣宛如死水，但也與其他人同樣睜著雙眼。

有一瞬間，諾斯無法呼吸。

因為她臉上並沒有打叉。

她還活著。

第十章 萊德莉
對魔鬼呼喊

死了都比現在這樣好。西拉解開門鎖時，萊德莉暗想。

她不記得過去感受過這種絕望、這種無助。

原本，這一切在媚妖俱樂部就結束了。也許那時候結束才是正確的。

她此生第一次，完全失去希望。

西拉與侍奉左右的手下走近萊德莉，最先撲面襲來的是巴貝多雪茄的輕煙。

如果當時死在媚妖俱樂部就好了。

太遲了。林克不會來救她，蕾娜、伊森、小莉與約翰也沒出現，就連諾斯也不會來了。現在的最佳解就是痛快一死。

西拉伸出夾著雪茄的手觸摸她的面頰，雪茄的餘火灼燙萊德莉肌膚，她忍不住微微一縮。

如果當初與老爺車一同燒成灰燼就好了。

因為在西拉·雷的注視下，誰都會想死。

掠奪成性、貪婪，渴望雙手沾染我的血。

她在西拉眼底瞥見令人恐懼的飢渴。

此時此刻，萊德莉發誓絕不讓西拉看見她眼中的真相。她朝西拉腳邊啐了一口，目光如炬地瞪視他。

西拉．雷僅僅露出微笑。

「杜凱小姐，妳讓我等了真久。我這個人沒什麼耐性。」他眼裡閃爍的殘酷寒光，令萊德莉想起亞伯．雷──又是一個將快樂建築在他人痛苦上的男人。

萊德莉強迫自己直直盯著他。「我一直以為你只是個流氓和人渣呢。」她在彈簧床上坐起身，硬是昂首對視。

再靠近一點。

你想再靠近我一點。

西拉靠近了，不過下一秒他將萊德莉按倒，抓住她的手腕。「我的確是流氓和人渣。」西拉笑容滿面地貼近她的臉，直到視線直接對上萊德莉雙眼。「然後，我將成為妳最可怕的噩夢。」

她雙手緊緊握成拳。

你不想傷害我。

你想讓我離開。

西拉伸手摀住她的嘴，兩人的臉之間距離極近。「輪到妳了，女妖。我會讓妳離開──」

萊德莉感受到短暫的心安，接著西拉對兩名手下打了個手勢。

「──妳的房間，直接到我的房間去。我們即將探索妳的存在，妳做好心理準備了嗎？我可是準備萬全了呢。」

萊德莉開始全力抵抗。她氣自己太天真，竟以為西拉·雷會笨到不針對女妖的魅力採取防護措施。他想必找到了某種巫術、魔藥或法術，使自己對萊德莉的魅惑之術免疫。

她不願想像西拉得到免疫的手段。

「好了，好了。」

萊德莉掙扎著試圖咬他，但這位夢魔緊緊捏著她的顎骨，感覺骨頭都快被捏碎了。

當她奮力尖叫時，只能發出近似嗚咽的悲鳴。

西拉舔拭嘴脣。「怎麼，舌頭被巫師抓住了？」他打了個響指，示意手下靠近。

「帶她去手術室。」

一塊布套罩住萊德莉的頭，周遭一切只剩黑暗。

隔著粗糙麻布套，萊德莉能看見的東西有限，而且每一次呼吸都會嗆到灰塵。他們拖著她走在某種廊道上——身旁偶爾會閃過地磚與門道的殘影。

數分鐘後，地磚換成潔白的亞麻地板，消毒水的氣味使她微微作嘔。他們將萊德莉推入雙開式彈簧門的房間，機器發出的「嗶嗶」、「唧唧」聲類似醫院病房。

西拉怎麼會帶她來醫院？

他不會的。

萊德莉的目的地，在他口中顯得格外險惡。

手術室。他是這麼說的。

但是萊德莉身邊的一切與醫院非常相近——日光燈、白地板、消毒水臭味。細節緩慢拼湊成可怖的事實。若這裡並非醫院，那只剩一個可能性了……

亞伯的實驗室。

他利用巫師進行人體實驗、並創造約翰的地方。西拉走進牢房的一瞬間她就明白了，她將來到此處——這是萊德莉最恐懼的可能性。

她全身發涼。

不要這裡。什麼地方都好，就是不要這裡。

不要！不要！不要！

萊德莉大力亂踢亂打，直到有人隔著布套用一塊布摀住她的口鼻，她聞到漂白水、灰塵與酒精混合的氣味。

只消一秒鐘，她雙膝一軟、思緒散去，意識消失在無盡黑暗之中。

萊德莉睜開眼眸。

黑暗。

腳步聲。

片段的字句。

危險。

實驗。

致命。

十三號受試者。

萊德莉眨了眨眼。一圈亮光打在她臉上，她勉強能辨識出用電線垂掛在她上方的燈泡，彷彿它從陰暗的天花板朝萊德莉伸手。

明亮的光線太過刺眼，但她並沒有移開視線，她不想看著西拉走出周遭的暗影。

你這個混蛋。

「沒有風險，何來利潤？」西拉邊說邊走近手術臺。萊德莉被綁得動彈不得。

「醫師，我們這是在創造歷史。」

「我明白，雷先生。」一位語音顫抖的男子答道。「但凡事都有限制。」

「我的世界裡沒有限制這回事。」西拉獰笑著說。「醫師，別這麼拘謹，這全都是為了科學進步，對吧？」

萊德莉竭盡全力逼自己冷靜。

想活著逃離這個鬼地方，就要用腦袋思考。

她拉扯束縛身軀的物品。

鐐銬。

她雙手撫摸身下的平臺。它十分光滑，也同時堅硬、冰涼，很可能是金屬。

手術臺。

「別浪費力氣了。」西拉彎腰俯視她，開啟手術臺下方的開關。「妳哪都別想去，**女妖**。」他唸出「女妖」兩個字的時候，不知為何語調很奇怪。「等我完成實驗，妳就不會只是現在的妳了。」

不會只是現在的我？那我會變成什麼？

西拉朝她看不見的男子打了個響指。「開始注射。」他下令。西拉靠得離萊德莉更近了。「等下妳會非常痛——可惜沒辦法讓妳痛得更厲害。」

萊德莉全神貫注地將力量導向黑暗中她看不見的男子。

不要注射。

什麼都別做。

「我叫你開始注射！」西拉扭頭咆哮。

萊德莉沒有感受到任何變化，而且她好疲憊……

但是她不能放棄。

我不知道你是誰，不過你不想傷害我。

你想離開。

「我能不能不要——？」

她聽見遠處一扇門關上的聲響，以及門外走廊上的腳步聲——她的臉被熱辣辣地摑了一巴掌。

「妳知道妳惹的是誰嗎？」

萊德莉隔著散落在面前的糾結金髮盯著西拉，原本亮麗的波浪捲髮如今更接近一束束亂髮辮。

「喔？我倒覺得你不知道你惹的是什麼人。」她咬牙切齒地說。

西拉捏著她的下巴，逼迫萊德莉看他。「這妳就錯了。」

她心一橫，咧嘴微笑。「我記得你祖父也說過類似的話，結果他就被我和我朋友殺了。」

西拉一拳敲在她身旁的觸控面板上，一股電流竄遍萊德莉的身體，全身血液彷彿變成了火焰。

她縱聲尖叫。

烈焰從她的手臂流入體內，一路燒到肩膀、頭顱，而後沿著脊椎流入雙腿、雙腳、腳趾，宛若電擊般的第二股脈搏。

萊德莉的身軀隨著電流每一次脈動而抽搐、痙攣，她的意識無法接受火燒般的痛苦，轉而專注於第二股脈搏的聲音。

遠比她自己的心跳穩定。

如果她還聽得見那個脈搏，就代表她還活著。

對吧？

萊德莉放開對身體的控制時，聽見了埋藏於記憶深處的另一道聲音。

一首歌。

媽媽以前唱的歌。

《仿聲鳥》。

也許這表示她可以再見到媽媽了。

還有萊絲。

還有萊兒。

還有蕾娜。

她真的很想見蕾娜。

萊德莉嗅到遠方飄來的燒焦味。

可能是烤肉吧，我以前認識一個很愛吃烤肉的男孩。

林克。他的名字好像叫林克。

想到此處，她微微一笑。

她猛然發覺，那股燒焦味來自她的身體。

而且不只是焦味。

還有尖叫聲。

那之後，她向痛苦與火焰投降，潛心聆聽腦海中清唱《仿聲鳥》的聲音。

不過鳥兒的歌聲卻是男孩子甜甜的、走音的歌聲，哄她入眠。

那個男孩一定很愛我。她心想。

如果我還記得他的名字就好了。

第十一章　林克
虛度光陰

「應該是這裡了。」山普森宣布。林克的心思被拉回外界的現況。

當他抬起頭，林克看見山普森站在一堵樹籬前。

又是死路。

林克還來不及抱怨，山普森便將手伸進樹籬用力一推，開啟通路——樹籬後方是一條類似南方小鎮的街道。林克的祖母還是個小女孩時，全蓋林鎮只有一處紅綠燈，當時的街景想必與眼前的畫面相去不遠。

又是巫師的密門。

我就知道。

林克穿過密門回到凡界時，他發現這扇門位在一棵生滿鐵蘭的巨大橡樹裡。另一側只有更多高大的橡樹、杳無人煙的路口，與路邊一棟年久失修的房屋。

「看樣子我們找到了。」約翰說。

「這是哪裡？」林克實在看不出他們「找到了」什麼。

約翰指向交岔路口標著61與49的路牌，小莉則低頭檢查塞勒儀，彷彿此處並非鳥不生蛋的荒郊野外。

「那兩個數字有什麼特別的意義嗎？」佛珞依德問道。

「我們在密西西比州的克拉克斯戴爾，六十一號公路和四十九號公路的十字路口。」約翰說。

山普森驚嘆地搖頭。「我怎麼會蠢到這種地步？隨便一個夠格的吉他手都聽過這個地方，這裡是羅伯·強生與魔鬼交易的地點。」

佛珞依德瞠目結舌地說：「真的假的？我們在那個十字路口？」

約翰點點頭。「就是這個十字路口。」

小莉看了約翰一眼。「我猜這是美國人的梗？」

他將小莉攬入懷裡。「抱歉，這是搖滾界一個老傳說——至少對凡人而言只是個傳說。在一九三〇年代，一個叫羅伯·強生的藍調音樂家消失了幾個星期，根據人們的說法，他當時帶著吉他來到這個十字路口——」

林克插話道：「他用自己的靈魂達成交易，成為史上最有名的藍調吉他手。」

山普森扯了扯完全不適合密西西比暑熱的皮革長褲。「我覺得這筆交易很划算。」

「我當初也是這麼想的。」後方傳來男子的嗓聲。

林克猛然轉身。

一名年輕男子與只有三條腿的黑色拉布拉多犬站在路邊，男子身上穿著皺皺的白上衣、黑外套與巴拿馬草帽，背上背著破舊的吉他。他眼裡的疲倦遠超外表的年歲。

露西與拉布拉多盯著彼此繞了幾圈，最後狗狗放棄了，直接臥倒在塵土上。

「我的老天爺。」林克想不到還能說什麼。

「我自己也常這麼說呢，孩子。」年輕人說。他看上去不比眾人老太多，稱林克「孩子」感覺很怪。年輕人注意到約翰，掀帽子對他打招呼。「上次看到你的時候，你還是個小孩呢。」

約翰將手插進口袋。「所以你還記得我囉，強生先生？」

「我們見過的事情也不少了，不必再說什麼『強生先生』的客套話了吧？而且，我到現在還不曉得你叫什麼名字。」

約翰伸出手。「我叫約翰・布利。」

藍調音樂家盯著約翰的手。「我現在不跟人握手了，這樣比較保險。不過我很高興能認識你，約翰。」

山普森挪近幾步，緊張的神情與平時的形象大相逕庭。「所以那個故事是真的嗎？」

強生抬頭看山普森，吹了聲口哨。「現在的小孩比以前高好多！」

「山普森比較……不一樣。」小莉說。

「你是巫師？」強生問他。

「你知道我們巫師的事？」妮骷髏聽起來十分詫異。

強生更仔細打量妮骷髏的藍髮與飾環。「當然知道。」他眺望正午的密西西比烈陽，隨後走向一棟像是被龍捲風空降在路邊的小屋。「我們進屋裡聊吧，外頭太熱了。」

林克掃視這個區域，卻沒看見其他房屋。藍調音樂家爬上門廊搖搖晃晃的臺階後開啟紗門，只有三條腿的狗蹣跚地跟在他身後。「進來吧，別客氣。」

屋內空間很小，卻塞滿形形色色的物品。一進大門便是擺滿破舊扶手椅的客廳，牆上掛著不搭調的相框，讓林克聯想到蓋林鎮三姊妹的家——林克印象中，伊森的三個姨婆一直住在同一間屋子裡，屋內全是她們一生的收藏……直到亞伯・雷燒毀了她們的家。

林克與伊森小時候放學都會去三姊妹家吃酸檸檬糖與奶油糖，不過那些糖果多半比林克和伊森加起來還要老。三位老太太從不丟棄任何物品，她們家簡直像間博物館，無法掛在牆上的東西就直接擺在家中任何平面上。

強生的家感覺非常類似，不過他展示的並非小湯匙收藏、破瓷器與老相簿，而是藍調音樂的紀念品——例如咖啡桌上一個老舊的口琴，以及綳斷後收藏在玻璃罐裡的吉他弦。林克不禁想像強生邀三姊妹到他家作客，三位老太太發現桌上連一盤糖果也沒有時該有多失望。

露西彷彿回到自家，悠哉地在客廳裡走動。

山普森、佛珞依德與妮骷髏細細研究裱框掛在牆上的泛黃剪報，以及舊照片與斷掉的吉他琴頸。

強生走至一臺電扇旁，坐上坐墊鬆弛的扶手椅，而後將吉他放置在地上。拉布拉多蜷縮著趴到他腳邊。「直接坐下吧。」他說。「平常很少有人來探望我呢。」

小莉與約翰在他對面的沙發上就座，林克則選了角落一張舊松木桌旁的位子。

他看見一枝插在馬克杯裡的鉛筆，想也不想地取出他寫歌的紙片——雖然歌詞有多爛他自己心知肚明，不過自從萊德莉失蹤之後，林克就無法克制寫歌的欲望。

藍調音樂家向前傾身，直視約翰雙眼。「既然你來找我，一定是出了什麼不得了的事情吧。」

「這件事和亞伯・雷有關。」

「其實是他孫子西拉。」小莉補充道。

約翰一道出亞伯的名字，強生便全身一僵，抓著扶手的雙手用力到指節泛白。「我很久沒聽到那個名字了，老實說我寧可再也別聽到他的名字。」

山普森、妮骷髏與佛珞依德將視線拉開牆面。

「請問你和亞伯的關係是？」山普森問道。

強生歪過頭，似乎不確定山普森是否在開玩笑。「你不是聽過故事了嗎？」他拿起吉他，心不在焉地撥弄琴弦。

山普森垂眼看地板。「人們將你的故事寫成了歌，還寫了好幾本書。」

藍調音樂家脫下外套，捲起衣袖。「他們都唱了什麼、寫了什麼？」

佛珞依德走上前，站在山普森身邊，視線稍微停留在那只口琴上。「他們說你曾經是很了不起的口琴演奏家。」

強生哈哈大笑，從上衣口袋取出一根手捲的香菸。「這在說我吉他彈得很爛吧？說得真好聽。」

佛珞依德面紅耳赤地說：「我不——」

「沒關係。」強生點燃香菸。「我也知道自己彈得不好。妳繼續說吧。」

「人們說你來到這個地方之後就消失了。」佛珞依德接著說。「等你再次出現的時候，吉他彈得比誰都好聽。」

林克也插嘴道：「人們說你是史上最偉大的藍調吉他手，說不定還是史上最偉大的吉他手。」

強生呼出幾口煙圈，而後看向山普森。「你應該知道他們是怎麼說的吧？我是如何變成最偉大的藍調吉他手的？」

山普森將兩隻巨大的手塞進皮革長褲的後口袋，忽然從強大的暗黑之子與黑暗巫師樂團吉他手，轉變為不敢邀女孩子跳舞的扭捏男孩。「你和魔鬼進行交易，將靈魂賣給了他。」

強生的目光掃過約翰，又回到山普森身上。他弄熄香菸，手指滑過吉他的琴衍，怒氣沖沖的即興片段隨即充斥整個客廳。「我想，除了這之外他們也沒有別的解釋了吧？和我交易的『魔鬼』是亞伯．雷——他雖然不是所謂的魔鬼，但他絕對不是什麼天使。」

林克猛然抬頭。「什麼？我是說，您剛剛說什麼？」

除此之外，沒有任何人出聲。

山普森瞠目結舌，佛珞依德與妮骷髏也同樣驚愕，小莉則埋頭火速作筆記。唯有約翰鎮定地接受強生的話，彷彿打從一開始便知曉實情。

「一天晚上，我在一間點唱機酒吧遇到那個混蛋，我們喝了幾杯，聊了一下音樂。現在回想起來，當時遇見他肯定是他刻意安排好的。那一晚他等著某個人出現——某個走投無路的人。」

「我們夢魔又不能實現別人的願望。」林克滿懷希望地看著約翰。「對不對？」

「小子，你說得對。亞伯身邊帶著一名巫師——一名女妖——他說那是他的所有物。」強生又彈了幾個和弦。「但就算是女妖，也沒辦法讓我成為更好的吉他手。」

山普森搖了搖頭。「我猜那個女妖給了你一把吉他。」

外表年輕的老人點點頭。「她說那是把豎琴。」他輕敲吉他的琴橋。「她還讓豎琴變得跟我的吉他一模一樣。」

小莉停筆。「強生先生，有一點我並不是很懂。亞伯．雷確實能做到各種神奇的事情，但除非我遺漏了某些重要資訊，他應該無法偷走一個人的靈魂吧。」

「這部分大概是為了讓故事更精采才加進去的。」強生說。

「若您方便的話，能否請問您究竟交易了什麼？」小莉的鉛筆停留在空白頁面上方。

約翰起身走至窗邊，藍調音樂家的目光隨著他移動。他們兩人之間存在某種聯繫——林克猜是某個祕密。

強生再次將吉他放在地上。「他需要拿我做實驗。」

「但是亞伯痛恨凡人，怎會利用凡人進行實驗呢？」

「他常常提到長生不老這件事。亞伯說，如果他能阻斷凡人的老化過程，那麼距離讓超自然生物長生不老也不遠了。」

小莉驚駭地倒抽一口氣。「這就是您外貌如此年輕的原因。」

林克數學不好，但他知道強生此時應該一百歲左右。不過，這並不是他最感興趣的部分。「所以您知道實驗機構的事。」

強生皺起眉頭。「我比較想問的是，你又是怎麼知道實驗機構的？是你朋友約翰告訴你的嗎？」

約翰又走了回來。「強生先生，這就是我們來拜訪你的原因。我們幾乎能肯定，現在主導實驗機構的是亞伯的玄孫西拉，我們非找到他不可——但是亞伯之前改造過我的頭腦，包括實驗機構的位置等資訊，我全都想不起來。」

「你不會想回去那地方的。」強生告誡他。

約翰聳肩。「你說得對，可是我別無選擇。」

林克從座位一躍而起。「先生，西拉很可能綁架了我的女孩，我們猜她被關在那詭異的實驗機構裡頭，或是那附近某個地方。我知道您大概會跟我們說太危險了，我們去了就是找死什麼的，可是我不管怎樣都一定要去，只要她有可能活著我就一定要找到她。只要您肯幫我，我什麼都願意給您。」

強生站起身，掏出皮包。他打開皮包抽出一張褪色的相片——是位金髮蓬亂的女孩。「我也曾經深愛一個巫師女孩。早知道當初就和她留在故鄉，當個一流口琴手、二流吉他手也行……不過計畫總是趕不上變化。」他的目光在女孩臉上流連片刻，又回到林克身上。「她多半以為我死了。」

「你都沒有回去找她？」妮骷髏問道。

藍調音樂家嘆息一聲。「我在實驗機構裡還清債務後，被亞伯送到這個地方來，他手下另一名巫師施法確保我永遠離不開這個十字路口……看來債務還沒還清呢。不過我還是會觀察她的動態。」

「如何觀察？」身為保管者的小莉饒有興致。

強生彎下腰，撫摸拉布拉多的頭。「度斯會幫我。」

那隻狗慵懶地撐開一隻眼睛。

「牠是巫師的狗？」林克問道。「像布芮德那樣？」伊森解釋過，巫師能利用他們飼養的動物觀察世界，例如蕾娜的麥坎舅舅，過去便時常透過狼犬布芮德的雙眼監督蕾娜。

小莉更仔細審視強生的拉布拉多。「但是您並非巫師，怎麼辨得到呢？」

「是巫師的法術。」藍調音樂家回答。「將我困在這裡的女巫師不怎麼喜歡亞伯，所以她決定留一份小禮物給我。」

「你不能離開，實在太慘了。」妮骷髏哀傷地說。

「總比回到亞伯的實驗機構好。」強生說。

林克清了清喉嚨。「先生，您可以告訴我們怎麼去實驗機構嗎？」

強生全身一抖。「就算是我最憎恨的敵人，我也不願意送去那個地方。我雖然沒和魔鬼交易，不過亞伯・雷絕對是最接近魔鬼的存在。」

「他生前是。」林克說。「他死了。我和約翰殺了他。」

藍調音樂家走到林克面前，揮手示意林克寫歌的紙片。「你是作曲家嗎，小子？」

林克聳聳肩。「以前是，可是失去萊德莉之後就什麼也寫不出來了。萊德莉——那是她的名字。」

「介意讓我瞧瞧嗎？」強生問他。

林克遲疑片刻，隨後不甚甘願地將紙張交給他。總覺得不該讓史上最偉大的藍調音樂家之一看他寫的爛歌。

如果他願意幫我們找萊的話，什麼都值得。

強生的目光掃過紙張。

「我剛剛就告訴您了，我寫不出好歌。」林克垂頭喪氣地說。「歌詞都沒押韻。我內心深處一直都明白自己不是好作曲家，可是我以前從來不認為自己很爛……看來我只是自欺欺人而已。」

約翰與小莉，甚至是佛珞依德與妮骷髏都大吃一驚。他們從未聽過林克說這種喪氣話，打從他組成人生中第一個樂團──誰殺了林肯──並接著組建神聖搖滾與女妖之歌，林克逢人便大肆宣稱自己註定成為搖滾天王。然而現在他不再在乎面子──連樂團、音樂事業都不在乎，什麼都不在乎了。

不找回萊德莉的話，這一切都沒有意義。

藍調音樂家抬起頭。「小子，歌的重點不是押韻，而是感動人心。這才是音樂的目的──這麼多歌詞和曲調，只是換一種方式告訴一個人你愛他，或是你心碎了，或是你氣到想殺人。」

林克點了點頭，但他不確定自己是否真正聽懂了。

「你唱這首歌的時候，難道感覺不到這些嗎？」強生問道。

「我其實還沒唱過這首歌。」

強生將紙張遞回來。「那就唱來聽聽吧。」

這就是揚名立萬或鎩羽而歸的瞬間。他雖然不願當眾出糗，不過衛斯理・林肯比什麼都討厭回家，而且這不只是他母親的緣故。

我不會隨便放棄。如果羅伯・強生想聽我唱歌那我就唱給他聽，就算比我媽做的黃桃餡餅還爛也要唱。

衛斯理·林肯——悲劇般平凡的凡人籃球隊員、啦啦隊殺手與兒童松木車大賽永遠的輸家——此時與以往同樣別無選擇，只能硬著頭皮去做。

那我開始唱囉。林克清了清喉嚨。**這首歌獻給妳，萊。我所有的歌都獻給妳。**微微顫抖的手拿著紙張，他集中精神看著歌詞，開始清唱：

「金髮與修長美腿，
頑劣的態度戴著借來的笑容。
一直以為我與妳心中的女妖無緣。

但妳牽著我的手，聽著我的歌，
跳上我的車，告訴我逃離這裡的路該怎麼走。
現在少了妳，我只能不停地想……

失去妳已過半小時，
早知道該對妳說的那些話，
如果能回到當初，我一定全告訴妳，
讓妳永遠記得妳屬於我。

在我舊車裡度過的無數夜晚，看著星空，
握著手，計畫未來。

殊不知那是最後的時光。

只是個南方男孩的初戀，
太多後悔與忘不了的瞬間。
如果能回到當初……

失去妳已過半小時，
早知道該對妳說的那些話，
如果能回到當初，我一定全告訴妳，
讓妳永遠記得妳屬於我。」

林克停止歌唱，但並沒有抬頭。「就這樣了，大概。」他將手中的紙張揉成一團，語音與歌詞同樣哀傷。

因為這就是我的心情，全部都是真的。

他終於抬起頭時，發現朋友都露出驚豔的神情，而強生則笑意盈盈。「你很有天分，別浪費它。」

從來沒人對林克說過他有任何一方面的天分，更別提是在他感興趣的領域。他露出與朋友同樣驚奇的表情。

「如果找不到我的女孩，這些都不重要了。」林克深深吸了一口氣。「先生，請幫我找她，拜託您了。」

「小子，我也很想幫你。」藍調音樂家難過地搖頭說。「可是我實在想不起來。」

約翰差點從座位一躍而起。「你在說什麼啊！」

「亞伯不只對你的頭腦動了手腳。」強生指著自己的太陽穴說。「有些事情我一直想不起來，那些一定是他不希望我記得的資訊。」

林克委靡不振地倒回座位上。「連您也不曉得實驗機構在哪裡。」他頹喪地呢喃道。「連您也幫不了我們。我們沒希望了。」

「別這樣，小子，抬起頭來。」強生拍拍林克的肩膀。「我雖然幫不了你，不過我認識一個能幫你們一把的人。」

「先生……？」

「你願意進行交易嗎？」強生問他。

林克用力嚥了口口水。他的靈魂雖然沒什麼價值，但他還是不想將靈魂賣給這位老人，而且故事裡進行交易的主角一般都沒有好下場——包括強生在內。

但為了萊，我願意。

「我先說清楚了，我是個超級大罪人。」林克說。「至少我媽是這麼說的，她這個人可是虔誠到幾乎住在教堂裡……所以您就算拿走我的靈魂大概也上不了天堂。」

藍調音樂家眉毛一揚。「我對你的靈魂沒興趣，我要的是那個。」他指向林克手裡的紙張。

「您要我的歌？」林克錯愕不已。「我寫的歌？」

「林克，你寫得真的很好。」妮骷髏說。

強生點頭表示贊同。「我剛才就說了，你很有天分。我已經很久沒看到值得演奏的歌了，自己一個人住在這邊挺孤單的呢。」

林克毫不猶豫，即使要他將過去寫過的每一首歌、未來將會寫的每一首歌送給這位音樂家，他也絕無怨言。「它是您的了，請您告訴我那個能幫我們的人在哪裡。」

強生將歌詞收入口袋，走回他的扶手椅。「我沒辦法保證你們會成功，不過如果有人知道實驗機構的位置，那個人鐵定是『天鵝絨嗓音的少女』。」

「誰？」佛珞依德與小莉異口同聲地發問。

「她是巫界的記錄者。」強生就事論事地回答。

小莉沉默了片刻。「強生先生，您一定是記錯了。我在史上最博學的保管者門下實習，卻從未聽過巫界記錄者的存在。」

「她就和妳我一樣，是確實存在的人。」強生用指尖撫過吉他的琴衍。「自從世界的規則被打散，秩序變得一片混亂之後，她就負責觀察並記錄新萬靈法則。」

聽他提到新萬靈法則，小莉神情一慌。

藍調音樂家指著林克說：「你們到紐奧良以後，去布魯夫人的巫毒之家，找天鵝絨嗓音的少女。告訴她，是我叫你們去找她的。」

「您確定嗎，強生先生？」林克屏著一口氣，等待答案。

強生放下吉他，直視林克雙眼。「我敢用靈魂對你發誓。」

第十二章　諾斯
沒有不帶刺的玫瑰

諾斯聚精會神地盯著那張相片，以致身旁的一切都變得模糊不清。

她看上去簡直像具屍體。

相片中萊德莉的眼皮似乎很沉重，她癱坐在牆邊，也許連自己被人拍照也不知道。但是以萊德莉的相片蓋住牆上另外幾張相片這點來判斷，萊德莉這張多半是近期才加上去的。

不能拖拖拉拉的了。他從牆面扯下萊德莉的相片。

萊德莉，我來找妳了。

他快步沿著走廊前行，幾乎沒注意到兩側的房間，每經過一扇門也只短暫停頓以確認房內無人。諾斯滿腦子只剩下找到她的念頭。他聽見後方遠處傳來交談聲，也許是戰利品陳列室傳來的聲響，但他選擇不去理會那些人。就快走到廊道末端了。

再多走幾步，到前面那扇門。

到達長廊尾端時，諾斯看見一側是電梯，另一側是樓梯，兩者皆通往地下的樓層。

好喔。

然而才剛踩上第一階樓梯，諾斯便聽見下方傳來更響亮的談話聲——而且更慘的是，後方的交談聲也忽然近了許多，他若不下樓，肯定會被後方的來者看見。

此刻，諾斯恨不得擁有瞬移的能力，可惜目前為止尚未有夢魔在他的高風險牌局上輸掉這項能力。他手上持有的才能、人情與法力有哪些？他在俱樂部賭博贏得那麼多籌碼，其中必定有一件派得上用場。

快點，快想辦法。

他忽然靈光一閃。

黑蝕師。

諾斯一直省著黑蝕師的法力，想留到帶萊德莉逃出實驗機構時使用，不過他若是在找到萊德莉之前被逮到，就沒有意義了。

萊德莉過去險些在一場贏者通吃的謊言交易賭局中大獲全勝，諾斯就是在那場賽局中贏得一位黑蝕師的法力。那是場黑吃黑的奸險賭局，但每當諾斯想起當時的情景總是心中一甜，因為那一晚是萊德莉首次踏進他的俱樂部。

黑蝕師擁有模仿的能力，他們能模仿任何人的樣貌與聲音——現在正是使用此能力的時機。

諾斯從外套口袋取出一張紅心Q，輕聲唸出短暫獲得這份力量的咒語：

奎德——歐珀斯——埃斯特——密。

讓我化身為此人。

模仿西拉的風險太高了，本尊很可能也在實驗機構內，所以諾斯選擇了另一個模仿對象。

一個無足輕重、不會引人注目的小角色，一個就算在走廊上走動也不奇怪的人物。

麻癢的感覺從腳趾一路擴散至雙腿、腰腹，而後轉變為遍布全身的刺痛。諾斯低頭瞄一眼自己穿著白色實驗袍的身體，動了動與自己一點也不像的手指。

完成了。

他首先瞥見正在上樓的一位女性，她高得異於常人——極可能是暗黑之子。

女子身旁的夢魔長得像西拉的典型夢魔爪牙，他掃了諾斯一眼。「醫師，你怎麼會在這裡？你不是說你要走了嗎？」

「我是要走了。」諾斯說。「不過得先把一些事處理完。」幸好他先前在走廊上聽見這位身穿實驗袍的男子說話，因為即使是黑蝕師也無法模仿他們沒聽過的聲音。

那位女性暗黑之子遲疑片刻，神情古怪地看著諾斯。

諾斯聳聳肩。

他想到山普森誇張的直覺——不知暗黑之子的直覺精準到什麼程度？還是說，那是山普森獨有的能力？

拜託別問我要去哪裡，我完全沒有頭緒。

夢魔輕輕撞了暗黑之子肩膀一下。「走吧。」

她點頭。「放輕鬆點，醫師。」

少頃，諾斯聽見兩人與別人談話的聲音，想必是遇上了後方走來的人。

諾斯放輕腳步匆忙下樓，麻癢的感覺又變回刺痛，不知黑蝕師的法力還能維持多久。這就是借用他人能力的缺點，這些外來的法力自然非常不穩定，其效期隨著那位巫師的法力強度增長……顯然輸給諾斯的黑蝕師較接近食物鏈底層。法力散去的刺痛比一開始生效時還嚴重，迫使諾斯在樓梯底部稍微喘息。他看著中年男子毛茸茸的手變回自己的雙手。

不，太快了。

我還沒完成我的任務。

他推開樓梯底部的門扉，一排鐵柵映入眼簾——後方是一塊滿是牢房的空間——大部分的牢房內都有人，但從諾斯所處的位置看不見囚人的面孔，他只看見最後一間牢房內的那個人——

萊德莉．杜凱。

她緊緊抓著鐵柵，彷彿一鬆手身體就會軟倒。挑染粉紅的金髮凌亂地散在肩頭，有幾綹長髮垂至鐵柵之間。

她的手十分骯髒，指甲又黑又不平整。

諾斯走近她的牢房，跨步時刻意保持安靜，以免打擾到其他俘虜。「萊德莉？是我，是諾斯。」

「諾斯？」她的聲音微微顫抖，但她並沒有抬頭。諾斯的名字在她口中似乎帶有更深的涵義。

心安的溫暖流遍諾斯全身。「我還以為我永遠失去妳了。」

他雙手握住兩人之間的鐵桿。萊德莉看似又害怕又困惑，也許精神狀態不正常，諾斯還不敢觸摸她。

不過以一個經歷了重大創傷事故的人而言，她看起來狀況不錯。

諾斯跪了下來，直到兩人的額頭只距離十來公分。「西拉要是碰了妳一根汗毛，我就親手將他撕得粉碎。」

萊德莉的手頻頻顫抖，而且她到現在還未抬頭看他。

諾斯讓手指沿著粗糙的金屬桿滑至萊德莉手邊，她握著鐵柵的手捏得更緊了。

諾斯緩緩地——輕柔地——擦過她的手指。「噓，沒事了，妳不用說話沒關係。我無法想像妳這幾天經歷了什麼事情，但那一切都過去了。」

她的手指在諾斯手中逐漸放鬆。

他們靜止不動，彷彿不受鐵柵阻隔似地彼此相依。

萊德莉伸出手，指尖探尋到諾斯下顎，擦過他的頸項。「諾斯。」她悄聲說。

這回，她的語調與先前明顯不同，聲音變得更尖銳、更冷硬。

她離諾斯很近，近到諾斯能嗅到她的髮香——櫻桃糖和陽光，與往昔無異的甜味。

我終於找到妳了。

諾斯寬心地闔上雙眼。

萊德莉倏然閃身撲上前，一手掐住他的喉嚨。

她的指甲刺入諾斯肌膚。「我不知道你是什麼人，也不知道你是怎麼進來的，可是我絕對不會讓你傷害我。」

「萊，是我，諾斯啊。」他喘不過氣地擠出字句。「我不可能傷害妳的。」

「騙人！」萊德莉厲聲斥道，捏著他喉頭的手收得更緊。「怪物，我才不會讓你接近我，你對那些小女孩做的事情我都知道！」
「什麼？」諾斯不解地愣住。
「我看到你的牙齒了——我看到你的尖牙了！」
「我的什麼？」他莫名其妙。「妳到底在說什麼？」
「黑色骨骸的事情我都知道。你會趁我不注意的時候過來，等我睡著的時候撕毀我的喉嚨。」
「這是幻覺，萊德莉，這些不是真的！」諾斯掰開她的手指。「我怎麼可能傷害妳？我唯一想做的事就是愛妳。」
萊德莉驚恐地倒退，彷彿性命遭受威脅。「住口！不准那樣說！」她摀住耳朵，坐倒在地。「住口住口住口住口！」
她緊緊閉著雙眼瑟縮在牢房角落，雙手不停地顫抖。她前後搖晃身體，輕聲哼唱搖籃曲。
諾斯心跳狂亂地看著萊德莉，膽汁竄上了食道，此刻無助的感覺與找到萊德莉之前相去不遠。
西拉究竟對妳做了什麼？
下一個念頭更加可怕。
我該如何讓妳復原？

第十三章 萊德莉

仿聲鳥

萊德莉隱約能察覺周遭的事物——身下柔軟的彈簧床、上方閃亮的水晶吊燈，以及地板上交疊的鮮明地毯。地毯使她聯想到雷氏莊園裡麥坎舅舅的書房。

說不定這裡就是舅舅的書房？

思緒與回憶交纏在一起，宛若媽媽針織籃裡的毛線。

一下針，二反針。一下針，二反針。

她小時候看媽媽用棒針織東西，一看就是好幾個小時。棒針內外移動——一直一直進行同樣的動作，彷彿永遠不會停息——總令人感到安心。

媽媽坐在火爐邊，那是麥坎舅舅最喜歡的椅子。

我心跳飛快地跑過去。

「怎麼了嗎，甜心？」媽媽問我。她讓棒針落入籃子裡，張開手臂讓七歲的我爬

上她的腿。

「媽媽，我看到她了。」字句從我嘴裡飛出來，快到我忘了呼吸。「我看到我長大了，然後她來找我們，可是她沒有帶走蕾娜，她帶走的是我。」

媽媽搭著我的肩膀，盯著我眼睛深處，彷彿她時光師的法力不僅能看見這間房間裡曾經發生——還有未來會發生——的所有事情一樣，讓她輕易看見我的未來。

「妳說的是誰呢，我的甜心？」

我用力吞口水。「莎拉芬恩。」

她臉上出現了奇怪的表情。「妳怎麼會知道這個名字？」

「萊絲的朋友說到她的事，他們說她是從以前到現在最危險的巫師，還說她會把不乖的小女生抓去幫她工作。他們說她都坐黑色骨頭做的推車，幫她拉車的大老鼠有超大的尖牙，可以趁人睡覺的時候殺了你，先撕毀喉嚨再把你的心臟挖出來。」

「胡說八道。」

「媽媽，我不要當壞女孩，我不要被大老鼠吃掉。」

媽媽用力抱緊我。「妳為什麼覺得自己是壞女孩？」

我慢慢點頭，不想承認事實。「如果我不是壞女孩的話，怎麼會一直夢到她？」

「她在妳的夢裡長什麼樣子？」

我不願再想起她的臉，不過還是努力形容她的長相：「有點像《睡美人》裡面的壞女巫。」

媽媽深深呼出一口氣，露出放心的表情。我不懂她為什麼放心，壞女巫明明就是我看過最可怕的人，誰想夢到她啊！「妳只是作噩夢而已。」媽媽說著親了我額頭

一下。「不會有人來找妳，也不會有人把妳帶走。」

「那老鼠呢？」

「也不會有老鼠的。」

我不太確定地抬頭看她。「那妳可以唱那首歌給我聽嗎？把噩夢趕走的那首歌？」

媽媽對我微笑，開始哼她從我還是小嬰兒就會唱給我聽的搖籃曲。她教我把歌詞都記起來，如果她不在的時候我就可以自己唱。

《仿聲鳥》。

萊德莉抱膝前後搖晃，哼唱趕走噩夢的歌謠，但這回就連搖籃曲也失靈了。

哼唱歌曲的聽起來不像媽媽的聲音，也不像那個沒有名字的男孩甜甜的聲音。聽起來就是她自己的聲音，她不喜歡。

因為聽起來像是孤獨的聲音。

她緊緊閉著眼睛，害怕一睜眼老鼠便會出現。各式各樣的畫面毫無預警地閃現在她眼前——老鼠逃出籠子，老鼠爭先恐後地朝她的床湧來，老鼠人站在鐵柵另一側，呼喚她的名字。看起來就像真的一樣。

還有別的畫面。

比老鼠更恐怖的畫面。筆直射入她眼底的亮光，流竄在她血管內的火焰，火熱痛楚宛如第二股脈搏般傳遍她全身，以及兩名男子隱約可辨的話聲。

十三號受試者。

還有關於女妖與幻術師法力的對話內容。

實驗第一步的完美組合——其中一個人好像是這麼說的？

記憶從指縫溜走，萊德莉前後搖晃得更劇烈。

繼續唱歌，只要妳繼續唱歌，這些噩夢就會消失。

萊德莉，只有當妳改變世界時，世界才會改變。一道藏在心底已久的聲音對她說——她認識這道聲音的主人。別忘了這點。妳心中的黑暗會永遠守護著妳，就像我轉化後黑暗一直守護著我一樣。但是，妳必須控制妳的力量，絕對不能讓它控制妳。

萊德莉忽然想起聲音的主人是誰——是莎拉芬恩阿姨，是在萊德莉轉化之後，唯一沒有背棄她的人。

我做不到。萊德莉默默回答阿姨。**我不夠強大，老鼠和噩夢一定會再回來的。**

然而莎拉芬恩的聲音並沒有停息：**萊德莉，只有當妳改變世界時，世界才會改變……妳必須控制妳的力量，絕對不能讓它控制妳。**

萊德莉只覺得自己太過虛弱，什麼都控制不了——老鼠、灼目亮光、火焰或劇痛，沒有一個在她的掌控之內。她專注於腦中的痛楚與回憶，發現還有其他聲音——來自回憶中劇痛、火焰與刺眼光線的話聲。於是，萊德莉做出了連自己也無法想像的事，悉心傾聽這些話語。

「**要注射的藥物準備好了嗎？**」一名男子問。「**把細項唸給我聽。**」

「**十三號受試者，女妖。試驗一，注入法力：幻術師。**」另一名男子唸道。

「假如她的身體接受藥物，在輸入新法力時不發瘋或死亡，那我們就是在歷史上增添了新的一筆，你知道吧？」

「先專心給她注入藥物再說。」

一股迥異的火焰在萊德莉體內燃燒——自從被綁架便一直沒有燃起的烈炎。狂怒。

她不記得那兩個稱她為「十三號受試者」的男子是什麼人，也不記得是誰將她鎖在這個籠子裡，所以她不斷不斷在腦海中重播那首歌，直到耳裡只剩下黑骨老鼠的私語，直到她發現自己必須走的道路。這是她再次昏迷前的最後一絲念頭：

我會讓他們血債血償。

就像莎拉芬恩阿姨教我的那樣。

第十四章　林克
電子葬儀

天鵝絨嗓音的少女是個未知數，可能會使已經萬分複雜的狀況更加混亂——至少，小莉是這麼說的。儘管如此，約翰信任羅伯・強生，而且天鵝絨嗓音的少女「巫界記錄者」的身分令小莉好奇得心癢難搔，恨不得盡快找到她。

「怎麼，妳嫉妒她？」小莉每次提到她，佛珞依德便一臉玩味地瞅她。

「別傻了，我只不過認為這件事有些奇怪罷了，畢竟數百年來記錄巫界歷史的一直是我們保管者。」小莉不屑地說。「為何現在改變系統？」

「世界本來就會改變，萬靈法則、我們、整個宇宙都會變。改變不見得是壞事。」佛珞依德聳肩說。

「也不見得是好事。」小莉回道。

約翰與林克識相地閉緊嘴巴。

他們在隧道中行進時，每經過一間黑暗巫師俱樂部，山普森便會快步入內，打聽雷氏橡園的所在處。林克認為沒有人會願意提供消息，不過山普森卻說他錯了，願意提供情報的小混混多的是，問題是每個人說的都天差地遠——山普森問了調酒師、門衛、毒販與流氓，從沙凡那港市到聖克羅伊島，各種回答都聽過。

當眾人抵達法國區時，林克已瀕臨崩潰。

「為什麼沒有一個人知道那座橡園在什麼鬼地方？」他跟著露西走在陰暗的人行道上，不悅地抱怨。「我們這樣簡直像在找神力女超人的隱形飛機，或是神盾局在沙漠裡的祕密基地。」

「山普問過的人都沒有去過雷氏橡園。」約翰合理地指出。「我猜這是某種咒術，可能沒去過亞伯老家的人，就不可能找到那個地方。」

「除非他對所有人的腦袋都動過手腳，所以沒有人記得了。」林克嘀咕。他的心情越來越差了。

「約翰說的這種隱蔽咒與地點相連，此指雷氏橡園。」小莉說。「對已經去過的人而言，隱蔽咒是不可能生效的。」

「那我們只能祈禱這個天鵝絨嗓音女孩有去過了。」林克在路口停下腳步，左顧右盼。「這裡離藍調之家還有多遠？」

佛珞依德挽起他的手，拉著他繼續沿街前行。「是『巫毒』之家好嗎，我們快到了。」

終於到達法國區較古早的區域，找到布魯夫人的巫毒之家時，眾人發現店內並沒有開燈。

林克一腳將一個空罐頭踢飛去撞牆。「可惡，已經打烊了。」

約翰用手搭在眼前，隔著骯髒的玻璃窺視櫥窗內部。「還是按按看門鈴吧。」

林克按下前門旁邊的門鈴，數秒後，店內亮起了燈光。

「你們瞧瞧這些巫毒娃娃。」佛珞依德用手肘撞了撞山普森，指向櫥窗內一排滑稽的布偶。它們頭上戴著禮帽，胸口都插著針。

「看樣子是法國區常見的紀念品店。」妮骷髏示意窗前展示的塔羅牌，以及貼了幸運袋標籤，裝滿硬幣與小飾品的塑膠袋。

約翰又按下門鈴。「還是值得一試。」

前門開啟，門內站著一位金髮女性，長得神似林克最愛電影之一的主演——《衝鋒飛車隊續集》——的蒂娜·特納。

「門鈴按一次就夠了。」她說。

「抱歉，夫人。」約翰說。

「我叫瑪諾莉雅·布魯。」

「布魯夫人，我們想請妳幫個忙。」約翰接著說。「我們在找天鵝絨嗓音的少女。」

女子雙目圓睜地倒抽一口氣，頂著一頭狂亂金髮盯著約翰。「只有一個人這樣稱呼我，但是不可能——」

林克仔細看了她的金髮一眼，回憶起羅伯·強生給他看的照片——他當年所愛的巫師女孩。

難道是同一個人？

「夫人，這樣講聽起來可能會很奇怪，不過是羅伯·強生叫我們來找妳的。」林克說。

女子抬手摀住嘴。「小羅過得好嗎？」

山普森聳肩說：「以一個獨自困在荒野小屋裡的人來說，他過得不錯。」

「我就知道他沒死。」女子熱淚盈眶地輕聲說。

露西發出呼嚕低鳴，繞著瑪諾莉雅．布魯的腳踝磨蹭。林克見狀感到較為安心，因為露西很有識人之明。

反正比我好很多就對了。

瑪諾莉雅．布魯彎腰搔搔露西的耳朵。「小羅為什麼要你們來見我？」

「他說妳可能有辦法幫助我們。」妮骷髏說。

女子用力嚥了口口水，彷彿談論羅伯．強生是一件痛苦的事。「如果小羅要我幫助你們，那我就全力以赴。你們進來吧。」

店裡的氛圍又更像觀光禮品店了，架上擺著鱷魚腳鑰匙環與一罐罐貼著「蝙蝠翅」、「愛之根」等標籤的粉末，還有穿著西裝禮服與禮帽的紙糊骷髏人。林克不曉得這些骷髏人為何穿得像是要參加舞會，不過它們的逼真程度可能與芭比娃娃相差不遠。

妮骷髏瞅著一隻剝製的鱷魚標本，皺起鼻頭。「我們在找亞伯．雷的雷氏橡園，強生先生告訴我們妳是巫界的記錄者，說妳可能知道橡園的位置。」

「我不知道小羅是如何得知這件事情的，但他不應該將我的身分告訴別人。」瑪諾莉雅．布魯說。「如果所有人都知道我的工作是記錄者，那我就無法完成我的使命了。」

小莉清了清喉嚨。「布魯夫人？我是保管者見習生，但我從未聽過巫界記錄者這個稱謂，請問……您的工作究竟是什麼呢？」

「放心，親愛的，我不會搶妳的飯碗。萬靈法則遭受破壞時，導致巫界與凡界產生許多預料之外的變化，我的職責是驗明並追蹤這些變化。」

「新萬靈法則取代舊萬靈法則之後，世界不是穩定下來了嗎？」小莉說。

瑪諾莉雅．布魯聰慧的雙眼注視著她。「如果妳指的是氣候異常與昆蟲侵擾，那多半是穩定下來了，不過新萬靈法則為我們帶來的改變，可不只是增添新的超自然種族。」她朝山普森笑笑。「看來你就是這個種族的一員。」

山普森點頭。她接著說：「新萬靈法則一併打亂了所有境界的平衡——巫界、凡界、冥界，甚至是渾沌深淵均受其影響。」

渾沌深淵——即地怒等可怕魔物被亞伯．雷這個瘋子召喚之前，受困的魔界。這並非林克喜歡的話題，他拿起一個鱷魚腳鑰匙環，讓它在空中晃蕩。「這些和新萬靈法則有什麼關係？」

瑪諾莉雅．布魯打了個響指，架子前方的空氣便開始產生波動，宛若夏日自柏油路升起的熱氣。穿著西裝禮服的骷髏人與魔藥瓶幻化為一排排書籍與陌生物品，例如散發微光的指南針，以及鐘面繪有類似塔羅牌圖樣的怪鐘。

林克指著那個時鐘說：「小莉妳看，那玩意長得好像妳的瘋狂手錶。」

小莉轉向瑪諾莉雅．布魯。「請問那是塞勒儀嗎？」

巫界記錄者注意到小莉不是腕錶的腕錶，微微一笑。「它能測量月球的引力。」

小莉雙眼迷濛地點頭。「它很美，也許是我見過最精緻的塞勒儀。」

山普森走到牆上一幅地圖前。「好個幻術。」

金髮狂野的記錄者皺起眉頭。「我並不是幻術師。」

佛珞依德跟著蹙眉。「什麼意思？我已經好幾年沒看過這麼棒的幻術了。」

「謝謝妳的讚美，不過——」瑪諾莉雅・布魯朝收銀機旁一罐零錢揮揮手指，它立即轉變成瑪格麗特調酒杯。「——我的法術並不會隱藏事物，而是改變事物的本質。」她啜了口調酒。

「是變形師，難怪。」佛珞依德的語氣就像蓋林鎮啦啦隊的女孩說「後援會」一樣。

「幻術師跟變形師不是差不多嗎？像獅子跟老虎一樣？」林克急著改變話題。巫師種類的細節不重要，現在他只想知道瑪諾莉雅・布魯的法力除了指點他們找到莊園之外，對他們還有何種助益。

例如拯救萊。

林克心不在焉地聽小莉說話，聽了聽才發現她正在為他解惑。「幻術師能改變物品的樣貌，而變形師能改變物品本身。」小莉的視線在架上千奇百怪的儀器滯留許久，最終又回到瑪諾莉雅・布魯身上。「我真不敢相信保管者對您，以及對此間情況一無所知。」

「這就是我經營布魯夫人的巫毒之家的原因。」巫界記錄者戲劇化地說。「這麼一來，我有充分的時間賣愛情魔藥與幸運符給分不清巫毒教與 Velveeta 起司的凡人，也能追蹤記錄各界的騷亂。」

「什麼樣的騷亂？」小莉發問。

「現在是非常危險的時期，穿越出冥界的孤魂高達前所未見的數量，還有對巫師法力免疫的暗黑之子出現在世間。」她瞥了山普森一眼。

小莉一臉詫異。「我都不曉得事態如此嚴重。」

瑪諾莉雅・布魯嘆了口氣。「事態只會越來越嚴重。你們說，你們要找亞伯的雷氏橡園？」

「對，我們非找到那地方不可。」林克努力壓抑急切的情緒。

「你們可能得調整計畫了。今早一位來自橡園的訪客來到我店裡，看樣子西拉的『實驗』已經不是解剖青蛙、扯掉蝴蝶翅膀的等級了。」

「他很久以前就晉升到更高檔次的實驗了。」約翰低聲咕噥。

「妳是什麼意思？」林克奮力阻止自己陷入恐慌。

「西拉現在的實驗顯然是將新的法力注入巫師體內，從根本改變他們的力量──及其他特徵。」

小莉瞠目。「不可能。」

從書櫃後方走出一名年輕女子，看上去與林克的表姊露易絲年歲相仿──露易絲去年二十五歲，在結婚前不久不小心懷孕了。

林克率先想到的是「第三級的火辣」，不過一秒後他便感到一絲愧疚。這位神祕的女子不如萊德莉性感火辣，但拜倒在她石榴裙下的男人絕對不會在少數──從她太妃糖色的肌膚、火紅波浪捲髮到塞進及膝束帶靴的黑色皮革長褲，以及掛在撕破的T恤上的各式項鍊，每一個細節都大刺刺地高呼：只要和她扯上關係，就肯定不會善終──尤其是那雙盯視著眾人、專屬黑暗巫師的燦金瞳眸。

妮骷髏與佛珞依德上下打量她，小莉則一臉狐疑地審視她。

「我很難想像西拉找到了將外源巫師法力注入妳體內的方法。」小莉說。「除非妳是自願接受實驗。」

紅髮女子隨意一甩手腕，揮開小莉的質疑。「凡人，妳相不相信跟我沒有關係。我告訴妳，妳腳下的土地曾經是南北戰爭的墳地。」她緩緩旋身，將店內的事物收入眼底。「有個南軍支持者一直沒搬走。那之後這棟建築成了妓院——看樣子還是間生意頗旺的妓院。」

林克皺起眉頭，目光在店內游移，在他眼中，這只是介於圖書館與詭異藥鋪之間的房間。

佛珞依德雙手環胸。「妳是時光師？那又怎樣？」

「我曾經是時光師，現在的我可不僅於此。」紅髮女子朝佛珞依德——以及同樣滿臉疑惑的小莉與妮骷髏——咧嘴一笑。「我猜妳們要我拿出證據，對吧？也不是不行。」

這位神祕的巫師向林克拋了個飛吻，下一秒他的齊柏林飛船T恤正面忽然起火了。

T恤很快被燒穿，林克皺著臉拍熄火苗，拉了拉布料焦黑的洞。「喂，這是七〇年代的齊柏林飛船經典款上衣耶。」

林克不願讓眼前的紅髮縱火犯知曉，但此時壓在他心頭的重擔並非T恤燒壞所致……他這輩子只見過另一位巫師施展類似的法術。

莎拉芬恩・杜凱——萊德莉的黑暗黑魔師阿姨。

紅髮黑魔師屈伸手指，那是林克親眼見過莎拉芬恩做過十幾次的動作。「太誘人了，我沒忍住。」

「所以西拉・雷正在用某種方法揉合不同巫師的法力？真有趣。」小莉從容不迫地取出筆記本。「妳知悉他的做法嗎？還有抽取他人法力的同時，如何使之維持穩定？他是否在他人身上進行了相似的試驗呢？」

「慢慢來。」約翰一隻手搭住小莉的手臂。「給她一點時間吧。」他轉向黑魔師——或者是半黑魔師，林克不確定在這種情況下該如何稱呼她。「何不從妳的名字說起？我是約翰，這是小莉、林克、佛珞依德、妮骷髏和山普森。」他依序指向每個人。

紅髮巫師又開始屈伸手指，彷彿還未習慣這份力量。「安潔麗克．聖文森，我朋友都叫我潔潔，不過你們可以叫我安潔麗克。」

林克忍不住嘆氣。

又是個有個性到過分的黑魔師，簡直像在嫌我們的處境不夠麻煩。

安潔麗克轉向小莉。「回答妳剛才的問題：我不曉得西拉是怎麼抽取法力的，不過我知道我不是他第一個實驗對象。」

「妳怎麼知道？」妮骷髏問她。

安潔麗克伸出手臂，讓眾人看清她前臂的刺青：十二號受試者。「實驗過後那種嚴重宿醉的感覺有夠慘，天知道前十一個人都經歷了什麼樣的折磨。」

小莉搖了搖頭。「我很抱歉，妳當時想必受了很多苦。」

安潔麗克聳肩，讓手臂垂落的同時也收起不友善的態度。「這還不是最慘的，至少我是在麻醉的狀態被注射法力的。」

「他還對妳做了什麼？」山普森細細審視黑魔師，林克無法理解他打量這位女子的用意。

安潔麗克把玩掛在脖子上的各式項鍊。「他把我跟珍禽獸園裡其他女生一樣，關在牢房裡——『珍禽獸園』，那個死變態就是這樣稱呼我們的。我們像狗一樣被他鎖在籠子裡，直到某個黑暗巫師或暗黑之子——」她用力盯著山普森說出這個名詞。「——來租借我們，逼我們做一些骯髒活。我已經算幸運的了，沒幾個人會願意花錢租用時光師，但我朋友露琪亞是神入師，半夜動不動就會被西拉的手下拖出去工作。」她的臉蒙上一層陰影。

安潔麗克伸展修長的十指，憎惡的回憶似乎已散去。「一旦我成了黑魔師，規則瞬間就變了，我好像變成街坊最受歡迎的女孩一樣——每個人都想擁有會生火的女孩。」

林克擠到山普森身前。「西拉的什麼園裡有沒有女妖？挑染粉紅的金色長髮，固執得不得了，可能是一兩天前被抓進去的？」

說「有」，拜託告訴我妳有看到萊，告訴我她沒事。

黑魔師搖頭說：「我是一週前逃出來的，而且我才沒空掛心珍禽獸園裡其他的女孩。我要面對的問題已經夠多了，每個人都得自己照顧自己。」

瑪諾莉雅·布魯轉向林克等人。「現在你們明白了吧？還是別去找西拉·雷的老家來得好。」

「我沒得選。」林克直接進入恐慌模式，踏步靠近瑪諾莉雅·布魯。「我剛剛提到的女妖是我的女朋友，我們猜她被西拉·雷抓走了。如果像安潔麗克說的那樣，她被租出去給人使用怎麼辦？夫人，求求妳告訴我們莊園在哪裡，我們非找到她不可。求妳了。」

記錄者哀傷地搖頭說：「很抱歉，年輕人，我不知道。」

安潔麗克發出嘲弄的哼聲。「你們走運啦，這兒有個人知道莊園的位置。」

林克旋身面對她，只要她能幫助林克找到萊德莉，要他下跪、要他磕頭都行。「妳願意告訴我們嗎？」

「好啊。」安潔麗克低頭檢查她的鮮紅指甲。「化外之門就位在加德勒佩托宅邸地下室，離這裡不遠。」

那就好辦了。

林克幾乎不敢相信現在的情況。車禍之後他們苦苦找尋西拉·雷的莊園，一直一無所獲，而她卻如此若無其事地說出了答案。

「加德勒佩托宅邸，莫非是人稱蘇丹王宮的豪宅？」小莉問道。「我看過相關資料。」

「不意外。」佛珞依德低聲嘀咕。

小莉瞪了她一眼，隨即轉回去面對黑魔師。「它據說是一棟鬼屋，許多傳聞宣稱有位富有的土耳其人租下那棟房子後，和他綁架的一群後宮姬妾居住在內……直到所有人被殘忍地殺害。那是紐奧良史上最血腥的集體謀殺事件。」

「若人們發現他後宮裡所有的女人都是巫師，不知會做何感想。」瑪諾莉雅·布魯說。

「巫師後宮？」小莉問道。「我從未聽過此一說法，保管者也沒有相關記載，這想必是唯一的案例。」

「這並不是唯一的案例。」瑪諾莉雅·布魯說。「亞伯·雷生前就擁有自己的巫師後宮，甚至還有多餘的女人——不然妳以為那位蘇丹王是怎麼組建後宮的？」

眾人聞言不禁嚴肅起來。

林克直接走向店門。「我們得出發了。」

「就算你找到化外之門，也還得走出莊園的主屋，過了嗜血夢魔和暗黑之子守衛那一關，才進得了實驗室。」安潔麗克對著他的背影說。「我之所以能逃出來，是因為有個端食物的老婆婆帶我找到化外之門。你呢？你要是迷路了怎麼辦？到時候誰要去救你的女妖？」

林克猛然止步，轉身走回去。

「你需要的，是一個實際去過莊園的人。」黑魔師放出了餌。

「妳願意跟我們去一趟？」林克問她。

佛珞依德抓緊他的手臂。「她才剛被西拉虐待過，怎麼可能想再回到那個地方？用腦子想想就知道，她一定有什麼陰謀。」

「那當然。」安潔麗克將一頭火紅長髮甩至肩後。「哪有人單純憑良心做事的？我當然也不例外，不過我會大方承認這一點。」

「妳的動機到底是什麼？妳是為了什麼賭上自由——還有妳的性命？」

「她愛的人。」妮骷髏若有所思地說。

「可能是家人，或是妳的神入師朋友？」佛珞依德問道。

黑魔師臉上浮現淡淡的哀愁。「如果可以的話，我也很想帶她一起逃出來，但是不可能……」安潔麗克甩開悲傷的情緒，硬是擠出笑聲。「才不是那麼情深的動機。事實恰恰相反。」她伸長手指，再一次屈伸十指。「我要報仇。西拉‧雷把我像畜生一樣關在籠子裡，把我當奴隸使喚，還把我抓去當他的小白鼠。我要殺了他，燒毀他珍貴的實驗室。」

「只要帶我們進去，西拉就隨妳處置。」林克說。

安潔麗克嘴脣揚起狠毒的笑容。「那就這麼說定囉？」

約翰跨步介入林克與黑魔師之間。「慢著，我們怎麼知道她可不可信？」

「這可能是個陷阱。」妮骷髏跟著補充道。

「不重要。」林克說。「我們不能現在退縮。」他看向瑪諾莉雅・布魯。「強生先生說我們能信任妳，如果妳為她擔保的話，我就相信她。夫人，她說的是實話嗎？」

「林克——」佛珞依德開口，卻被林克舉手打斷。

較年長的女子掃視安潔麗克——這位黑魔師似乎認為林克的窘境很好笑。

瑪諾莉雅・布魯哀傷地搖頭說：「我也很想知道，但是我沒辦法預測未來的走向，只能改變此時此地的事物而已。如果你們希望得到更多情報，就必須找神諭師，或是——」

林克從櫃檯拾起一張摺過的塔羅牌。「或是預言師。」

第十五章 諾斯
獨一無二的你

諾斯退離鐵柵。

萊德莉抱膝哼唱《仿聲鳥》，瑟縮在牢房角落盯視他。

「西拉究竟對妳做了什麼？」諾斯駭然低語。

「他們昨晚把她帶走了。」後方傳來帶有德國腔的女聲。

諾斯快速旋身。

一名擁有翡翠眼瞳與棕色髮辮的光明巫師站在萊德莉對面的牢房裡。看見又一位被囚禁的少女，諾斯後頸汗毛直豎。

他踏近一步。「『他們』是誰？」

他聽見隔壁牢房的窸窣聲，一位金瞳金髮、指節刺了黑暗巫師刺青的少女凝視著他。「當然是西拉和他的走狗了，不然還能是誰？」

「他們帶她去了什麼地方？」諾斯問道。

黑暗巫師近乎哀傷地搖頭。「實驗室。不然她不可能這樣瘋瘋癲癲的。」

德國女孩朝萊德莉的方向一點頭。「自從被帶回牢房，她就一直像現在一樣，前一秒可能還在自言自語，後一秒就會開始尖叫。」

「或是唱那首爛歌。」另一名少女說。「她的狀況很嚴重，甚至比安潔麗克還慘。」

「閉嘴，杜露。」德國女孩斥道。「這不是她能控制的。」

諾斯看向德國女孩。「妳的名字是？」

「卡泰琳娜。」

「卡泰琳娜。」諾斯重複道。「他們有帶妳們去過實驗室嗎？」

她驚恐地搖搖頭。「沒有，西拉只會帶我出去工作，事後就直接把我關回牢裡。」

諾斯更仔細端詳這名少女。她頂多十七、八歲，然而疲憊不堪的神情使她顯得更蒼老。「什麼樣的工作？」

「他把我們租給別人，逼我們用法力替人辦事。」她緊張地輕扯髮辮。「這還不是最糟的，那些不在『珍禽獸園』裡的女孩都會被他賣掉。」

杜露搖了搖頭，靠著牢房的牆壁說：「對，對，我們算是西拉特別收集的『幸運兒』，還得整天提心吊膽的，不曉得什麼時候會被拖去實驗室做腦葉切除手術，然後變白痴。」她又望向萊德莉。「我不是說妳，抱歉啦。」

諾斯回頭看向萊德莉的牢房。女妖停止歌唱，抬起頭，有那麼一剎那諾斯以為萊德莉在看他——然而她的目光止於牢房邊緣，並沒有觸及諾斯站立的位置。

萊德莉雙眼圓睜，手忙腳亂地倒退爬到牆邊。「別放牠們出來！」她縱聲尖叫。

「萊，看著我。」諾斯喊道。「沒事的，這些都是妳的幻覺。」

她像是看見陌生人般抬頭盯著諾斯，雙眼充滿恐懼，她突然皺起臉，頭痛似地用雙手按住太陽穴。

「萊德莉！」

她不斷眨眼，彷彿視線——或思想——無法聚焦。

「噓，老鼠人你安靜點，不然會被牠們聽到。」她悄聲說。

諾斯四下張望。

沒有人。

他握著鐵柵彎下腰，盡量平視她的眼眸。「萊，會被誰聽到？」

萊德莉又緊盯著他身前某個位置，身體死死貼著牆壁。「其他的老鼠。」

諾斯心一沉。

還是她的幻覺。

他想起化學家的身體狀況，也許西拉對萊德莉用了毒品？但是諾斯見過不少吸毒後神智恍惚的巫師，沒有一個表現得像萊德莉這樣。

西拉用別種方法對她的身體動了手腳，而諾斯卻完全不知該如何使她復原。

要是我幫不了她怎麼辦？要是她永遠像現在這樣怎麼辦？

萊德莉倏然開始尖叫，雙手又按住太陽穴，下一秒像隻困獸般奮力抓牆。

「萊德莉，快到床上去！」卡泰琳娜高喊。「到床上老鼠就咬不到妳了！」

萊德莉瘋狂地瞄了走道一眼，隨即手腳並用地爬上床，擠進小角落後全身縮成一團，視線依然不離地面。「牠們要來了！」她抱頭尖叫。

「沒事的，萊。」諾斯說。「我不會讓牠們傷害到妳。」

「小鬼，你還是多花點心思擔心自己吧。」熟悉的聲音從身後傳來。

西拉。

諾斯根本不用看就知道是他。

他沒有轉身，他的視線離不開萊德莉。「妳不會有事的。」他重複道。這是謊言，他很清楚這是謊言。但是除此之外，他不知該如何為她驅散隱形的老鼠，也不知該如何保護她不受幻覺的傷害。

諾斯感覺到暗黑之子的手抓住他雙臂，一雙巨手映入眼簾。他回想起預知幻象中西拉的同夥。抓住他的手堪比巨鉗，力道至少是尋常夢魔的兩倍。暗黑之子將諾斯扯離鐵柵，押著他轉身面對西拉・雷。

他讓我保持站立就算好運了。諾斯心想。不過他並不覺得自己好運。**除非是和萊的處境相比。**

「你對她做了什麼？」諾斯質問道。

西拉捲起貼身量製的義大利襯衫衣袖，點了根巴貝多雪茄。諾斯盡量讓視線避開火光，雪茄菸臭令他胃部翻攪。西拉笑著回答：「我做了一些改良，你覺得如何？」

諾斯恨不得扯下西拉的頭顱，但他必須保持鎮定，他必須得到更多情報才能幫助萊德莉。「到底是什麼意思？你給她注射了什麼藥物嗎？」

西拉哈哈暢笑。「那是幾天前的事了。這個——」他用雪茄示意萊德莉的牢房。「——效果是永久的喔。」

萊德莉厲聲尖叫。

諾斯掙扎著想轉身，但是不敵暗黑之子的蠻力。

「把牠們弄走！把牠們弄走！快把牠們弄走啊！」萊德莉驚惶地尖呼。

西拉走向她的牢房，臉上的表情融合了玩味與新奇。「而且我還沒改造完畢呢，我的高曾祖父要是知道了肯定會很驕傲。」他歪頭想了想。「或是嫉妒，那老頭總是不能接受別人搶他的聚光燈。」

聽著萊德莉的哭喊聲，諾斯咬牙切齒地說：「西拉，我跟你發誓，我會挖出你的心臟。」

夢魔極其緩慢地轉身，玩味的笑容消失無蹤。他踏步接近諾斯，雪茄舉在兩人之間。「雷諾斯．蓋茲，等我好好處理你一番過後，你就會求我把你的心臟挖出來了。然後，我會讓你後悔之前沒死在媚妖俱樂部的火場。我已經受夠你了，你還不如你的女妖，她現在正在還債呢。」

「西拉，這是你我之間的問題。」諾斯哀求道。「你想對我做什麼都行，我甚至不會反抗，求求你饒了她。」

「別這樣說嘛，就是要反抗才好玩。」西拉又走近一步，雪茄橘紅色的火光距離諾斯的臉只剩十幾公分。「小子，我是不可能輕易饒過你女朋友的，她過去可是幫助那兩個混種夢魔殺死我高曾祖父呢。現在，輪到她還債了。」

諾斯被雪茄逼得身體一縮。「我替她還，不管她欠你什麼——不管你要什麼——我都替她還。」

西拉深深吸了口菸，雪茄在指間轉動。「別擔心，我的實驗室裡不缺床位，也不缺血債。」他面色一沉。「你以為我忘了你幹的好事嗎？你欠我的債，我全部要她用血償還。」

是我的錯。他傷害萊德莉，全是因為我。

「至少告訴我一件事，你到底對她做了什麼？」諾斯注視著西拉說。

「用科學方法改良她。現在她的身體還在適應注入的新法力，也許過沒多久她的神智就會復原。」西拉笑了。「也許永遠不會。」

千頭萬緒在諾斯腦中翻攪。

注入的新法力？什麼樣的法力？西拉是從哪得到法力的？他在嚇唬我，一定是這樣的……

「喔，對了。」西拉彷彿想到某件重要的事情般，若有所思地說。「你的問題應該是，我『正在』對她做什麼吧？小子，我還沒做完呢。」

「你聽著，老鼠人。」諾斯從未如此憤怒。「你完了，你現在可能還不知道，但是你完了。」

西拉毫無預警地將燒紅的雪茄頭按進諾斯脖頸，如同小刀一捅。

諾斯嗅到自己肌膚燒焦的氣味，卻幾乎感覺不到痛楚。

因為耳中迴蕩著心愛女孩的尖叫聲。

第十六章　萊德莉
沉默的清醒

有人站在她的牢房鐵柵外，對她說話。

萊德莉假裝自己在聽，其實就像玩遊戲一樣，只不過是不怎麼好玩的遊戲……反正在這間丁點大的房間裡，也沒什麼好玩的。

是老鼠人，他在說話。他聽起來很憂心，音調高高低低的有點像樂器演奏的聲音，有的聲音又大又急切，有的輕柔又溫和。其實有點好笑，因為他嘴巴一直動個不停，當萊德莉忘記他在說話時，他看起來就像隻可悲的小魚。

不是老鼠。

可是老鼠就是這麼狡詐，牠們幾乎從來不讓人看見真面目。

她嘗試聆聽，花了很久才發現那個人是在對她說話，但儘管如此她仍然沒理由在乎。

「諾斯。」她看著他，重複唸道。「這是你的名字。」

「沒錯。」老鼠人說。

「你真的不會撕破我的喉嚨？」萊德莉傾身靠近他，伸手輕拉他的深色毛髮。

老鼠人盯著她，像在說話似地張嘴、閉嘴。

他又張嘴、閉嘴，萊德莉試圖辨識他的言語，不過她的思緒到處亂飄，最後只捕捉到支離破碎的訊息。

「林克？」

他剛剛是不是提到林肯？

林肯是一位美國總統的名字，老鼠人為什麼要說總統的事？萊德莉又靠得更近，額頭抵著鋼製直桿。

老鼠人很好聞，是皮革、汗水與甜甜的味道，她忍住舔拭老鼠人臉頰的衝動。他的尖牙太可怕了，不能靠得那麼近。

萊德莉伸出手。「我可以摸摸你嗎？」

他再次張口，萊德莉擅自當成同意的意思，一隻手上下撫弄他頭上的棕色長毛，摸起來像是軟軟的小海豹。萊德莉讓手滑至他的臉龐，他的臉頰溫溫軟軟的很好摸。

她忽然感受到了——一股熱流。

這是她從未感受過的奇怪熱意，她分不出那究竟是酷熱或是酷寒，但無論如何那股熱流使得她手背的汗毛直直豎起——在灼燙的同時也冰凍她的肌膚。

紊亂不清的情感吞噬她全身，從頭頂至腳趾一路蔓延。感覺體內某種東西舒展開來，體積膨脹成平時的兩倍，終於，終於完整地填滿她的身軀。

「這是什麼？」她悄聲驚嘆。

萊德莉又一次伸出手。觸碰到老鼠人肌膚時，她感受到兩人法力相碰的觸電感。她渴求這種感覺，她迫切需要這種感覺。

老鼠人能將她此時唯一需要的東西給她——更多熾炎，更多冰寒凜冽的燒灼。若非找不到合適的言語，她肯定會如實告訴他。

於是她拉近自己與老鼠人之間的距離，直到她雙手捧著他的頭，嘴唇貼著他的下顎。萊德莉恨不得將他吞入腹中。

嘴唇移到他的頸項。

你瞧，現在誰是骨骸鼠了？

老鼠人愣愣地盯著她。

不。

不是老鼠人。

她現在得集中精神了。

她知道這很重要。

她知道一切即將改變。

她闔上雙眼，開始倒數。

三。

二。

一。

等我張開眼睛，就要推開眼前的迷霧。我會強迫自己專心聽每一字每一句，不再唱搖籃曲了。

該長大了。

該聽莎拉芬恩阿姨的話了。

別管骨骸鼠了。

站上妳所屬的位子。

萊德莉・杜凱，妳擁有強大的法力。

該好好運用它了。

於是她依言照做。

隨著龐大的力量在體內湧動，萊德莉將諾斯拉到唇邊，吞噬他的所有——直到宇宙圍繞她運行，腦海中的聲音終於停止私語，靜靜「傾聽」。

第十七章　林克
通緝，活要見人死要見屍

只需道出一個字詞——實際上是一個名字——林克便能使約翰與小莉理解他的計畫，不過想對佛珞依德、妮骷髏、山普森、瑪諾莉雅·布魯與黑魔師說明計畫就有些困難了。

小莉愕然盯著他，半晌不語。「你是否神智不清了？」

約翰一面按摩太陽穴一面說：「他顯然已經瘋了。」

「不然我們上哪找更厲害的預言師來做塔羅牌占卜？」林克問他們。「你們想想看嘛，她肯定知道我們該不該信任安潔麗克。」

「有人打算告訴我們，這位艾瑪是誰嗎？」妮骷髏發問。

小莉、約翰與林克交換了一個眼神。每次聽到她的名字，當初失去她的痛苦便會浮上心頭。

小莉嘆息一聲。「她出自歷史悠久的預言師家族，生前是位優秀的預言師，擁有近乎傳奇的力量。」

「幾乎和她烤的派一樣傳奇。」林克補充一句。

「那我們還猶豫什麼？」妮骷髏問道。「她聽起來再適合不過了，我可以通靈讓她附身，我們請她用塔羅牌幫這個黑魔師占卜。」

最好有這麼簡單。林克暗想。

他再次試圖闡明癥結點：「她跟其他人不一樣，不是隨便打電話過去就會接的那種人。」

「為什麼不行？我是死靈巫師，我的人生就是一通打到冥界的長途電話啊。」

很顯然妮骷髏、佛珞依德與山普森不瞭解他們所面對的人物——光是想到要將他見過最頑固的老太太拉出冥界，塞進一位藍髮黑暗巫師體內，林克便不寒而慄。這比帶著生雞肉涉入滿是鱷魚的沼澤還恐怖——不過艾瑪絕不可能讓他做出如此瘋狂的行為。

艾瑪是將伊森拉拔長大的老太太，自從林克在幼稚園與伊森成為朋友之後就認識了她。她即使全身浸溼也不到四十五公斤，然而她卻是林克心目中唯一比老媽還可怕的女人。

我要怎麼解釋，才不會顯得很孬？

「她以前玩填字遊戲的時候，我們都會乖乖的不去打擾她。」他說。「她現在去了冥界，被我們叫出來應該不會高興到哪裡去。」

妮骷髏翻了個白眼。「大部分的人都是這樣。」

「她總會放下的。」安潔麗克說。「我們怎麼還在討論這件事啊？」

小莉開始來回踱步，林克不記得有看過她這樣。

不是好兆頭。

「我想，林克的描述不夠清楚。」小莉說。「艾瑪・楚朵十分講究，她並不是非常喜歡……」

「什麼？」山普森問她。

「黑暗巫師。」約翰替她說完。「老實說，她基本上就是不喜歡巫界。」

安潔麗克仰天暢笑。「所以問題出在我們身上？」

「當然不是，至少，這並非唯一的問題。」小莉冷眼瞅著她。「我只是認為我們該三思而後行。」

「伊森會宰了我，他鐵定會宰了我們所有人。」林克對小莉說。

「你的女朋友有時間慢慢等嗎？」瑪諾莉雅・布魯問道。

林克看向約翰，約翰聳了聳肩。「這是你出的主意，兄弟，如果你說不做，我們就不做。」

林克極其專注地考慮眼前的選項——但是他一個選項也不剩。

他雙手插進口袋，搖頭說：「要放手去做的話，就需要來點派。」

眾人圍成圈坐在地板上，小莉在圓圈中心點亮四根九日祈禱式蠟燭，在蠟燭旁擺好核桃派。「艾瑪，雖然它和妳做的派沒得比，」她說。「但也只能將就一下了。」

瑪諾莉雅・布魯適才使用變形師的能力，將一隻巫毒娃娃紀念品變成了核桃派。

「你們覺得吃起來會像派嗎？」林克敢肯定絕對不像。

「這只是供品而已。」瑪諾莉雅・布魯說。「她不會真的吃了它。」

太好了。林克暗想。**不然她一定會剝了我的皮**。

妮骷髏深深吸一口氣，即使在燭光映照下，她依舊臉色蒼白。

山普森輕觸她的手臂。「妳確定妳現在可以嗎？」

她點點頭。「這不是讓亞伯・雷附身，若艾瑪是他們說的那種人，她應該不會傷害我。」

暗黑之子看向林克。

林克聳肩說：「除非你欺負她愛的人，不然艾瑪是不會傷害別人的，所以我們沒什麼好擔心的。」

妮骷髏閉上雙眼，輕聲唸道：

「進入我的氣息、我的軀體，
我的血肉、我的骨骸，
我召喚艾瑪・楚朵之靈。
讓我的聲音引領妳
自未知歸來。」

「因——斯畢利吞——埃——寇潘——梅恩
卡能——埃——歐山
沃寇——阿尼悶——艾瑪・楚朵。

沃斯——梅阿——特——瑞督凱阿布——因卡諾它。」

林克屏著一口氣，但是過了一分多鐘後他感覺自己快昏厥了。

怎麼可能成功？我到底在想什麼。

他早該知道無人擁有足以召喚艾瑪的力量，她生前向來不做她不想做的事。

拜託，艾瑪，我們的狀況很危急。

妮骷髏突兀地吸入一口氣，胸腔彷彿充滿了某種氣體——或某個人——膨脹起來。

藍髮貝斯手的樣貌看似與平時無異……直到她坐直身子，比林克老媽那些自視甚高的女兒會朋友還端正，雙手扠腰站起身。

她向林克投以「那個眼神」。

林克在艾瑪眼中看過無數次那個眼神，多半是他搞砸某件事的時候。他不可能看錯。

「衛斯理・傑佛瑞・林肯。如果不是全能的主親口叫你從另一個世界召喚我，你就死定了。」艾瑪的視線落在小莉與約翰身上。「奧莉維亞，還有約翰，真是意外，你們兩個應該沒這麼蠢才對。」艾瑪環視其餘諸人，毫無敬意地交叉雙臂，又轉而面對林克。「黑暗巫師？衛斯理・林肯，你把我叫回來就是為了他們？你最好告訴我這些人要你的小命，否則我就要了你的小命。」

「艾、艾瑪，請聽我解釋。」林克結結巴巴地說。「我真的很抱歉，可是現在是生死關頭了，而且只有妳能幫我。」

她瞇起眼睛。「你老實說，幫你做什麼？」

這就是林克不願面對的部分——在明知艾瑪絕不會欣然接受的情況下，向她解釋他們需要她幫忙做的事。「西拉．雷還活著，他把萊德莉給抓走了。如果我們不去救她的話，西拉就會殺了她，或是把她當成奴隸，或是對她做更可怕的事情。我非救她不可，但是我需要妳幫忙。」林克用力吞口水。「呃，您。」

他敢發誓，他在妮骷髏的金黃色眼瞳後方望見了艾瑪深色的雙眼。「萊德莉．杜凱？我二十年來手氣最好的拉米牌玩到一半被你叫過來，就是為了她？」她嫌惡地盯著地上的核桃派。「這就是你帶給我的供品？衛斯理．林肯，這是我見過最可悲的派。你應該很清楚我只吃自己烤的派，怎麼樣，要不要順便拿奧利歐餅乾砸我，然後對著我的臉吐口水啊？」

「不吃拉倒，我可是餓死了。」安潔麗克朝核桃派伸出手，結果被艾瑪更甚於「那個眼神」的眼神定住了。安潔麗克皺著眉將手放回腿上，看來就連這位黑魔師也明白艾瑪不好欺負。

「艾瑪，對不起。」林克說。他的胃已經打了好幾個死結。

艾瑪舉起一隻手，示意他安靜。「這跟我有什麼關係？你說的這些是黑暗巫師的問題，我不想和黑暗巫師扯上關係，而且對方是西拉．雷的話，你更應該逃得遠遠的。不管萊德莉這回惹了什麼麻煩，我相信她一定會想辦法自己解決的。」

山普森小心翼翼地站起身，彷彿察覺到艾瑪不是好惹的角色。「不好意思，這位女士。」他試圖使自己一口北方腔變得更接近南方口音。「我的名字是山普森，我是林克和萊德莉的朋友。看得出您不怎麼喜歡黑暗巫師，但我的朋友應該和您遇過的黑暗巫師差很多，他們絕對不會像西拉・雷那個嗜血夢魔那樣傷害別人。」暗黑之子即使彎腰駝背，也比妮骷髏高了將近一米。

「而且聽林克的說法，萊德莉似乎也做過一些好事。如果您能幫助我們的話，我就欠您一大筆人情。」

艾瑪嗤之以鼻地說：「我在冥界天天坐在門廊喝甜茶，跟我的艾比內叔公、狄萊拉姑媽、萊德莉的泰拉姨婆還有一個頑固到極點的凡人老太太打牌，還要你的人情做什麼？」

林克敢肯定，艾瑪提到的凡人老太太是伊森的普姨婆，他無法想像冥界存在比普姨婆更倔強的凡人老太太。

艾瑪踏步接近山普森。「我知道你不是巫師也不是夢魔，何不把你的身分告訴我？」

「我是暗黑之子。我不確定您跨入冥界時我們是否存在，因為我們是在萬靈法則被破壞後，生自黑暗之火的種族。」

「所以你的心就和他們其他人一樣黑。」艾瑪毫不遲疑地說。「我對你這種男孩子的人情沒興趣，而且我再也不想和黑暗巫師有任何瓜葛了。」

林克看得出情況正迅速惡化，艾瑪仍在世時不吃哀求這一套——事實上乞求與吹噓在她眼裡根本是惡魔的雙胞胎兒子——然而林克除此之外已別無他法。「艾瑪，我知道妳對萊的評價不怎麼樣，也知道她做過很多壞事，不過她之前幫我們救了蕾娜，而且漢亭・雷的血魔在樹林裡攻擊我們的時候她也救了伊森一命。她後來也有幫忙找回伊森，就是在伊森……那個……之後。」

死了。

林克依然說不出口——即使心情好時也辦不到，更別提對最愛伊森的女人說出那個字眼。「萊德莉不完全是壞人，而且不管她是好是壞、光明或黑暗，她都是我愛的女孩，所以如果妳不想為了她、蕾娜或伊森出馬，那我只能跪著求妳看在我的分上，幫幫我們。」

艾瑪挑眉說：「在我看來可不是這麼回事。」

林克頓時雙膝跪地。

她鼻子一哼。「這才像話。」

逝去的預言師拍了拍身側，她在世時圍裙口袋的位置——這代表她想找的若非「獨眼壞蛋」（她用來當武器的木匙）便是手帕。通常等林克察覺是前者時，已經來不及逃了。

她搖搖頭。「我可以考慮幫你，衛斯理‧林肯，不過我有一個條件，你做不到就免談。」

林克連忙起身，腳步踉蹌地走向艾瑪，險些撞倒了蠟燭。他在艾瑪身前止步，只差沒撲上去擁抱她。「什麼都好，妳說就是。」

妮骷髏指著他，林克幾乎能看到艾瑪瘦削的手指。「我不管你捲進了什麼麻煩，你就是不准把我的伊森給牽扯進來，要處理問題就自己去。他過去一年經歷的痛苦夠他兩輩子受了，他不需要你再拖著他蹚這個渾水。這就是我的條件。」

「我對妳發誓。」林克說。「我什麼都不會告訴伊森，我也不想害他受傷，所以才沒有打電話跟他說這件事。」

艾瑪交叉雙臂。「所以呢？你要我做什麼？」

小莉開口說：「我們認為萊德莉被西拉囚禁於亞伯・雷老家後方的實驗機構某處，然而我們不知道潛入的路線。」

「不過我知道。」安潔麗克慵懶地倚坐在圓圈上，朝艾瑪揮揮手指。

艾瑪注視著安潔麗克，良久。「妳讓我想到某個人。」

「喔？」安潔麗克一臉無趣。

「某個我不喜歡的人。」艾瑪補充一句。

「安潔麗克說她會帶我們進到實驗機構裡頭。」林克說。「但是我們不曉得她可不可信。」

艾瑪又用「那個眼神」看他。「所以呢？這關我什麼事？」

「林克希望妳用塔羅牌替安潔麗克占卜。」約翰指向地板上的塔羅牌組。

「原來如此。」艾瑪不甚贊同地瞅著牌組，隨後回身面對林克。「我不喜歡用別人的牌占卜，這幾乎像是用別人的食譜烘焙一樣糟糕。」

「妳到底要不要幫我占卜？」安潔麗克問她。「我急著要去把那鬼地方燒毀呢。」

艾瑪指著蠟燭說：「把那些移開，我需要一塊空間擺出牌組。」她看著佛洛依德與山普森匆匆挪開蠟燭，而後又轉向瑪諾莉雅・布魯。「那副牌借我用用。」

瑪諾莉雅・布魯將塔羅牌堆推到艾瑪面前，恭敬地點頭。

林克衝上前想擁抱這位比祖母還親的老太太。「謝謝妳，艾瑪。」

還未碰到艾瑪，林克就被她阻止了。「別急著謝我。塔羅牌顯示的會是它想讓我們看見的訊息，而不見得是我們想得到的答案。」她盤腿在圓心坐下，舉起一根手指朝安潔麗克晃了晃。「過來這邊。」

黑魔師向前挪動身軀，移至艾瑪面前。「感覺會很有意思呢，我從小就最喜歡園遊會的算命師了。」

小莉猛然抽氣，似乎預見了接下來的發展。稱呼預言師為算命師，等同於稱律師為「追著救護車跑的禿鷹」。

「我．不是．算命師。」艾瑪一字一句、咬牙切齒地說，彷彿想咬下安潔麗克的頭顱。「給我洗牌。」

安潔麗克滿臉笑意，不過數秒後便像是賭場二十一點發牌師似地飛速洗牌。眾人屏氣凝神地看著艾瑪將卡牌排成扇形，看著黑魔師選取牌組，艾瑪一張一張翻開塔羅牌，雙眼越睜越大。「高塔，惡魔，隱者，月亮——」

預言師瞥了同樣震驚的瑪諾莉雅．布魯一眼，接著翻開最後一張卡牌。林克認得這張——是「死亡」。

「這代表她會死掉嗎？還是她會殺了我們？」林克問道。

艾瑪不屑地說：「都不是。『死亡』代表的是變化，是新的輪迴的意思。」

「這是好事，對吧？」山普森問她。

「要看它在牌組中的位置。」艾瑪搖著頭說。「但是這組牌太奇怪了。」

「說來聽聽。」安潔麗克忽然饒有興致地湊過來。「我最愛離奇事件了。」

艾瑪仔細研究排在地上的圖案——長角的怪獸、灰色高塔、騎著白馬的騎士——然後目光回到黑魔師身上。「妳和這組牌……總覺得似曾相識。」

「喔？」安潔麗克唇角的笑意分毫不減。

「似曾相識？」瑪諾莉雅．布魯也問道。

艾瑪沉默半晌，隨後伸手擾亂牌組。

「有哪裡不對嗎？」林克發問。以他對艾瑪的認識，看得出艾瑪因某種緣故而心神不寧。

「請問妳看見了什麼？」小莉跟著提問，擔憂的神情幾乎與艾瑪相同。

艾瑪指向安潔麗克。「這孩子是麻煩的泉源，我確信這一點——來日方長，就像我住在冥界一樣，千真萬確。」

約翰伸手攬住小莉。「所以我們不該信任她？」

「她會遵守約定，帶你們進到雷氏實驗機構。」艾瑪說。「可是那之後的事情我就看不到了。」

「妳有沒有看到萊？」林克忍不住脫口問道。

「衛斯理．林肯，我看起來像你的水晶球嗎？」

他用力嚥了口口水。「對不起，但我不能不問。」

小莉拉扯如手鍊般繫在手腕的細繩。「沒有其他訊息了嗎？」

艾瑪嘆息一聲。「我剛才就說了，塔羅牌不見得會把妳想知道的事情告訴妳，剩下的就只能自己揣摩了。」她拉好妮骷髏的皮革裙襬，彷彿身上穿的是上教堂的正裝。「現在我要回去喝甜茶、玩拉米牌了。衛斯理你好好保重，別忘了你答應我的事。」

林克搖頭說：「我不會忘記的。」

「那就再見了——你要是敢讓我失望，我就會來『拜訪』你，所以不准讓我失望。」艾瑪闔起眼睛，一秒後妮骷髏又猛然吸入一口氣，接著是林克見過最嚴重的一陣劇咳——他並不感到意外，畢竟讓艾瑪這樣的人附身絕非易事。

山普森箭步上前，輕揉她的背。

「我沒事。」妮骷髏邊咳邊說。

「看起來可不像沒事。」山普森說。

佛珞依德遞一瓶水給好友，妮骷髏灌下一大口。「好點了嗎？」

「嗯，謝啦。」妮骷髏頹然倚牆而坐，滿臉倦容。「你確定那個老太太不是巫師嗎？」她問林克。

「百分之百確定。」林克說。「可能百分之兩百，艾瑪比我還像凡人。」他忍不住一直盯著妮骷髏……艾瑪離開後，他又重新體會到失去她的傷痛。

要是讓伊森發現，她絕對會宰了我。

「她說了什麼？」妮骷髏閉著眼睛問道。

安潔麗克起身走到一張雕木桌邊——想必是瑪諾莉雅・布魯的書桌——跳著坐上古董木桌，彷彿那是汽車的車蓋。「簡而言之：預言師說你們可以信任我，我會帶你們進到實驗機構。」

妮骷髏似乎聽出事情有內幕，她抬頭看向山普森。「然後呢？」

暗黑之子皺著眉說：「她不確定。」

「拜——託。」安潔麗克說。「我們還是別管這些細節吧，免得把自己搞得頭昏腦脹的。」

這些對林克而言都不重要，只要安潔麗克知道進入實驗機構的方法，林克就會跟她走。他緩步走近黑魔師，試圖讀懂她的心思——雖然想看見連艾瑪也看不見的事物，簡直是痴人說夢。「安潔麗克，老實告訴我——我們進到實驗機構裡頭以後，還能信任妳嗎？」

黑魔師脣角揚起俏皮的微笑，似是想到了某件好笑的事情。「當然不能了。不過，這就是為什麼進到內部以後，你們要把該做的事交給我去做。」

林克不敢提出下一個問題，但總得有人問出口。「妳說『該做的事』，到底是什麼事？」

安潔麗克直視他的瞳眸，嘴脣咧起凶殘的笑容。「殺光他們所有人。」

第十八章　諾斯
此時，及永不該實現的未來

諾斯喘不過氣地推開她，結束了深吻。

然而兩人分開的瞬間，他幾乎被難以言喻的哀傷淹沒。諾斯隔著鐵柵怔怔注視他拚了命想解救的女孩。

他心愛的女孩。

萊德莉。

盯著他的女孩，不再是他數月前在謊言交易牌局遇見的女孩——也不再是多年前在巴貝多海灘邂逅的小女孩。眼前的少女是與先前迥然不同的狩獵者，諾斯的一舉一動都逃不出她的視線——她的目光緊隨諾斯，就如諾斯初次遇見她時緊盯著她不放那般。

萊，西拉究竟對妳做了什麼？

是不是連妳也不知道？

諾斯必須想辦法觸及他先前愛上的女孩，即使會失去她也在所不惜。「萊，妳瘋了，妳和林克在一起啊。」他頓了頓，下一句怎麼也不願說出口。「妳愛他啊。」

這次他第三次試圖傳達此訊息，但萊德莉似乎完全沒聽進去。諾斯心中有一部分想閉緊嘴巴，再將她拉回來擁吻。

心中餘下的部分深知事實。

不能這樣。

我不想用這種方法得到她。

萊德莉不發一語地再次靠近鐵柵，視線片刻不離諾斯。她注視著諾斯——輕咬嘴脣，睡意迷濛的雙眼引誘諾斯上前。

諾斯體內每一個細胞都吶喊著，這是真的——

笨蛋，她想的才不是林克，她要的是你啊。

萊德莉閉上雙眼。

「三。」

她一隻手環繞諾斯頸項。

「二。」

她另一隻手伸出鐵柵。

「一。」

她睜開眼眸拉近諾斯，直到兩人嘴脣幾乎相觸……

儘管內心千百個不願意，諾斯仍毅然決然推開她。「妳不曉得自己在說什麼。」

「我知道我在說什麼，我說凡人男孩沒辦法把我需要的東西給我，他們沒有這種感覺。」她的手探入諾斯衣領。「你感覺到了嗎？」

「感覺到什麼？」

「全部。」她說。「重要的一切。熾熱的寒冷。電流。我們相觸時的渾沌。這股力量。」

萊德莉說話的同時，諾斯發現她所言屬實，現在觸碰她與先前不同了。萊德莉一直以來都擁有令他瘋狂的魔力——她是唯一不屬於諾斯的人，僅僅想到她，諾斯便為之瘋狂——但現在光是肌膚相觸就能將諾斯推到理智的極限。

「這不是真的。」他說，但他不知自己為何說出這種話，因為身體每一顆細胞都尖叫著要他閉嘴，再吻她，永遠別放手。

萊德莉對他哈哈大笑。

「這不是妳。」諾斯語音顫抖地再次嘗試溝通。

在她一條手臂摟住諾斯後頸的同時，一條黑蛇自床底游出，牠纏著萊德莉赤裸的腿攀上她的身軀，最後纏繞她的頸項。萊德莉似乎完全沒有察覺到牠的存在。

「有蛇。」諾斯指著她。「在妳脖子上。」

她低下頭，指尖滑過下顎下方纖細的皮膚，直到手指落在鎖骨上，直接穿透黑蛇的身軀，彷彿她觸摸的只是立體投影的畫面。

原來如此。諾斯心想。是幻術。

他親眼見過佛珞依德使幻影具現化，而且見過不少次，早該認出萊德莉的幻術。過去的謊言交易賭桌吸引了許多幻術師，因此在他贏得的才能、人情、法力之中也有幻術師法力。

然而萊德莉還不打算收手。

她周圍的牢房逐漸變暗，烏雲如潮水湧入，上方的空間忽然與真實天空無異，甚至劈下一道閃電。

諾斯抬頭望向曾經是天花板的黑暗天空。「這是妳做的嗎，萊德莉？」他未曾見過萊德莉施展類似的幻術。

「萊，妳這樣投射幻術，是什麼時候開始的事？妳還記得西拉對妳做了什麼嗎？」問出這句話令他痛苦不堪，但唯有得知西拉對萊德莉動了什麼手腳，他才有可能使萊德莉恢復原狀。

如果我不想讓她恢復原狀呢？她現在要的是我啊。

我到底有什麼毛病？快點閉嘴。

只要逃出這個地方，我們就能在一起了——終於能在一起了。

萊德莉舔拭嘴唇，歪過頭說：「他把我變得更強了，更接近我命中註定的姿態。」她頓了頓。「全部都更多更好了，諾斯。」

萊德莉唸出他的名字時，諾斯全身一顫。現在她的力量更強大了，諾斯能感覺到無可抗拒的引力不斷牽扯著他。

「我碰你的時候，還能感覺到更多。」萊德莉雙臂高舉，露出環繞肚臍的黑暗巫師刺青。「不過你別誤會，我還是會殺了西拉，沒有我的許可，誰都不准對我做任何事——雖然這樣放縱的感覺很棒。」

「妳可能沒機會殺人。」諾斯努力強調事態的嚴重性。「我們沒辦法離開這裡。」

萊德莉周遭的烏雲消失無蹤，只有黑蛇依然游走於挑染粉紅的髮絲間。

「總會有辦法的，諾斯。」她不斷重複他的名字，讓諾斯無法考慮她之外的任何事物。「只要你『真的』想要一個東西，那總會有辦法的。」

萊德莉雙手沿著鐵柵下滑，諾斯幾乎能感覺到她撫摸他的肌膚。萊德莉壓低聲音：「你『真的』想要我嗎？你『真的』想要我們在一起嗎？」

她熾熱的目光——

她語音中的渴求——

諾斯頭暈目眩。

「比什麼都想。」他說。

萊，我要妳，我比什麼都想和妳在一起。妳不會懂的。

他試圖從佇立面前的女妖移開視線。

我想吻妳、抱妳，撫摸妳美麗的亂髮。

諾斯努力想排除關於她的念頭，以及她說出我們在一起的口吻。

我想守護妳，確保再也不會有人傷害妳。

他明白自己要的是什麼，也許打從一開始便已知曉。

我要妳允許我愛妳。我忍了這麼久，請讓我愛妳。

但是首先，他必須找回他所愛的女孩。

她還是同一個女孩嗎？

這位女孩要的是他，怎麼會是他愛的女孩呢？

那一晚，他們在牌桌上相遇的頃刻間，諾斯就知道他們應屬於彼此——或許更早之前在巴貝多的海灘上，他便下定了決心。他也知道萊德莉若不是林克的女友，她絕對會依從心中的情感，回應諾斯的心意。他深信不疑。

那麼現在，允許萊德莉愛他，難道不對嗎？

你連她這些感情是真是假都不曉得。

說不定連她本人也分不清。

可是……

鞋跟踩在地板上的腳步聲迴響在通道內，萊德莉轉向聲音的源頭，纏繞著頸項的黑蛇倏然消失。取而代之的，是飄散在空氣中的巴貝多雪茄臭味，隨之而來的是西拉·雷的翼紋皮鞋。他無視諾斯，直接走到萊德莉的牢房前。

「史上最強大的女妖，妳今天感覺如何？」他笑問萊德莉，儼然是為孩子感到驕傲的父親。

諾斯胃部一揪。

萊德莉將金髮甩過肩頭。「如果是睡在好房間的絲綢床上，我一定感覺更好。」

「只要妳表現得好，這都可以再談。」

「我一向表現得很好。」萊德莉語音柔軟、沙啞地說。

西拉邊審視她邊吸一口雪茄。「但是親愛的，妳體內現在流淌著強大的力量。」

「我就是喜歡嘛。」她嘟嘴。

「我們得先確認妳的狀態夠穩定。」

「為什麼？我以前也沒在意過穩不穩定，相信你也不在乎。」她靠向西拉。「我們本就不穩定，我們可是黑暗的眷屬呢。」

諾斯再也看不下去了，此時現實在他眼裡一清二楚——萊德莉已成為全然不同的人了。

「西拉，告訴我你究竟對她做了什麼，否則等我想辦法逃出這個牢房以後，你就別想善終！我跟你保證，我絕對會找到離開這裡的方法。」

西拉轉向諾斯，朝諾斯的牢房彈了下雪茄灰。「抱歉啦，小鬼，你沒機會了。今日就是你的死期。」

第十九章　萊德莉
陌生的眼眸

這些都不是真的——蛇也不是，老鼠也不是。

現在萊德莉懂了。

老鼠人被拖走後，她花了很多時間思索這件事，才緩緩明悟事實。她發現天花板並不是真的烏雲密布，手臂上並沒有纏著蛇，牢房裡並沒有成群結隊的巨鼠——風暴只存在她心裡。萊德莉一直都明白這點，不過終於得到證實時，她還是稍微感到安心。

這同時也代表，她不會再瑟縮在牢房一角了。

我得學會控制這份新力量，因為沒有人會幫我。

萊德莉能依靠的人只有她自己——她也一直明白這點。

自從十六歲轉化為黑暗巫師那一晚，她便註定孤身一人。

我怎能期待事情改變呢？

她的記憶也逐漸恢復了：威脅她的西拉，討論將藥物注入她體內的蠢醫生，老鼠人——諾斯——的面容。

諾斯。

想到剛才他可能在自己身邊，不是萊德莉創造的幻覺，她只覺得不可思議。諾斯是如何逃出媚妖俱樂部那場大火的？他好不容易逃離西拉的魔爪，怎麼會冒著生命危險來到此處？

是為了我……他來這裡是為了我。

此一念頭——以及隨之而來的希望——是防止她落回癲狂深淵的唯一定錨。少了這絲希望，她就會回到被西拉輸入極可能致命的法力後，徘徊在現實與虛無邊緣的狀態。

西拉究竟是如何辦到的？將一位巫師的力量注入另一位巫師體內可不像調馬丁尼酒那樣簡單，中間想必歷經多年的研究。

誰管他啊？妳比過去還要強大，妳現在是擁有幻術師法力的女妖——沒有人能阻止妳做任何事。再來現在只需學會控制力量，不要被力量控制就好了。

還真是輕描淡寫啊。

幻象毫無預警地出現又消失，每一次都乘其不備地使她血液沸騰、視線迷濛，直到眼前的景象開始閃動。

牢門自動開啟。

蛇纏繞鐵柵。

萊德莉的五感因超自然因素高強度運轉，即使是現在，現實與幻覺之間的界線依舊模糊不清。

西拉的暗黑之子在走道上走動，萊德莉聽見時立刻裝睡。假如外頭確實有人，也許他們會因此而忽略她，假如他們只是她所創的幻覺，她也能練習無視他們。

「你把其他女孩都帶出去了嗎？」其中一名暗黑之子問道。「西拉不想要他們兩個之外的人待在這裡。」

「嗯，之前就帶走了。」另一名男子說。「你覺得西拉會怎麼處置他？」

「殺他啊，不然呢？」

「也可能用他做實驗啊，可能比被殺還慘。」

怒火再次灼燒萊德莉全身，她僵直不動。

我不是你們的受害者，但你們總有一天會成為我的獵物……等西拉遭受他應得的報應之後，就輪到你們了。

「那就快殺了我啊。」某人呻吟道。

萊德莉認出他的聲音。

諾斯。

不知西拉對他做了什麼，不過他存活下來了。他真的，真的就在這裡。

畫面緩緩浮現在眼前：諾斯站在牢房外對著她說話，她自己的淒厲尖叫聲，西拉抓住諾斯將他拖走。

萊德莉還以為諾斯只是眾多幻覺之一，只是她為了安慰自己而召喚的幻影——只為了獲得希望。

是這樣嗎？

後來諾斯傷痕累累的身體被暗黑之子拖回陰暗的廊道，他們將諾斯拖入她隔壁的牢房後摔上房門。諾斯臉頰淌血地倒在地上，彷彿西拉刻意為她安排的畫面。

當諾斯悽慘的模樣映入眼簾——當萊德莉感受到他之時，一股怒火竄遍萊德莉全身。她能感受到諾斯的法力，宛如磁鐵般吸引她靠近，使冰冷的熱火重回她體內。

我們是同類。

黑暗。**誘人**。**強大**。

力量與力量相撞。

電流。

萊德莉走到自己的牢房門邊，握住分隔她與諾斯的鐵柵。即使諾斯躺在他的牢房另一側，萊德莉還是能聽見他的心跳——輕柔的鼓動聲——似乎在呼喚她。

我們是同類。

諾斯呻吟著翻身，眼皮微微顫動。

睜開眼睛。**看我**。

他困惑地眨眼，彷彿不確定萊德莉是否真的站在眼前注視他。

「萊？」

不知為何，他說話的聲音令萊德莉血液沸騰。

不知為何，他令我血液沸騰。

此時她體內的力量太多太多了，而能牽引這份力量的只有一樣東西：

更多力量。

「看樣子你被他們海扁了一頓呢。」萊德莉說。比起擔憂，她的語調更接近輕佻。

諾斯推著身子站起來。「妳好了。妳……之前——」

「我之前有些調適困難。」她揮開諾斯的震驚。「不過我現在完好如初，其實比原本還要好。」沒錯，她的狀況隨著時間經過而改善，此時她已經能回憶起過去的生活與過去的朋友。

雖然那些感覺像是別人的回憶，別人的生活。

諾斯將額頭靠在鐵柵上。「我還以為……」他不再說下去。

萊德莉咬住下唇，視線不離地面。她不想看著諾斯，因為太多情感在心中盤旋不散，因為他的聲音使她心跳加速。

「你剛才想說什麼？」萊德莉問道。她內心一部分想再聽諾斯的聲音。

「妳不屬於我，不過……」他輕聲說。「我還以為我失去了妳。」

「諾斯，我並不屬於任何人。」

「我的意思是，我知道我們上次分開時已經劃清了界線，妳選擇和林克在一起，而我必須接受這件事。」

林克。

萊德莉幾乎忘了他——也不是忘了他這個人，而是忘了這位曾為凡人的男孩為何如此重要。他們之間想必擦出了某種火花吧？

但不是這樣的火花，絕不是現在這樣的火花。

我和他從來沒有過這種感覺，我們打從一開始就是異類。

軟弱。她心想。**那個四分之一混種夢魔，不就是個軟弱無能的傢伙嗎？**

她不理解自己過去為何與如此無能的人在一起，而相較之下，與強者在一起的可能性更令她心動。

諾斯的力量多到快溢出來了——無論是偷來的、贏來的或借來的力量，他擁有數十位巫師各自相異的法力。

現在萊德莉能感知諾斯體內的力量，才發現諾斯比他所透露的還有潛力。

「你真的做好心理準備，甘願看著我跟別人交往嗎？」她問道。

諾斯不看她。

「那如果，我不希望你接受這件事呢？」萊德莉提問的同時，感受到諾斯熾熱、甜蜜的目光落在她身上，幾乎能嘗到那滋味。

「萊，別拿這件事開玩笑了。」諾斯嘆息著說。「我受不了。」

又一條蛇自暗影匍匐游出，萊德莉看著牠滑過地板。

那是幻術。她告訴自己。**試著控制它**。

她集中精神試圖用意念使黑蛇消失，然而牠卻纏上諾斯雙手下方的鐵柵。萊德莉闔眼傾聽他的呼吸——紊亂、不均的呼吸聲，像是太過勞累的長跑選手。

別跑了，諾斯。

「諾斯，我們之間存在某種聯繫，我知道你也感覺得到。」她輕輕吐出字句，滿腦子是諾斯心臟狂跳的聲響。「我們是同類。」

諾斯沉默半晌。「萊，妳也知道我心裡是什麼感受。」

「說不定我想再聽你親口說一次。」這並不是提問。

「萊德莉，看著我。」他輕聲說。兩人之間的距離似乎消失了。

萊德莉終於抬眼，與諾斯視線相交，諾斯猛然吸入一口氣。

「妳的眼睛——萊，妳的眼睛不是金色了。」

「那是什麼顏色？」

諾斯被催眠似地注視著她。「紫色。」不存在於巫界的瞳色。

直到現在。

第二十章　林克
靈魂風暴

「所以我們真的要闖進去？」妮骷髏問道。她鮮藍色的馬汀鞋在黑暗中十分搶眼。

「妳以為旅遊公司會留一把鑰匙給我們用嗎？」安潔麗克高傲地問她。

午夜時分，林克、山普森、約翰、小莉、佛珞依德、妮骷髏與安潔麗克站在人行道上，仰望法國區的加德勒佩托宅邸。多菲內街七一六號附近的路燈灑下柔和光芒，這棟希臘復興式建築沐浴在燈光下。

「所以這就是蘇丹王的王宮？」約翰發問。「它是粉紅色的耶。」

山普森點點頭。「很粉紅。」

林克猜他與約翰的想法相近——這幢宅邸的百葉窗漆成綠色，三樓與屋頂還圍了一圈雅致的黑柵格陽臺，如此粉紅夢幻的一棟房屋，怎麼會是屠殺事件的犯罪現場呢？儘管如此，林克得知它登上「美國最恐怖凶宅」前十名（他用手機查到的資料），並且在許多人心目中是紐奧良史上最凶殘謀殺案的現場（小莉不必查詢就知道的資訊），仍然心裡發毛。

林克嘆了一口氣，摺好適才寫歌詞的紙片。現在歌詞如泉湧般出現在他腦海中，不寫下來就心神不寧。

小莉在筆記本草草寫下幾句，然後將它收回口袋。「我們先花些時間考慮清楚——」

佛珞依德無奈地嘆氣。「我猜猜，非法侵入對妳這種牛津上流社會的人來說太低俗了？」

約翰挑眉別過頭，彷彿不忍見證即將降在佛珞依德頭上的言語撻伐。小莉將鉛筆夾在耳後。

「在某位小姐毫不客氣地打斷我之前，我想說的是——」她邊說邊逼近佛珞依德。「若我們將闖入不眠城市最為惡名昭彰的宅院，那或許我們該走後門。還有，妳不必為我這種『牛津上流社會的人』操心，過去一年來我遇過地怒、嗜血夢魔幫派、史上最強大的黑魔師——莎拉芬恩・杜凱、世界末日、遠古議會一位貪腐的代表，以及亞伯・雷。妳若認為我不敢面對困難，那妳就錯了。」

安潔麗克朝小莉一點頭。「莎拉芬恩・杜凱？不簡單呢。」

「我們殺了她兩次。」林克自豪地說。「一次在凡界，一次在冥界。」

「我們？」約翰意有所指地看著林克。

「好吧，第二次是我們的好哥們伊森的功勞，不過這就說來話長了，他那時候也算是死了。」

「你說完沒？」佛珞依德輕扯她的《月之暗面》T恤下襬，不安地挪動身體。

「好了，牛津，我們知道妳見過世面而且很了不起了，不過這棟蘇丹王宮可不是尋常的屋子，它可是鬼屋。任誰都曉得你們凡人遇到孤魂的時候一定會嚇破膽。」

聽到巫師所謂的「孤魂」——對他而言就是普通的幽靈——林克手臂爬滿了雞皮疙瘩，但他拒絕在朋友面前表現出孬樣。「我們別這樣叫來叫去的嘛，妳看我也是半個凡人……還是四分之三？」他試著心算。「如果約翰是一半，那我是他一半的一半——」

約翰笑嘻嘻地說：「有時候我實在不曉得當初為什麼要咬你。」

「我很棒對不對。」林克將拳頭舉到約翰面前。「撞個拳。」

山普森還在研究宅邸。即使身穿主唱的皮革長褲、撕破的T恤，還戴著腳踏車鍊項鍊，林克看著他仍會聯想到一匹凝視森林的孤狼，他簡直像知道屋裡有著某種存在似的。若不是露西豎直了耳朵站在他身旁，尾巴像準備出擊的蛇一般前後搖擺，林克也不會感到如此毛骨悚然。

「怎麼了，山普小子？你的暗黑之子眼睛看到了我們看不到的東西嗎？」林克問道。「是不是我們不會想知道的東西？」

山普森沒有從宅邸移開視線。「我沒有看到，但是我感覺到了。」

聽到他的暗示，林克早該將剩餘的問題吞回腹中。不過現在萊德莉有生命危險，若蘇丹王宮裡有任何事物可能阻撓他們，妨礙他們抵達地下室通往實驗機構的門，那林克就不能若無其事地闖進屋裡。況且想到莎拉芬恩，他就知道無論這間鬼屋內有什麼樣的存在，都不會是他見過最可怕的事物。「你的暗黑之子雷達偵測到什麼了嗎？快說來聽聽。」他深吸一口氣，做好心理準備。

「這地方絕對發生過不好的事情，我百分之百確定。」山普森說。

妮骷髏踏上前，站到山普森身邊。「我也感覺到了，屋裡簡直像死者的續攤派對。」

「墓園的狂歡？好棒喔。」佛珞依德搖著頭說。

「好喔，我可是從來沒想過在墓園裡辦派對。」林克一點也興奮不起來。

安潔麗克從容走過他們身邊。「十幾個被屠殺的女孩子和一個被活埋的土耳其人，只不過是這些人的魂魄罷了。我從實驗機構逃出來的時候就經過這裡了。」

「所以裡面確定有鬼？」林克問她。如果她沒說就好了。以林克以往的經驗來看，一概不知比得知不該知道的資訊好一百倍。

妮骷髏微微一縮，彷彿被什麼人嚇到了。「那還是保守的說法。」

我就知道這一定很糟糕。

林克深深吸入一口氣。「管他有沒有鬼，我就是要進去。」

「那當然，我們所有人都要進去。」小莉檢查塞勒儀之後，瞟了佛珞依德一眼。

「除非我們之中有某人退縮了。」

佛珞依德跨步離開人行道。「妳再繼續說嘛，我可沒見過有哪個凡人女孩看到孤魂沒被嚇破膽的。」

小莉朝宅院後方走去。「那麼，妳就睜大眼睛看著吧。我說過了，我曾經與地怒對峙過。」她停步等約翰跟上來，山普森與妮骷髏則跟著安潔麗克走到眾人前方的大門前。

露西快步走在山普森身邊，彷彿是他專屬的導盲貓。

來到宅院後門時，眾人發現鐵門被掛鎖封住了。他們想必不是第一批企圖侵入的人，畢竟在紐奧良這樣的城裡，去鬼屋開趴可以說是一種成年儀式。

林克從鐵柵門的縫隙窺視草木橫生的庭院，走道兩旁種植了木蘭樹，庭院中央則是巨大的石池，而院子裡的茉莉與九重葛已偷偷攀上了後陽臺。**跟紐奧良其他的庭院長得差不多**。林克暗想。**說不定連鬼也差不多**。

妮骷髏扯了扯掛鎖，掃了林克與約翰一眼。「你們兩個要帶我們瞬移進去嗎？」

約翰笑著走向大門。「那太浪費力氣了。」他握住掛鎖之後一拉，輕而易舉地扯斷了鎖。

「做得好，兄弟。」林克舉起拳頭，和約翰一撞。

妮骷髏讚嘆地看著約翰。山普森毫不示弱地抓住一邊鐵門，手臂向上一抬，只見沉重的門軸被他扯落，叮叮咚咚地掉在人行道上。他一手舉著鐵門，呆立半晌。

「小聲點。」妮骷髏悄聲說。「你是想叫醒裡頭所有的孤魂嗎？」

「真是的，山普森。」佛珞依德說。「把那個放下來啦。」

安潔麗克與他擦身而過時，拍拍他的手臂。「你知道我們可以從上面爬過去的吧？我之前就是這麼出來的。」

山普森一臉不好意思地將鐵門靠著外牆放好。「只是想出一份力而已。」他尷尬地說。

「愛現鬼。」約翰經過山普森的時候對他俏皮地眨眼。

小莉與佛珞依德交換了一個女孩子專屬的奇怪眼神，林克沒有一次弄懂過女生這種眼神的意思。

女生真是的，根本就是外星人嘛。

眾人跨越界線走入鋪砌過的庭院時，妮骷髏忽地止步不前，猛然吸入一口氣。

「怎麼了？」山普森語氣擔憂地問。

「就像你剛才說的一樣，這地方絕對發生過不好的事。」

林克吞了口口水。「有多『不好』？《鮮血淋漓》恐怖片那樣的『不好』嗎？」

「我的塞勒儀指針在瘋狂旋轉。」小莉盯著奇特的腕錶說。

「我都可以走進去第二次了，你們還有什麼好怕的？」安潔麗克不耐煩地說。

「那裡頭的鬼會不會來阻止我們？」林克雙手插進口袋裡問道。

安潔麗克不屑地擺擺手。「只要你不去惹他們，他們就不會來惹你。」

「可是我們看不到他們啊，不小心撞到他們怎麼辦？」林克說。

妮骷髏看向安潔麗克。「孤魂之所以沒有來找妳，是因為妳不是死靈巫師。當我們死靈巫師在附近的時候，他們感應得到；硬要說的話，死靈巫師的存在會喚醒那些孤魂。」

山普森踏步擋在她面前。「那妳不應該進去。」

妮骷髏困惑地看著他。「你這是在趕我走嗎？」

「也可能是在救妳一命。」山普森說。「看妳如何看待這件事。」

「他只是擔心妳而已，妮。」佛珞依德輕輕搭住妮骷髏手臂。

妮骷髏的表情變得柔和。「抱歉，山普。」

山普森對她露出罕見的微笑。「沒關係。」

「不過我還是要進去。」妮骷髏邊說邊邁步踏進庭院。「大家走在一塊，什麼都別碰。」她在林克面前停下腳步。「懂了沒？」

「是的，老大，我什麼都不碰。」林克高舉雙手並扣在腦後。**我才沒興趣惹毛一整窩幽靈咧**。

眾人跟隨安潔麗克走到庭院中央時，山普森嗅了嗅空氣中的味道。「你們聞到了嗎？」

妮骷髏點頭說：「嗯，味道很重。」

林克深深呼吸，甚至還用鼻子哼了幾下。「什麼味道？我怎麼都沒聞到？」

「那你很幸運。」山普森又向前走了一步，彷彿受不了空氣中的惡臭似地皺起臉。「這整個地方充斥著血腥味。」

約翰在妮骷髏身旁蹲下，仔細檢視地面。

林克頓時感覺自己是穿著新衣的國王。「兄弟，你該不會也感覺到了？」

約翰搖搖頭。「沒有，我只是想嘗試看看。不過看來在這方面，山普森和妮骷髏的力量比我強多了。」

妮骷髏在後陽臺前方幾步的位置駐足，視線沿著臺階掃到後門。「血是從門縫滲出來的。」

林克伸長脖子想看清楚，他從未見過鬼魂的血——現在也看不見就是了。無論如何，這玩意聽起來一點也不好。

「雖然這麼說也許令人厭惡，不過我想問一句，請問妳看到的血是模糊的呢？還是不透明的呢？」小莉翻開筆記本問。

佛珞依德嫌惡地瞪了她一眼。「妳不會是認真的吧？」

「這並不是日記本。」小莉用原子筆輕敲空白的一頁。「我是見習保管者，將值得注意的事物記錄下來，就是我的職責。以我的角度來看，這些盡是科學數據，畢竟並不是每一位死靈巫師都看得見亡靈的殘留物。」小莉在小記事本上草草書寫。「這是十分特殊的現象。」

安潔麗克倚靠著通往屋內的門扉。「你們這些人平常就這麼有趣嗎？還是我不巧選錯日子了？」

佛珞依德無視她，她抓著妮骷髏的手臂，拖著她遠離小莉與無人看得見的血液。然而剛走出數米，妮骷髏便猛然停步，臉上血色盡失。

露西雙耳貼著頭顱躍上噴水池邊緣，準備將某人——或某個東西——撕成碎片似地嘶嗚。

林克追上兩名女孩。「妳們怎麼不走了？」

妮骷髏雙目圓睜地踉蹌倒退，伸手找尋能扶靠的事物。「屍體。」她悄聲說。「我看到了。」

一股惡寒竄上林克後頸，他四下張望，卻什麼也沒看見。山普森、約翰、小莉與佛珞依德也跟著環視庭院。

「妳看到幾具屍體？」林克惴惴不安地發問。

「幾十具。」妮骷髏臉色越來越蒼白。

空氣發生微不可見的變化，宛如炎日下柏油路面蒸騰的熱氣，一開始林克還以為自己在黑暗中眼花了。

然後，一具具屍身開始具現化。

絲質寬長褲下的裸足、手腕至手肘掛滿金環的纖細手臂、深色長髮——死者的身軀一個個出現。儘管畫面模糊，林克等人依然能看見覆蓋她們全身的鮮血。這些就是小莉先前說的女孩——被土耳其人關在屋裡，最後連同他一起被屠殺的女孩子——她們的孤魂不甚清晰，不過驚恐的神情依稀可辨。

小莉倒抽了一口氣，一手摀住嘴巴。

約翰將她推到自己身後，原本夾在小莉耳後的鉛筆落入兩人腳邊的血灘。

別崩潰，她們只是鬼魂。林克提醒自己。

不過當那些屍體一個個站起來時，林克的自信頓時煙消雲散。

佛珞依德大力將妮骷髏推向陽臺。「快走，別看她們。」

雖然知道佛珞依德不是對他說話，林克仍試圖遵照她的指示，兩步併作一步地跑上陽臺。

山普森扶住妮骷髏手肘，引導她走向臺階。「走吧，我們快點離開這裡。」

林克試著開門，卻發現門上鎖了。

「我逃出來的時候把門鎖起來了。」安潔麗克說。「免得被人跟蹤。」

「至少我們知道了一件事：諾斯還沒來過。」佛珞依德走到林克身旁說。

「怎麼說？」林克問她。

她示意上鎖的門。「門還鎖著。諾斯不是夢魘，想進去就得破壞這道門。」

林克知道自己這種想法很蠢，但他心裡很開心沒被諾斯捷足先登。那傢伙在林克與萊德莉之間製造了夠多裂痕，林克說什麼也不想讓諾斯搞砸他的英雄救美計畫。

這回輪到林克將整扇門拆除……不過與山普森拆鐵門時易如反掌的模樣相比，林克還是費了更多力氣。

管他的，我只是個四分之一夢魘，又不像他是身高超過兩米的巫師版地獄怪客。

眾人踏入金碧輝煌的門廳時，妮骷髏咳嗽著將鼻子埋入肘窩，彷彿被惡臭熏得受不了。她繞了大半個圓穿過門廳，避開地板上別人看不見的某樣東西。

「又是血嗎？」約翰問她。

妮骷髏別開視線。「到處都是，一進門地上就有一大灘血。」

林克檢查鞋底，即使是看不見的鬼血他也不想沾上。

小莉跟著安潔麗克前行，兩人盡量沿著門廳周圍行走，幾乎貼著牆上斑駁剝落的壁紙。眾人走進寬敞的客廳，房裡擺著破舊的天鵝絨沙發與坐墊，天花板掛了一盞巨大的水晶吊燈。

林克走上前，盯著一個連接了奇怪水管的長頸玻璃瓶。「這是什麼東東？」

「水煙壺。」小莉說。「一般裝填水菸葉之後以類似吸菸的方式使用。不過，一百五十年前他們吸的多半是比水菸烈很多的物質。」

「啊？」林克一如往常地有種考試不及格的感覺，而且是前一刻才發覺自己在考試。

「鴉片。」小莉解釋道。「至少，當時人們用水煙壺吸的通常是鴉片。」

山普森與露西跟著安潔麗克快步走在前頭。宅邸被繩索區隔成類似蓋林鎮陣亡將士紀念館的格局，他們不時得從繩索下方鑽過。

安潔麗克示意走廊另一頭。「化外之門就在地下室。」

「我們去開門吧。」山普森說。

「約翰，你看這些指數。」小莉輕敲塞勒儀。「情況不妙。」

林克匆匆湊上去，看見指針各自往反方向旋轉。「這是什麼意思？」他問。小莉總是關心事情「為什麼」發生，不過林克只在意那是「什麼東西」——若宅院即將被超自然颶風摧毀，他可不想呆呆等死。

小莉搖頭說：「老實說，我毫無頭緒。」

「我倒是猜得出來。」佛珞依德說。

如同先前在庭院那般，空氣再度變動。

屍體於數秒內接連出現——盡是女孩子。林克猜她們與他自己歲數相若，她們大多數擁有深色秀髮與麥色肌膚，並全都穿著飄逸絲綢、戴著黃金首飾，與庭院裡的鬼魂相似。不過女孩們美麗臉龐染滿鮮血，幾個人身上有刀傷或鋸齒狀撕裂傷，使林克看了胃部翻攪。

「在這裡。」山普森的聲音從遠處傳來，他多半已找到地下室。

「我們快點離開這地方。」約翰走到妮骷髏與佛珞依德前頭。

妮骷髏毫無反應，被佛珞依德輕推一把之後才拖著腳前行，彷彿進入了催眠狀態。

林克來到客廳前端，看見長廊另一頭通往地下室的門敞開著，露西等待他們似地端坐在門口。林克拉起妮骷髏的手，幾乎是拖著她前行，「後宮」其中一名少女朝他們直奔而來，林克奮力拉著妮骷髏向前跑……但為時已晚。

朦朧不清的後宮少女直接踏入死靈巫師的身體。

妮骷髏的身體猛然向後一扯，力道之大，就連林克也被拖了回去。

感覺像是按了快轉鍵一般……

妮骷髏的身體猛力撞牆——

她的手從林克指間滑脫——

佛珞依德呼喊她的名字——

妮骷髏張口，卻沒有發出尖叫聲——

她手忙腳亂地從林克身邊退開，身體擺出前所未見的正式姿勢。妮骷髏的視線在友人之間游移，顯然一個都不認識。「拜託你們幫幫我。」妮骷髏語音狂亂地說，聲音比平時輕柔又純真許多。她衝到小莉面前抓住她的手臂說：「樓上有人，大家都被他們砍成碎片了！」

小莉還來不及回應——其他人也來不及告訴孤魂那些人已經不在了，這一切只是孤魂死前的記憶——孤魂便駭然轉向地下室門口，彷彿聽見了什麼聲音。林克知道那一定是她記憶中的聲音，因為他什麼也沒聽見。

妮骷髏雙眼圓睜地放開小莉手臂，筆直衝向後門——逃離她在地下室門口看見的人。

然而出現在拱門下的是另一個人。

山普森。

「怎麼了？」他驚疑不定地高喊。

妮骷髏聞聲回頭一看，發出令人毛骨悚然的尖叫聲。

後宮少女的孤魂踏出妮骷髏的身體，再次拔腿狂奔，在跑進庭院前消失無蹤。

妮骷髏一臉茫然地佇立原地，頭暈目眩似地前後搖擺。

佛珞依德扶住她的手臂，而下一秒第二位後宮少女的孤魂出現了，她朝妮骷髏直奔而來，彷彿被追趕般頻頻回首。受傷的少女踏入妮骷髏體內時，妮骷髏又猛然一晃，露出與剛才相似的困惑神情——接著她表現出亡靈身體歪曲的姿勢，以及驚恐的神情。

她轉身想像第一位少女那樣奪門而出，不過她因腿部的傷而慢了下來，讓山普森有機會追上前。山普森抓住妮骷髏肩膀前後搖晃——沒有太過用力，但力道不小。

「給我離開她的身體！」

「不！求求你！」妮骷髏尖喊著摀住雙眼。

山普森將她一把抱起，手臂穩穩接住她雙腿。妮骷髏瑟縮著身子，越叫越淒厲。

「我們得趕快帶她離開這裡。」山普森說。

「化外之門在樓梯底部。」安潔麗克指著地下室的門喊道。

山普森轉向林克。「帶她瞬移出去，我們在另一頭會合。」

約翰衝上前，從山普森手中接過妮骷髏不斷顫抖的身軀。「我來吧，在瞬移方面我比林克有經驗。」他轉向小莉。「妳和林克待在一塊，我等下再去找你們。」

小莉點點頭。林克等著約翰消失。

但是過了一秒，他仍然抱著尖叫不停的妮骷髏站在原地。約翰不解地閉上眼睛、集中精神，身體周圍的空氣開始變動，身體也出現了光點，似乎整個人下一刻便會消失……但他依舊站在原地。

「瞬移失敗了。」約翰說。「一定和那個孤魂有關，只要她還在妮骷髏體內，我就不能帶她瞬移。」

「我們要怎麼把孤魂弄出來？」佛珞依德問。

約翰低頭看著已然崩潰的妮骷髏，搖頭說：「我也不知道。」

妮骷髏突然轉頭，似乎聽見了別人聽不見的聲響，視線瘋狂移動。

約翰跟著她的目光轉向拱門，妮骷髏趁機從他臂彎溜走。

「不！」山普森大叫一聲。

妮骷髏拖著受傷的腿朝後門直奔而去，暗黑之子也追了上去，不過妮骷髏腳程是否能勝過山普森都無所謂，因為跑至門邊的剎那，孤魂脫離了她的軀體，繼續跑下臺階逃去庭院裡了。

又一個孤魂——一名手持彎刀的男子——從樹叢中一躍而出，一刀砍在少女背上，劈穿了她的身體。女孤魂嘶啞地哀號一聲，隨即消散在空氣中。

殺人犯的孤魂將彎刀靠在肩頭，雙眼掃視四周尋找下一個獵物。

山普森接住全身癱軟的妮骷髏，抱著她衝出客廳，直奔地下室。林克緊隨在後，不過即使夢魔擁有超越常人的體能也比不過暗黑之子，況且山普森每跨一步就等同於林克的三步。

「跟著林克走！」約翰喊道。

地下室的門敞開著，露西站在散發微光的門口，看見山普森奔來時，忽然耳朵貼著頭嘶鳴起來。

林克只花一秒，便發現她嘶鳴的對象並非山普森。

又一位後宮少女拐過彎之後與山普森撞個正著，山普森像美式足球的後衛似地旋身，想避開那名少女，然而少女的孤魂直接穿過山普森的身軀，飄入妮骷髏體內。

死靈巫師如溺水之人般大力吸氣，盯著山普森肩後的位置，抬起一根不斷顫抖的手指。「他們來了。」

山普森不理她，抱著她逕自跳下樓。

林克滑了一跤，屁股滑下前幾級階梯，其他人難得無暇嘲笑他。抵達樓梯底部時，他看見安潔麗克站在已然開啟的化外之門前。

「慢慢來啊。」安潔麗克說。「我也沒什麼特別想去的地方，沒什麼特別想殺的人，對吧？」

山普森無視安潔麗克，在門前戛然止步，他似是在猶豫是否跨出下一步地挪動身體重心，隨後轉身面對眾人。「我該怎麼做？可以帶她離開屋子嗎？」

林克想也不想地望向小莉，發現所有人都注視著她。

妮骷髏抬起下巴，視線移至樓梯頂端。「不要！」她尖喊著，試圖脫離山普森的懷抱。

小莉拚命翻閱筆記本。

「沒時間了！」山普森滿臉急迫。

約翰握緊小莉的手臂。「相信妳的直覺吧。」

她點點頭，轉向山普森說：「帶她穿過化外之門。」

「但是孤魂還在她體內，如果害她受傷怎麼辦？」

小莉用力嚥了口口水。「孤魂被束縛在這幢宅院內，我想，當你們穿過界線時孤魂便會被逼出來。」

「妳『想』？」佛珞依德語調驚恐地問。

小莉挺直身子說：「這是科學推斷——靈體是由能量構成的，這幢房屋宛如黑洞般困住了孤魂的能量。快帶她出去吧。」

露西跑進前方的隧道，等待眾人跟上。

山普森躊躇不決地看了妮骷髏一眼。

命運之輪，拜託了，就這麼一次而已，放我們一馬吧。林克暗暗祈禱。

林克印象中，小莉未曾做過錯誤的判斷，儘管如此，山普森抬腳跨過門檻時，林克內心卻不安地揪成一團。

不管是什麼事，總會有第一次的……尤其是壞事。

妮骷髏縱聲慘叫，但山普森沒有停下腳步。

妮骷髏身體觸及區隔蘇丹王宮地下室與巫界隧道的界線那一瞬間，她肩膀猛地一動，後宮少女的孤魂像是被人拋出去似地向前傾——彷彿撞上科幻電影中常見的力場，脫離妮骷髏的身體。孤魂赤裸的雙足落到地面，她似乎與林克同樣震驚，縮身蹲踞在地上，而後慌忙跑回樓上。

林克回身面對隧道時，山普森已經與露西站在另一側，而妮骷髏癱軟的身軀仍靠在他寬闊的胸前。

佛珞依德跑了過去。「她還好嗎？為什麼都不動？」

林克不安地吞了口口水。

拜託，妮，拜託別出事。

「她在呼吸，脈搏也很強勁。」山普森低頭看著妮骷髏。「其他的我也不曉得了。」

妮骷髏微微一動，彷彿作噩夢般更貼近山普森。

小莉搭著妮骷髏手腕，輕聲數著她的脈搏。「山普說得沒錯，她的脈搏稍微快了點，不過脈象很強，可能只是狀態虛弱而已，畢竟靈體那般進出軀體絕不輕鬆。」

山普森寬心地深深呼吸。

「剛才真是戲劇化啊，有點虎頭蛇尾呢。」安潔麗克說罷瞟了妮骷髏一眼，沿著隧道走遠。

「妳不閉嘴嗎？」山普森對著她的背影喊道。「小心等會有人來為妳代勞。」

黑魔師回眸，對他一瞪眼。「啊呀，你不會是認真的吧？」

「走啦。」約翰說。「在她帶我們進入實驗機構之前，我們不能和她決裂。」

山普森點點頭，隨後抱緊妮骷髏跟隨安潔麗克走去，露西則在他身旁小跑步。

這條隧道使人聯想到老舊酒吧的地窖，地上堆了一箱箱好彩牌與寶馬牌香菸，以及蓋了咖啡戳章的條板箱。

約翰伸手從其中一個條板箱內抽出一瓶威士忌。「這些大概是禁酒時期就堆在這裡的。」他看了看瓶身上的日期。「當時私酒販子常常用咖啡或香菸的箱子來走私酒類。」

小莉踮起腳尖審視另一個板箱的內容物，取出一瓶沒有任何標示的透明液體。

「可能是琴酒。亞伯竟然將這些留在此處，真是意外。」

「說不定是裝潢的一部分。」佛珞依德邊跟隨山普森向前走邊說。「當一個人跟雷家一樣有錢的時候，我猜老香菸跟老酒都不重要了吧。」

「尤其當此人將巫師女性售入他人後宮之時。」小莉說。

「等我找到西拉，一定要殺了那個混蛋。」山普森怒氣沖沖地走在安潔麗克身後。

「排隊吧，兄弟。」林克說。「如果那個死變態對萊做了什麼的話……」他說不下去了。一想到西拉很可能已對萊德莉做了可怕的事情，林克就受不了，而且他內心深處也明白這並非最壞的情境——他也有可能在抵達實驗機構之後，發現萊德莉已經死亡。

她沒事的。

林克必須堅信這點，他只剩下這絲希望了。

安潔麗克緩下腳步。「兩位男士，你們是不是忘了什麼呢？西拉是我的。」

「發生什麼事了？」妮骷髏咕噥著，一隻手滑至山普森後頸。

山普森靜止不動，彷彿不確定妮骷髏的話聲是不是他自己的幻覺——至少，在林克看來是那樣。

那種心情，還有誰比我更瞭解？看著萊德莉或朋友受傷，不知他們是否會平安無事，這種感覺他經歷過多少次了？

可是以前，我至少知道他們活著。

「妳醒了。」佛珞依德快步走到友人身邊，抱住妮骷髏。

小莉與約翰也跑上前。

妮骷髏揉揉眼睛，緩緩舒展身體。「我感覺像是被公車撞到一樣。」

「妳還記得事情的經過嗎？」小莉猶豫地問道。

妮骷髏點點頭，接著痛得皺起臉。「我記得一些片段，像是後宮裡一個女孩的孤魂朝我跑過來，我也記得她占據我身體的感覺，可是那之後就記不太清楚了。看你們的表情，應該比我說的糟糕許多吧？」

安潔麗克隨意地揮了揮手。「很多血啊、斷掉的四肢啊、拿著彎刀的男人之類的。」

佛珞依德怒瞪黑魔師一眼，隨即又轉向妮骷髏。「剛才不只一個孤魂，妳好像變成孤魂磁鐵一樣，她們一直過來，我們都不曉得該怎麼辦才好。」

妮骷髏閉上眼睛，點頭。「我懂，我也不是第一次遇到這樣混亂的場面了。」

再度睜眼時，她低頭看見山普森依然抱著她，她抬頭仰望山普森。雖然不甚確信，但林克似乎看見山普森的臉微微一紅。「我猜你就是戴著腳踏車鍊的白馬王子囉？」她淺笑著說。「你剛剛跑過來救我了，是嗎？」

山普森聳肩說：「是小莉的功勞，她推測孤魂沒辦法穿過化外之門進到隧道。」

妮骷髏感激地注視著小莉。

小莉擺了擺手，謙遜地說：「其實沒什麼，不過是活用物理法則並恰巧猜對而已，真正的英雄是山普森。」小莉對山普森投以一個眼神，似乎傳遞了某種祕密訊息。

「山普，我應該可以自己走了。」妮骷髏說。她將手移開山普森後頸，彷彿剛剛才發現自己摟著他。

「喔，我是說，好。」山普森小心翼翼地將她放下來，一隻手扶著她後腰。妮骷髏身子一晃，山普森便將她拉近。「如果妳還是不舒服的話，我可以抱著妳走，反正妳也不重。」他補充一句。

「謝謝你的好意。」妮骷髏笑著說。「我覺得走一走大概就沒事了。」

山普森緊緊跟在妮骷髏身邊，不過眾人才走幾分鐘便到達隧道底部。

「所以，我們的作戰計畫是？」林克問道。「我們要直接衝進去把萊救出來嗎？」

佛珞依德用手肘撞他一下。「這算哪門子計畫啊。」

「你們幾個天才應該派人上去評估現在的情況，這樣我們才知道西拉那邊有多少人。」安潔麗克說。「我逃走之後，他一定又加派了更多守衛。」

佛珞依德點點頭，金色細髮滑過肩頭。「我是幻術師，我去吧。」

林克張開手臂擋在她面前。「等等，我是夢魔，可以瞬移出去看看情況怎麼樣。」

「真是明智的想法呢。」從小莉挖苦的語氣聽得出，她完全不認為這是明智的做法。「那你何不帶約翰一同出去溜達溜達呢？相信西拉的手下見到你們兩位害死亞伯的夢魔，一定十分欣喜。」

林克搔搔頭。「所以妳覺得他們手上有我們的照片嗎？」

小莉嘆息著說：「絕不能讓你出去探查。」

佛珞依德擠到林克前頭。「我們幹麼浪費這麼多時間討論這個？我都說我要去了。」

「為什麼妳去就比較安全？」林克問她。「妳可以讓自己突然隱形嗎？」

佛珞依德翻了個白眼。「現在你也是超自然生物了，總該花點時間瞭解巫師的能力吧？我相信維基百科裡有介紹的。」

「網路上看到的東西不見得可信喔。」林克自作聰明地說。「對不對啊，小莉？」

安潔麗克不可思議地盯著他們。「你們是在認真對話嗎？還是想表演鬧劇給我看？」

「我說完了。」佛珞依德脫下外套，交給林克。「關於你的問題：我雖然沒有隱形的能力，不過我能讓自己暫時看起來像其他東西。」

林克知她所言屬實。萊德莉的弟弟拉金也是幻術師，林克先前見識過他各式各樣的幻術。

雖然那傢伙生前是個王八蛋。

山普森閉上雙眼。「我沒有感知到任何法力。」再度睜眼時，他似乎確認另一頭沒有人等著襲擊佛珞依德，於是他離開門扉。「應該沒有敵人，不過還是別走遠比較好，假如這扇門真的通往實驗機構內部或附近區域，西拉的爪牙一定就在附近。」

「我來開門。」安潔麗克從山普森身旁擠到門前，一隻手貼著門輕聲唸出開門的咒語。巫師密門的封印被破壞後，門扉開啟一道縫隙，足以讓佛珞依德纖細的身軀擠出去。

佛珞依德離開後，山普森將門虛掩著，不仔細看就不會察覺異狀。不過以防萬一，林克還是用手卡住門柱頂端。

感覺過了一個小時後——雖然一直注意時間的小莉說只過了七分鐘——佛珞依德終於回來了。

山普森的聽力比夢魘還要敏銳，第一個聽見另一側傳來佛珞依德走動的聲響。暗黑之子開門時，林克抓住佛珞依德的手臂，將她拉進來。

「很痛耶！」她說。「急什麼？」

「妳去太久了。」林克沉著臉說。

「怎麼了？」佛珞依德聳肩說。「想我了嗎？」

小莉大聲清喉嚨。「妳有看清外頭的情況嗎？」

「有，我看到了不少東西。」佛珞依德交叉雙臂，一本正經地說。「外面有很多樹，還有一棟很大的建築，我猜那就是實驗機構，因為這地方到處都是夢魔跟暗黑之子。」

「多少人？」山普森問她。

「我不確定。」佛珞依德說。「我看到至少三個夢魔，還有兩三個暗黑之子……喔，有個女的暗黑之子好像是領頭的。」

「等等，女的？」山普森焦躁地撥頭髮。「她是不是一頭金髮？」

佛珞依德滿臉奇怪地看他。「對啊，白金色，幾乎可以說是白色的。你怎麼知道？」

「我們完了。」山普森說。「那是克蘿伊．布雪，她是個殺手——也是地下巫界最危險的暗黑之子。」

林克揚起一邊眉毛。「不過你打得過她，對吧？」

「克蘿伊．布雪存在世上的時間比我久，所以比我強大。沒有人曉得她是從什麼地方來的，她某一天就突然帶著摺疊刀出現在巫界，闖出殺人不眨眼的名號。」

「『克蘿伊．布雪』聽起來並不嚇人啊。」小莉說。

「重點是姓氏，她是覺得好玩才用這個姓氏的。」山普森臉色蒼白地說。「『布雪』原本是法文，就是『屠夫』的意思。」

第二十一章　諾斯
巫魔時分

諾斯盯著眼前的鐵柵，此時他正面臨兩難的抉擇。在此之前，他與女人的互動向來很簡單：光顧俱樂部的巫師女孩親近他，往往是有求於他——想得到他在賭桌上贏得的才能、人情、法力，希望他用超自然力量給她們好處，或是賭運乾涸時盼望得到第二次機會。

通常諾斯會拒絕她們，除非在極罕見的情況下，他遇見真心想和他在一起的女孩。這種時候，如果諾斯夠無聊，如果那個女孩夠吸引人，他就會將女孩想得到的東西贈與她。

但在此之前，他從未將自己的心贈與他人。

這回不一樣。

這回，那個女孩是萊德莉，而這點改變了一切。

諾斯終於能理解那些愚蠢的情歌與悲情愛情片了，因為他在全凡界、全巫界最想得到的女孩，終於想和他在一起了。她對諾斯的渴求是如此迫切、如此完整，全身全心渴求著他。

現在，萊德莉用過去注視林克的熱切眼神注視著諾斯，也許更甚於她從前對林克的熱情。而她是諾斯夢寐以求的女孩，諾斯從很久以前就一直渴望獲得她的心，這份心情未曾改變過。

但這也不是重點。

如果他放任事態發展下去，如果他撤下心防，降服於初次遇見她之後不斷累積的情感與衝動之下——如果他明知萊德莉狀態異常，卻從她身上奪取任何事物——那他就沒有資格與萊德莉在一起。

於是他坐在牢房裡，盯著兩人之間的鐵柵。

我們非離開這裡不可。

諾斯望向隔壁房，看著萊德莉躺臥在床上方一兩公尺處，由永遠不平息的氣團支撐身體。她挑染粉紅的金髮飄在身下，使她乍看下像是浮在波光粼粼的水面。

萊德莉與他四目相交——諾斯還來不及說話，便發現她側躺在自己身邊，兩人之間只隔了一排鐵柵。她身上穿的已經不是病服了。

現在萊德莉穿著她的紅皮革連褲裝，緊身的衣物令人浮想聯翩。**簡直像惡魔版的貓女**。諾斯心想。

「怎麼樣？」她的手從鐵柵之間伸過來，揪住諾斯的夾克下襬。「感覺好點了嗎？」

諾斯任由萊德莉將他拉到鐵柵邊，當她的臉逐漸靠近時，諾斯無法抗拒誘惑。畢竟某種層面上，他還是個再尋常不過的人類。

和他們一塊待久了，總有一天會變得和他們一樣。

一次。
又一次。

第二十二章　萊德莉
革命的吶喊

親吻諾斯的一瞬間，萊德莉發現了一件事——其實可以說是思想上的突破，甚至是頓悟。

萊德莉此生首次失去對糖分的興趣，她不再感到甜膩，也不想再當甜膩的女孩。不過從以前到現在，她從未在意過後者就是了。

她感到飢餓，但她要的是比糖分更豐盛的食材。該放下櫻桃棒棒糖了，兒時的力量、兒時的遊戲已不足以滿足她。

這一吻，證明了這一切。

諾斯嘗起來並不甜，他嘗起來像強大的力量。

像鋼鐵，像火焰。

電流與火焰。

這就是「強大」的味道。

我現在要的就是這個。

不是嗎？

林克的身影在萊德莉腦中閃過——他凡人的溫暖，他開朗的神情，他大手握住萊德莉小手、瘦長的手臂環著萊德莉纖細的手臂時憨憨的模樣……然後，她推開這些思緒。

林克只不過是她兒時的玩物之一，此時的她無法想像自己對林克懷有任何感情。她隱約記得自己曾有過某種感情——片段的畫面、他眼中淘氣的亮光、突兀的林克式笑聲——但就連這些回憶也逐漸消失，成為年代悠遠的模糊光影。

諾斯是唯一瞭解她的人——是唯一能將她需要的東西給予她的人。

況且，我怎麼能把現在的我加諸在凡人身上？西拉到底對我做了什麼？我現在究竟是哪種巫師？

我是前所未有的存在。

這都歸功於西拉。

諾斯也明白這點，但他並不感到恐懼……至少，他此時此刻並沒有表現出恐懼的徵兆。

萊德莉將他拉得更近，享受嘴唇熾熱的觸感——走廊傳來不明聲響，她睜開眼睛。

「搞什——」諾斯拉開兩人之間的距離。西拉揮手示意他的暗黑之子進入牢房所在的空間——美化過的地窖——其中一位暗黑之子動作俐落地開啟諾斯的房門。

萊德莉還來不及出聲，西拉的爪牙便將諾斯整個人甩出去，狠狠砸在牢房另一端的牆上。西拉跟在暗黑之子身後，踏入諾斯的牢房。

「西拉，不要！」萊德莉急切地抓住分隔兩間牢房的鐵柵。

「這正是我來到這裡的理由呢，因為我『不要』他——」他看著諾斯。「——活著。」

「別傻了，你不能殺他。」萊德莉試圖隱藏內心翻騰的恐慌。「現在他是站在我們這一邊的，我跟你保證。」她已經語無倫次了，諾斯從一開始就不是站在西拉那一邊——而且他永遠不可能加入西拉——但為了保護諾斯，萊德莉什麼都肯說。

「傻？妳何不聽聽自己的鬼話？」西拉瞟了她一眼，縱聲長笑。「我才不管這個小鬼說他站哪一邊，他之前惹了我，現在就要付出代價。」

「西拉，你倒是聽聽自己說的話，不覺得像是鬧脾氣的小屁孩嗎？」現在輪到萊德莉發怒了。

西拉瞇起眼睛。「喔？別忘了，妳之前也惹過我。我要是妳，就會管好自己的嘴巴。」

諾斯跌跌撞撞地站起身，擋在萊德莉與西拉之間，即使被狠揍了一頓，諾斯的直覺仍是守護她。這份心意令萊德莉十分感動，不過她知道現在最該被守護的人並不是自己。

「沒關係的，萊，不用為我擔心。」諾斯虛弱地對她笑笑。「我早就知道會有這一天。」他看向西拉。「懦弱的男人就是不懂得寬容，雷家人更是如此。」

其中一個暗黑之子抓住諾斯後頸，將他的臉推去猛撞鐵柵。

「不要！」萊德莉驚呼一聲，熱流灼燒她全身血管。

鮮血從諾斯鼻孔汩汩流出。

西拉搖頭說：「小鬼，你說話真不會挑時機。」

「住手！他受傷了！」萊德莉跑到牢房門口，手指緊緊握著鐵柵，但無論她多用力搖晃，鐵柵就是不動。

我不會讓你們傷害他的，我會殺了你們所有人。

念頭在萊德莉意識中成形時，她對自己——嶄新的自己——有了新的發現。這句話不只是恫嚇的言語，現在的她擁有實踐這句話的力量。

體內美味的法力特調呼喚著她——**別讓他們傷害妳愛的男孩**。

來不及制止的字句浮現在腦中。

我愛他嗎？

這就是愛嗎？

這是我想要的嗎？

但是這都不重要了。萊德莉緊緊握住鐵柵，將全身心的盛怒——全身心的力量——集中在拖著諾斯走出牢房的幾名暗黑之子身上。

無論如何，我要你們放了他。

地窖的牆壁開始移動——至少看起來像是在移動。儘管知道這只是幻術，萊德莉依然為眼前逼真的景象嘆為觀止。

西拉左顧右盼，似乎不確定是否能相信自己的雙眼。

這一區的四面牆壁開始往中間移動。

「發生什麼事了？」抓住諾斯後頸的暗黑之子喊道。她的目光在狹隘的空間裡四處飛竄。

西拉微微一笑。「別管它，這是女妖創造的幻術，是被我注入法力之後的反應。

這樣的幻術對幻術師來說很常見，只不過是在耍脾氣罷了。」他轉向萊德莉。「既然妳展現出這樣的能力，我們就得幫妳想個新的分類了，妳不是幻術師，也不再是女妖了，對吧？」

萊德莉不發一語。

她的思緒飄遠了。

她想像暗黑之子被牆壁夾扁——這麼想的同時，諾斯牢房後方的牆壁猛然撞穿房間那一側的鐵柵，幾名暗黑之子連忙押著諾斯撲向萊德莉的牢房，勉強閃過被撞倒的鐵桿。然而牆壁並未停止動作，而且地窖前後兩側的牆壁也逐漸逼近。

萊德莉一雙紫色瞳眸凝視著西拉。「最後一次機會喔，小屁孩。」

「什麼？」西拉怒不可遏地瞪著她。

「放、開、他。」

你很想放他走。萊德莉心想，她集中精神朝西拉施放蠱惑法術。**快命令你的手下放開他，否則我就把你們全部殺光**。

西拉困惑地抬手抹過自己的臉。他是世界上最強大的嗜血夢魔之一，萊德莉知道擊敗他並非易事，但她已經豁出去了。

「西拉，快阻止她！」其中一名暗黑之子喊道。另一邊的牆壁將他擠向萊德莉的牢房——他就快被壓死了。

「這不是幻術！」另一名暗黑之子跟著大喊。「我不能呼吸了！」

「快把那個小賤人打暈！」第一個暗黑之子說。

但西拉並沒有這麼做，此時的他太過茫然，什麼事也做不了。他張口欲言，結果又默默閉嘴。

西拉說得沒錯。

她不只是一種巫師，自從被西拉灌輸法力之後，她就成了與眾不同的存在。白痴。

是他毫不知情地將自由交到萊德莉手上。

她的能力沒有任何界限——至少，她感覺不到任何界限。

他們一直被囚禁在小小的鼠籠裡，結果答案就是用意念強迫籠子打開，就這麼簡單。

萊德莉召喚自己所剩的力量，同時感受到一股熱意與暈眩流遍全身。

放了諾斯。她邊想邊死死盯著西拉，彷彿想探入他的神識。**然後順便打開我的牢門**。

除了抓著諾斯的暗黑之子外，西拉其餘的手下皆用雙掌抵著不斷逼近的牆壁，奮力向外推。

不斷尖叫。

「放開那個小鬼。」西拉說。

暗黑之子紛紛靠近諾斯，他們震驚的表情使萊德莉力量增強——也為她帶來更多的快感。

還不夠。她暗想。

萊德莉再次闔上雙眼，四周的牆壁不斷震顫，天花板的灰泥一片片剝落。

「我說，放開他！」西拉困惑不已地叫喊，聽到自己下達的命令反而比手下還詫異。

暗黑之子依言放開諾斯，他在逐漸縮小的地窖中央雙膝跪地。

四周的牆壁忽然停止移動。

「萊德莉，妳可以停手了。」諾斯勉強擠出字句。「我沒事。」

我還沒玩完，我要讓西拉．雷明白一件事：我不受任何人控制。

萊德莉的視線移回西拉身上。**西拉，你很想打開我的牢門。你這可悲的一輩子最想做的事，就是打開我的牢門。**

西拉大步走向萊德莉的牢房，宛若線繩操縱的小木偶。

我的木偶。我的線繩。

走到牢門前之後，他朝其中一名守衛伸手。「鑰匙。」

暗黑之子將鑰匙交到他手心。

西拉回頭看著萊德莉。

開門。她心想。**現在開門**。

夢魔抬起顫抖的手臂。「妳確定嗎？」

「非常確定。」萊德莉笑吟吟地說。「該輪到公主自己把自己從地窖裡救出來了，最好順道燒了整座城堡——你也知道這種故事一般會怎麼發展，就別太介意了。」

萊德莉望向諾斯。「歡迎王子殿下一起出走。」她又看向西拉。「惡龍就免了。」

她點點頭，西拉極其緩慢地移動鑰匙，彷彿掙扎著想奪回身體的主控權。

「這是天大的錯誤。」鑰匙滑進鑰匙孔時，西拉說。

「我比較喜歡『升級』這個說法。」萊德莉邊說邊推開牢門，跨出牢房。

「萊德莉3.0。」

第二十三章　林克
帝國女皇

聽完山普森對克蘿伊．布雪姓氏的介紹，安潔麗克露出笑容，而林克的反應卻截然相反。

屠夫？怎麼聽都不是件好事，搞不好是《鮮血淋漓》恐怖片加上史蒂芬．金的糟糕程度。

「那我們的計畫是什麼？」林克問道。「就是除了妳要殺光所有神奇寶貝以外？」包括林克在內，無人發笑。

「女士們，有什麼想法嗎？」安潔麗克問另兩位女性黑暗巫師，妮骷髏與佛珞依德。

「夢魔我可能還對付得了。」佛珞依德說。「不過暗黑之子就不是我這個級別的對手了。」

「他們必定存在弱點。」小莉理性地說。她轉向山普森。「我們只需找到那個弱點。」

山普森舉雙手說：「別看我啊，就算有，我也不知道是什麼弱點。」

「謙虛？」妮骷髏一臉無辜地問。

「妳說外頭有幾個暗黑之子？」安潔麗克問佛珞依德。

「我不確定，至少兩個，外加屠夫克蘿伊。」

安潔麗克將衣袖推高，逕自朝化外之門走去。「我最喜歡挑戰極限了，而且還有個屠夫陪我玩呢。」

林克踏步擋在她面前。「等一下。」

安潔麗克惡狠狠地盯著他，無聲地傳達「給我滾邊去，否則你完了」的訊息。他見狀退到一邊。「抱歉，我只是想知道我們其他人要做什麼而已。」

安潔麗克不發一語地指著門扉，它立即為她敞開。「別礙我的事就好。」她昂首闊步離開隧道的庇護，來到莊園主屋後方種植草木的平地。「我可不想不小心殺了你們。」

黑魔師像是準備幹架的流氓般甩開鮮紅捲髮、將指節扳得喀喀作響，林克等人則手忙腳亂地跟在她身後。驅動安潔麗克的嗜血戾氣，使林克聯想到他所見過兩名黑魔師的另一人——精神異常的莎拉芬恩。

山普森靠過來，與林克並肩前行。「她瘋了。」他壓低聲音說。「說不定還沒進入實驗機構，她就會被自己給害死。」

「這就難說了。」約翰說。

「孩子們，能等會再偷傳紙條嗎？」安潔麗克說。「有『朋友』來迎接我們了。」

兩個夢魔走出樹林，他們原本沒注意到林克等人，直到安潔麗克大步朝他們走去才瞇起漆黑眼眸，目光聚焦於他們心目中的下一個獵物。

等下發生的事可能很好也可能很壞，看你站在哪一邊。林克暗想。

安潔麗克舉起一隻手，不過佛珞依德小跑步到她身邊，將她推開。「別一直搶鋒頭啊，這兩個給我對付。」

安潔麗克好奇地退開。

兩名夢魘附近的樹木開始變幻，巨大橡樹幻化成高大的鏡子，在數秒內形成類似蓋林鎮市集鏡之屋的迷宮。夢魘只能在面前揮動雙手，以免一頭撞上橡樹的樹幹。

「高招。」安潔麗克掃了佛珞依德一眼。「妳終於拿出像樣的招式了，我還以為妳瘦巴巴的身子裡，連半根黑暗的骨頭都沒有呢。」

佛珞依德專注地維持幻術，眉頭一蹙。「永遠別小看彈吉他的女孩。」

眾人大剌剌地從夢魘身旁走過，山普森仔細瞧了瞧困住夢魘的鏡之迷宮。

「希望西拉所有的手下都這麼好對付。」妮骷髏說。經歷蘇丹王宮的種種之後，她依然滿臉倦容。

「話別說得太早——我還沒殺雞，先別急著數炸雞。」安潔麗克大聲說。「相信到時候每個人都能吃到一兩隻的。但是你們別忘了，西拉是我的。」黑魔師惡毒地說出西拉的名字，彷彿每踏出一步，她就變得更加黑暗。

林克瞥見前方一幢建築，想必就是雷氏實驗機構了。那棟長方形的灰色水泥建築類似國小校舍——但沒有窗戶——在這座路易斯安那州莊園顯得尤其突兀。不過林克無暇細看，因為又有三人迎面走來，而且光憑那三人的身形就看得出他們是暗黑之子。

「糟了。」約翰加緊腳步。

「暗黑之子嗎？」林克問山普森。

他的朋友點點頭。「對，特別高大的暗黑之子。」

安潔麗克絲毫沒有要停頓的意思，反而百無聊賴的模樣。「輪到我了。」她視線片刻不離目標物，歌唱般地說，說完她停下腳步，身體周圍揚起一陣微風。

約翰拉住小莉與佛珞依德，扯著她們退後，山普森也待在約翰身旁，不過林克忍不住湊上前觀戰——安潔麗克操縱空氣的方式像極了電視上的魔術師，那種在眾目睽睽下讓飛機整臺消失的神奇人物。

氣流狂掃過三名暗黑之子周圍，卻沒能減緩他們前進的速度。

安潔麗克提升力度，直接朝他們送去一陣暴風。

然而暗黑之子逕自踏入旋風形成的渦流，三人用手擋住眼前飛舞的樹葉、塵土與狂風——風的強度大到直接將一個暗黑之子的外套吹走了。

「呃……安潔麗克，我覺得妳可能要多丟一些黑魔師法術攻擊他們。」林克說。

「不用這麼客氣。」

黑暗巫師看也不看地向林克一彈手指，林克瞬間被一股突如其來的風吹飛，一屁股落在泥土上。「我要是想聽你的意見，我就會問你。」她隔著狂亂的風聲喊道。

「等地獄結凍過十分鐘再說。」

約翰揪住林克的上衣，拖著他站起身。

「是我的問題嗎？還是她真的很機車？」林克發問。

「她確實越來越不好相處了。」小莉表示同感。「也許是舊地重遊的緣故吧，畢竟這裡是西拉利用她進行實驗的所在。」

「說不定她就是個超級機車女。」佛珞依德說。

約翰還來不及表達自己的看法，他們身後突然出現兩個夢魔。

「大隻的歸我。」約翰說著直接瞬移到兩個夢魔身前。

「我沒意見。」林克應道。

別讓我在壞人面前摔得四腳朝天啊。他邊祈禱邊跟著約翰瞬移。

這回，林克並沒有摔得四腳朝天，而是摔在夢魔身上之後順勢抱住夢魔的脖頸，將對方的頭夾在腋下。

身材較高大的夢魔正與約翰在地上糾纏。「小鬼，你最好殺了我，不然我等下就咬你女朋友脖子一口——可能還會咬別的地方。」夢魔壓制著約翰說。「我可是沒吃晚餐呢。」

林克更用力夾住對手的頸項，阻礙他吸入空氣。「快點昏倒啦，狗男！」夢魔的身軀終於軟倒，林克任由他癱在地上，正想瞬移過去助約翰一臂之力時，他從眼角餘光瞥見山普森的身影。

老天爺。

林克從未見過山普森如此猙獰的模樣——簡直像蓋林鎮那些住在艾德格·努博克家後院的野狗。

片刻後林克出現在他們身邊，正好看見山普森用巨大的鐵拳將虎背熊腰的夢魔壓著打。又一位夢魔同伴從林木現身，猛然從旁撲向山普森，結果被暗黑之子單手拋出兩米開外。

林克拖著約翰起身。「你沒事吧，兄弟？有哪裡被打爆了嗎？」

「自尊心。」約翰拍掉牛仔褲上的塵土，一邊痛得皺眉。「可能還有這根肋骨。」山普森站起身看著約翰，薄薄一層塵土覆蓋他的黑皮革長褲。「下次大隻的歸我。」

「成交。」

而另一方面安潔麗克與暗黑之子對陣，場面絲毫不見起色。

「風並沒有影響他們的速度！」小莉站在安潔麗克身後，邊檢查塞勒儀邊大喊。

「那就讓我瞧瞧他們面對更有破壞性的攻擊，還剩多少能耐。」黑魔師掌心朝著地面平舉雙臂，她倏然翻掌，兩條手臂往天上一揮。

安潔麗克前方的土地撕裂開來──一道溝壑從她的繫帶長靴迅速延伸至暗黑之子跟前，一塊塊泥土與砂石彷彿受她的雙手指揮般飛上空。

她雙眼燃燒著鬥志，嘴角咧起微笑。「如果西拉事先告訴我，做完實驗以後我會得到這些新的力量，那我說不定還會自願當他的受試者呢。」

林克全身一抖，暗自祈禱她不是認真的。之前他親眼目睹當時仍在世的莎拉芬恩摧毀半個蓋林鎮，學到了教訓：渴望得到力量的黑魔師與不定時炸彈沒什麼兩樣。

暗黑之子們不屈不撓地走近，直到他們踩到巨壑邊緣，鬆動的土壤忽然坍塌，使他們落入地表的縫隙。安潔麗克見狀立刻又翻轉手掌，飄在空中的土石立即如雨點般灑落，活埋了暗黑之子。她放下雙手，拍掉手上的灰塵。「解決掉三個所謂『無敵』的超自然生物啦。」

小莉指向五道朝眾人逼近的身影。「又有五個過來了。」

五名暗黑之子向兩側散開，以類似行軍的陣型大步走來。

這回，安潔麗克周圍的空氣不只是捲動，她手腕一抖，在暗黑之子面前召喚出龍捲風——狂暴的風襲捲過去，將一路上的樹木與樹叢連根拔起。

「老天爺啊。」林克目瞪口呆地說。

五名暗黑之子除了用手保護眼睛之外沒有其餘表示，毫不畏懼地踏入龍捲風的範圍。

約翰轉向山普森。「你們暗黑之子都這麼強嗎？」

山普森點頭說：「差不多。」

「哼。」安潔麗克不甚滿意地說。「我不怎麼喜歡用風，太沒戲劇效果了。」她用拉丁語低聲唸了一段文字，龍捲風旋轉一圈之後化為火之漩渦，高速迴旋的烈焰自上往下形成火柱，彷彿遇上汽油般四處蔓延。「這才像話。」

「放開我！」佛珞依德忽然驚叫一聲。

林克、約翰與山普森驀然轉身，發現有兩個暗黑之子從側方偷襲——其中一人掐著佛珞依德的喉嚨。

「給我放開她。」山普森氣勢洶洶地走向掐著佛珞依德的敵人，惡狠狠地說。「馬上。」

「不准過來。」敵方暗黑之子的手捏得更緊了。「不然我就把她脖子折斷。」

山普森不得已只能停下腳步，林克慌忙轉向安潔麗克說：「火女，能幫我們一下嗎？」

安潔麗克掃了佛珞依德一眼，又扭頭繼續對她前方的暗黑之子施放黑魔師力量。「我現在有點忙，不過她如果死了我可以幫忙火化屍體。」

「火焰無法傷害暗黑之子。」小莉走到安潔麗克身邊說。

「那是因為他們還沒碰過我的火焰。」安潔麗克說。她的精神顯得越來越不正常，讓林克聯想到莎拉芬恩面對潛在威脅時表現出的傲慢。不知道令這兩位黑魔師如此瘋狂的，是不是她們的法力。

敵方暗黑之子直接穿過火焰直直走來，彷彿有力場保護他們的身體——山普森先前在媚妖俱樂部解救林克與萊德莉時，也同樣在火海中開出了一條通路。一位暗黑之子佇立烈焰中心，濃煙在她四周隨熱氣上升，林克只能遠遠望見她白金色的頭髮……但僅僅憑這個特徵判斷，她的身分就無庸置疑。

屠夫克蘿伊。

安潔麗克歪頭打量筆直走來的金髮暗黑之子。「來得真是時候，剛剛實在太無聊了。」

「我還以為黑魔師很危險呢。」克蘿伊喊道。她穿著高跟長靴走出火柱，一手捏著某個女孩的脖子，拖著她前行。「真令人失望，以力量的強度而言，這種小把戲十分稀鬆平常呢。」

林克心臟一跳，才看到女孩的一頭黑髮披散在肩頭。

冷靜點，那不是萊。

克蘿伊抓著女孩後頸用力一扯，逼迫全身癱軟的女孩站直。女孩比安潔麗克年輕，看上去與林克年歲相仿。「或許西拉不該選妳，當初應該選擇妳這位神入師朋友才對。」

女孩眼皮顫動地睜眼，糾結、燒焦的黑髮散在沾了灰的臉邊。「潔潔？」她看著安潔麗克，語音沙啞地說。「幫幫我。」

「露琪亞。」安潔麗克見到友人，顯然非常錯愕。她後退一步，才恢復鎮靜，硬是將視線從女孩身上移開，再次聚焦在克蘿伊臉上。「不要碰她！還是說，妳只敢跟無法還手的人打鬥？」

「怎麼可能。」克蘿伊微笑著說，一隻手滑到露琪亞下顎下方，另一隻手依舊緊緊控制著神入師後頸——然後，她雙手明快地往反方向拉扯，扭斷女孩的脖頸。

小莉與妮骷髏嚇得倒抽一口涼氣，眼睜睜看著露琪亞的身體軟倒在地上，毫無生命跡象的深色眼眸死不瞑目，彷彿還盯著安潔麗克。

克蘿伊若無其事地拍掉手上的灰塵。「『潔潔』，我從一開始就沒打算和她打鬥，我只是想讓妳看著她死去而已，妳就當作是妳死前的最後一份禮物吧。」

安潔麗克的眼瞳從金色轉變為明黃色，宛如漫畫裡的太陽。「我會燒得妳全身只剩骨頭，一點皮膚也不剩。」

「黑魔師，妳犯下了一個天大的錯誤，那就是重回此處。不過別擔心，能將妳的頭骨納入我的收藏，我十分開心喔。皮膚妳自己留著便行。」克蘿伊此時距離眾人只剩數公尺。

安潔麗克雙手朝天高舉，開始朗誦：「黑暗之火啊，給我火焰的炎熱、新星的力量、一千次燒灼的熱能，將控制任何火焰的力量贈與你最黑暗的女兒。」

林克聽在耳裡只覺得像巫師的喃喃自語，不過儘管他對現況一無所知，此刻確實有某些事情正在發生。

頃刻間——暗黑之子全體靜止不動，沒有一人例外。他們你看看我、我看看你，交換疑惑與不解的眼神，而且不瞭解情況的不只有他們。

「你們在做什麼？」克蘿伊對暗黑之子同伴高喊。「我沒叫你們停啊！」

沒有一人用任何方式回應她，詭異的展開使林克感覺自己進入了《陰陽魔界》。

克蘿伊張口準備繼續罵他們，然而她一個字都還沒說出口，神情便從憤怒轉變成茫然。她的狀態較其餘暗黑之子好了許多，至少她仍然朝林克等人走來，不過克蘿伊的動作變得像是在泥沼中步行般遲緩。其他暗黑之子呆若木雞地看著克蘿伊向前邁進。

克蘿伊對上安潔麗克的視線。「巫師，妳在做什麼？這是妳的咒術嗎？」克蘿伊嘶聲怒問。

「很想知道答案嗎？可惜我現在沒心情跟妳分享。」儘管安潔麗克這麼說，從她的表情看得出，她也不明白自己控制暗黑之子的原理。

「給我起來！」克蘿伊對下屬尖喊一聲，幾個意志較堅定的暗黑之子掙扎著試圖起身，卻全都動彈不得。「我們是地球史上最強大的超自然種族——生於黑暗之火的暗黑之子！怎能隨她擺布？」

這句話似乎惹毛了安潔麗克，只見她雙手一合，隨即張開十指，幾名暗黑之子的身體頓時向後飛出去，有的落入火焰，有的滾過烈火之後摔在覆了灰燼的草地上。

安潔麗克舉著雙手晃動手指，彷彿不敢相信自己是致使這一切發生的主導者。

「這倒是頭一次遇見。」

山普森愣然盯著她。「沒有人能控制暗黑之子。」

「除了我。」黑魔師說。

抓住佛珞依德的兩名暗黑之子也滿臉詫異，他們一面輕聲耳語一面倒退離開——拖著佛珞依德離開。

「安潔麗克！」林克指著佛珞依德。

黑魔師握緊拳頭，像是掐住佛珞依德的頸項，隨後緩緩鬆手，抓住佛珞依德脖子的手，隨著安潔麗克的動作放開。

山普森撲上前想接住佛珞依德，然而他的動作也變得遲緩了。

約翰不受安潔麗克法術的影響，以平常的速度衝上前抓住佛珞依德手臂，使勁將她拽離兩個暗黑之子身邊。安潔麗克的手指——以及她神祕的力量——瞄準那兩名暗黑之子，他們顯然也動彈不得。

山普森全身一縮。「能不能不要用妳的牽引波束對準我？」

安潔麗克微微轉動手腕，讓山普森得以退出她的控制範圍。

「她竟然在控制那些人的身體。」妮骷髏說。「簡直像操縱人偶一樣。」

「你們全都是我的人偶。」安潔麗克愉悅、自滿地說。「別因為我不理你們就覺得難過，你們所有人對我來說都一樣，沒有存在的意義。」

「那個，有一個『人偶』往我們這邊過來了。」林克朝克蘿伊的方向一點頭。

屠夫克蘿伊依然艱辛地朝眾人走來，不過她步行的速度不會比伊森的梅西姨婆快到哪裡去……而依照林克的推算，梅西姨婆應該是百歲人瑞了。

「黑暗之火。」小莉喃喃自語。「肯定是如此。」

「妳的腦袋在想些什麼？」妮骷髏問道。她湊過去看小莉的筆記本。

「我想，我明白她操控暗黑之子的原理了。」

安潔麗克抬起一邊眉毛，注視著小莉。「說來聽聽。」

山普森不安地等待小莉為大家解惑，臉上表情像是超人打開箱子之後發現裡面滿是氪石。

「她控制的並非暗黑之子本身。」小莉解釋道。「而是火焰——她操控的是他們體內的黑暗之火。」

安潔麗克露出笑容。「聰明的好孩子，說不定把妳留在身邊也不錯。」

「妳的意思是，她之所以能控制我們的身體，是因為我們生自黑暗之火？」山普森追問。

妮骷髏抬起頭，視線離開筆記本頁面。「沒錯。」

獲得這份情報之後，安潔麗克顯得更加游刃有餘。她目光與手指朝向克蘿伊，捏扁啤酒罐似地握拳。克蘿伊雙膝一軟，痛呼出聲，難受地在地上扭動。

暗黑之子身後，火勢逐漸壯大。「我才不怕妳，黑魔師。」她頑強地擠出字句。「西拉創造了妳，也能將妳摧毀。」

「就像我能將妳摧毀一樣，妳剛才不該殺死露琪亞的。」黑魔師瞇起眼睛說。

「少裝腔作勢了，妳要是真的想殺我，那我早就死了。」克蘿伊說話的同時，臉頰摔在地面。

安潔麗克仰天長笑。「別傻了，什麼時候殺人都不算太遲。」

第二十四章　諾斯

拉著我墮落

西拉緩緩退離萊德莉，困惑的神情被殘酷的微笑取代。

看見萊德莉走出牢房，西拉本該感到憂慮才對，然而他見狀卻十分欣喜——諾斯實在想不通。

幾個暗黑之子手忙腳亂地試圖逃開。諾斯能理解他們的心情，畢竟他自己也從未見過如此逼真的幻術，竟能使人感覺到自己被牆壁擠壓。

又或者，使人確實被牆壁擠壓的幻術。

萊德莉不再只是幻術師。

女妖，變形師，幻術師，三者之合體。

諾斯不確定萊德莉體內是否存在其他法力，不過西拉顯然並沒有為實驗設限，他的實驗改變了遊戲規則——新萬靈法則的新遊戲，新的雷家家主開啟新的牌局。

無論西拉對萊德莉動了何種手腳，他確實提升了一般的巫師法力。

萊德莉依然站在牢房門外，西拉作勢用隱形的帽子對她打招呼。「不曉得下次注入法力之後，妳會得到什麼新能力呢，我的危險女孩？」他在走道後退行走，彷彿仍受萊德莉魅術控制。「這麼多不同種類的巫師，該選哪一個呢……時光師、靈療師、黑蝕師、神入師，無限的可能性啊！」

想到西拉在萊德莉身上注入新的力量，諾斯不禁全身一顫，然而從萊德莉的神情看得出，她並沒有如此強烈的嫌惡感。

紫色瞳眸熠熠生輝，嘴唇微微分開，她的神情近乎狂喜。

我們會跑得遠遠的，不會給西拉繼續做人體實驗的機會，我會想辦法挽回這一切。

諾斯撐著身子站起來，腳步踉蹌地走向萊德莉。

他倒在萊德莉身上，被她伸手接住。西拉的手下至少打斷了諾斯一根肋骨。

萊德莉輕觸他的臉頰。「他們傷了你嗎，寶貝？」

「寶貝」兩個字落在諾斯耳畔，彷彿他確實是萊德莉唯一的寶貝——他不禁心跳加速。

他點點頭，痛得臉部一抽。「我沒事，但我們必須趁這個機會離開此處，否則等妳施加在西拉身上的法術消退之後，他就會回來了。」

萊德莉仔細端詳他的面孔，似是想記憶每一絲細節。「如果他回來的話，我就再讓他嘗嘗我法力的滋味。相信我，西拉·雷不能傷害我們了——誰都無法傷害我們。」

「或許妳說得沒錯，不過我們也不必為了證明這件事，繼續像動物一樣關在這裡。」諾斯握著萊德莉的手，轉向離開牢房的走廊。

萊德莉的手從諾斯指間溜走，他企圖拉住萊德莉，然而回身時，他發現萊德莉是故意將手抽走的。

她再度站在牢房內。

「萊，不可以！」諾斯朝她跨步，在肋骨陣陣劇痛的情況下盡可能快步走近。就在萊德莉用力摔上牢門，將自己鎖在牢房裡的同時，諾斯握住一條鐵桿。

他無力地垂頭，抵著鐵柵。「萊，為什麼？我們可以逃去安全的地方，可以一起離開啊。」

萊德莉雙手伸出鐵柵，再度捧著諾斯的臉。「乖。你太愛操心了，諾斯，不會有事的。我再注入一次法力我們就離開這裡，我保證，我只是覺得——我只是覺得我還可以從西拉那邊得到一些好處，用他給我的力量摧毀他的組織。」諾斯未曾見過她如此堅毅不搖的表情。「摧毀整個雷家。」

諾斯渾身一涼。「妳在說什麼啊？怎麼能讓他再拿妳的身體做實驗呢！」

萊德莉的拇指滑過諾斯顎骨。「我不會讓任何人『拿我』怎麼樣。寶貝，你還不懂嗎？那是我要的。」

「妳神智不清了，西拉給妳的藥物顯然影響了妳的腦功能。」

萊德莉嘴唇擦過諾斯的唇，諾斯全身上下每一根神經都為她燃起熊熊烈焰。她雙唇停滯在諾斯面前，隨後嘴唇貼著鐵柵將諾斯拉得更近，激情地吻他。諾斯從以前便很想這麼吻她，很想用相接的唇傳達這份心意——她屬於他，而他也屬於她。

「我感覺像是神智不清嗎？」她貼著諾斯的唇悄聲說。「諾斯，我需要這個，需要這份力量——它現在是我的一部分了，我需要它，就像我需要你一樣。」

「萊，我不——」

萊德莉用香唇堵住他的嘴，手指熱切地撫弄他的頭髮。「你難道不需要我嗎？」

諾斯點點頭，說什麼也不願離開她的唇。

「諾斯，我們努力當過好人，我知道你為我嘗試過了。」她輕聲說。「但我們就是不適合那種人生，我不是說我們不好，我們只是……不一樣而已。現在我能達成過去所有女妖所未能及的成就，而你能看見未來，我們終於有機會做真正的自己，終於有機會在一起了。」

萊德莉所言似乎發自內心，但諾斯無法確認她此刻的精神狀況。

有差嗎？

諾斯試圖告訴自己這不重要，但是他無法說服自己。

「妳確定這是妳真正想要的嗎？」諾斯不敢相信自己問了這個問題。

可是我必須知道，我必須知道這是真是假，必須知道她是否像我渴望她那般渴望我。

萊德莉的嘴唇滑到諾斯耳邊。「我當然確定。」

他用力嚥了口口水。

你不能不問出口。

諾斯從鐵柵縫隙間伸出手，抓著萊德莉肩膀將她輕輕向後推，認真注視著她。

「那林克怎麼辦？」

她紫色雙眼毫不猶豫地對上諾斯的視線。「誰是林克？」

第二十五章　林克
狂人日誌

「我們還沒完，巫師。」克蘿伊說。她的身體依舊受到安潔麗克法術的控制。

黑魔師冷漠地盯著她。「我倒覺得妳已經沒戲唱了，而且妳很煩人呢。」她手指猛然張開，幾名暗黑之子的身體向後飛出去，在安潔麗克的指揮下重重撞上後方的樹木。

克蘿伊的頭顱在一根粗樹幹上猛力一敲，她委頓倒地。其餘暗黑之子也遭遇了同樣的下場。

「他們死了嗎？」林克問道。他不確定哪一個答案會令他更不安。

安潔麗克大步走過那些倒地不起的暗黑之子。「如果死了最好，不過看樣子他們至少徹底失去行動能力了。」

也許在殺死暗黑之子這方面，她所擁有的知識不比林克多。林克至今未曾見過任何人擊敗暗黑之子——更別提一整隊暗黑之子了。

「你們覺得，西拉知道我們來了嗎？」山普森發問。眾人跟隨安潔麗克走到暗黑之子守衛的水泥建物。

「就算那個死變態現在監視著我們，我也不會感到意外。」約翰說。憤怒的烏雲在他眼中盤旋不散。

林克明白他的心情，回到亞伯對他進行人體實驗的地方，想必對約翰造成不小的精神負擔。但約翰並不會抱怨——他就像林克一樣，素來悶不吭聲地接受命運一拳又一拳的攻擊。

儘管如此，重回當初遭受虐待的地方，對約翰而言仍舊不好受。

山普森加快腳步，搶在安潔麗克前頭來到實驗機構門前。「要我先進去探路嗎？」他問道。

安潔麗克笑著推開他。「看了我剛才的表現，你覺得我還需要你保護我嗎？」與山普森擦肩而過時，她拍拍他的面頰。「別難過啊，巨人，我要是有包包，讓你幫我拿一下也不是不行。」

「我叫山普森。」山普森一臉尷尬地咕噥。

林克拍了他背部一掌。「別太介意，山普小子，她不是針對你的，她這個人就是——」

「自戀的自私鬼？」山普森接完句子。

「基本上沒錯。」小莉邊說邊隨著安潔麗克走進建築物側面的沉重鐵門。

「如果這是實話，那就接受吧……」林克聳肩說。

「你們一直講話，可是我聽在耳裡就是『吧啦吧啦吧啦』的噪音而已。」安潔麗克說。

林克恨不得衝進實驗機構裡找萊德莉，但他強忍著衝動，等到包括跟在山普森身後的露西在內所有人都入內之後，才踏進實驗機構。

室內太過潔淨的白色牆壁使林克聯想到醫院，不過實驗機構裡並沒有醫院來往奔走的醫師與護理師，只有完完全全的死寂。這條走廊不長，尾端一側是掛著奇怪塑膠簾子的門，一側是另一條長廊。

林克指著長條塑膠掛簾。「看起來像洗車的東東。」

約翰抬頭望向門上方的告示：**非相關人員禁止進入。操作進行中**。「看來不是洗車場。」他轉向安潔麗克。「往哪走？」

黑魔師朝長廊點了點頭。「我跟著那個老婆婆逃出去的時候狀況不是很好，不過我不記得那時候有看到那樣的門。」

「我認為我們應該走這邊。」小莉說。她撥開洗車場掛簾。

穿過掛簾時，安潔麗克注意到門上方的告示。「我等不及燒毀這個鬼地方了。」

「要先找到萊才行。」林克提醒她。

約翰額頭靠著牆，閉上眼睛。

「你還好嗎，兄弟？」林克問他。

「他當然不好了。」小莉說。「他不該來這裡的，重回實驗機構想必對他造成了很大的心理負擔。」

「我沒事，只是需要一點時間適應。」約翰深深吸了一口氣。「過去的事已經過去很久了，現在的我也跟以前不同了。」

林克知道他所言屬實，但是看著約翰面對過去的夢魘並非易事，尤其對幾乎與約翰心意相通的小莉而言。

佛珞依德拉起林克的手。「快點，我們先跟安潔麗克走，約翰他們等下就會跟上來。」即使是不經意的接觸，而且比起浪漫地牽手更像是被佛珞依德拖著走，不過此時他們越來越接近萊德莉，這種舉動也感覺越來越不對勁。林克以推開掛簾為由，放開佛珞依德的手。

踏入光線昏暗的房間時，林克花了半晌才理解眼前的景象。

這是某種詭異的病房，滿是散發微光的機器與高級醫療器材——以及一排又一排的病床。然而，令林克一陣噁心的並不是這些。

每一張病床上都睡了一個人——至少，林克希望他們是在睡眠。

那些人吊著點滴、接著心律監測器，動也不動地躺著。

「他們是凡人嗎？」佛珞依德問道。她繞過一位戴著氧氣罩的女子。

安潔麗克仔細檢視一個點滴袋。「不太可能，根據我聽到的對話內容，西拉只有在早期實驗才用到凡人。他太痛恨凡人了，他說他們會『稀釋』實驗數據，到這個階段應該不想繼續在他們身上浪費時間。」

小莉也審視另一個點滴袋。「她說得沒錯，點滴袋上的標籤註明了病患是何種巫師。」她指著一行潦草的黑字。「這位是先知。」

山普森唸出另一人的身分：「尋蹤師。」

「神諭師。」佛珞依德看著離她最近的點滴袋唸道。「這地方怎麼那麼像巫師版諾亞方舟一樣？」

約翰站在牆邊，盡可能避開如俎上魚肉的人們，呼吸急遽加速。小莉看著他，他對小莉點點頭，鼓勵她繼續探索周遭。

妮骷髏似乎也嚇到了，她緊跟在小莉身邊，看著小莉拉開一旁的抽屜，檢視所有藥瓶與容器的標籤。

小莉又拉開一個抽屜，取出一疊筆記本。「中獎囉。」

「妳找到什麼東西了嗎？」林克問她。

她翻開筆記本，林克瞥見一行行小字與類似數學公式的紀錄。「筆記本與科學數據，想必是實驗主導者的所有物。」

林克盯著一臺小燈閃爍的心律監測器，看著一名女孩的心跳在螢幕畫出鋸齒線。「喂，小莉，這個藍藍的東西是什麼啊？」

散發微光的藍色液體從女孩手臂流出，沿著點滴管流入掛在她床邊的袋子裡，好似點亮夏日夜晚的螢火蟲亮光。

安潔麗克全身一縮，腳步踉蹌地倒退，似是想離那藍色液體越遠越好。

「我原本以為西拉不可能比亞伯還變態。」約翰輕聲說。「沒想到我錯了。」

安潔麗克恢復鎮定，但她並沒有再靠近點滴袋。「他的變態程度我親眼見識過。」

佛珞依德走到點滴管旁邊。「西拉從她身上抽出來的是——」

「她的法力。」小莉接著說。她舉起筆記本。「實驗紀錄寫得很詳盡，西拉已經脫離基因工程的檔次，晉升到上帝遊戲的層級了。」

安潔麗克揮了揮十指。「那我就是摧毀天堂的女人了——好吧，其實是燒毀天堂。」她頓了頓。「我都沒意見啦。」

「我們先找到我女朋友，再討論要怎麼燒毀這地方好不好？」林克提議。

小莉走到櫃子前，看著一櫃櫃貼著巫師能力標籤的金屬罐，例如死靈巫術、神論術、幻術、時光術。「巫師的法術能儲存在這樣的容器裡嗎？他似乎在囤積法術呢。」

約翰搖頭說：「我從小聽亞伯和西拉討論他們瘋狂的理論，這種事不可能辦得到。法力是一種具生命力的存在，只能存活在活著的生物體內，這是一種共生關係。」

安潔麗克冷眼看著小莉與林克。「相信你們兩個對這些用詞都很熟悉吧？凡人的共生關係可多了，你們這些人光靠自己的力量是沒法活在世界上的。」

「『你們這些人』？妳這是在進行人身攻擊嗎？」小莉不悅地說，顯然被安潔麗克的言論冒犯到了。「我們的目的一致，那就是阻止西拉並設法扭轉他犯下的罪孽。」

約翰在一扇門前來回踱步。「如果這些人的法力被西拉抽走，拿去做巫師版的富蘭肯斯頓實驗，那被他改造的巫師又在哪裡？」**像安潔麗克這樣的人**——最後這句，他並沒有說出口。

黑魔師聳肩說：「我是他『珍禽獸園』的一員，所以他每次要做實驗就直接把我從牢房帶去實驗室，之前的受試者我就不曉得了。老實說，其他人怎樣關我屁事。」

正在閱讀筆記的小莉抬起頭。「紀錄中提到『培育』及『長期存放SD樣品』。」

「那裡頭有提到他的實驗方法嗎？」妮骷髏發問。

約翰隔著門上的玻璃窗望向另一個房間，當他回身時臉上只剩噁心的表情。「你們可能不要知道會比較好。」他筆直注視著林克。「可是這東西你非看不可，兄弟。」他皺著眉停頓片刻。「你們都來看看吧。」

林克暗暗擔憂約翰的情況，或許重回實驗機構致使他精神異常了也說不定。這地方確實令人心底發寒，而且現在實驗機構成了西拉‧雷的地盤，比當初亞伯‧雷主事的時代不知糟糕多少倍。

「西拉在那裡面藏了什麼鬼東西？」林克走到門邊問。「吸血鬼跟狼人嗎？」

「更糟。」約翰推開那扇門，地板一排冷光燈隨之亮起。

林克走過約翰身邊時，輕輕撞了他肩膀一下。「我們都會平安無事的，兄弟。」

約翰不安地嚥了口口水。「這一點都不平安無事，從一開始就跟『平安無事』沾不上邊。」小莉握緊他的手。

林克從眼角餘光瞥見房裡的景象。

什麼鬼？

房裡十分陰暗，燈光來源是宛如螢光釣線般從天花板垂下來的細光絲，而這些光絲連接著一個個用同樣材質製成的魔法巨繭。

林克聽見身後的腳步聲，接著是某人的驚呼聲。他也差點倒抽一口氣，不過他屏著一口氣，害怕發出任何聲響，以免魔法光絲斷裂後，巨繭中脆弱的內容物摔在地上。

內容物。

林克無法理解眼前的畫面——數十位男人、女人，以及與他同齡的少年、少女，由巨繭支撐著身體吊在半空中。

安潔麗克幽然從林克身邊擦肩而過，走至房間中央，抬頭看著上方的人繭。「西拉啊西拉，看來我離開之後你的實驗進行得很順利呢。這房間簡直像工廠一樣。」

「法力工廠。」小莉顫抖著說。

妮骷髏已經朝安潔麗克走去，佛珞依德跌跌撞撞地跟了上前。「他對這些人做了什麼？他們看起來像死人一樣。」

「倘若他們還有意識，倘若他們明白西拉利用他們進行的是何種實驗，也許會希望自己早些死去。」小莉說。

「所以西拉用他們做什麼？」山普森邊問邊走到佛珞依德身後。

小莉仰頭盯著被囚禁的數十名巫師。「這是假死狀態。」

林克隨著約翰與小莉走上前，眾人聚集在房間中央，站在無數人繭下方。林克努力阻止自己想像被人繭砸中的感覺，但這是極其困難的任務。

「筆記裡寫得一清二楚。」小莉用指頭輕點書頁。「他利用這些人進行培育作業，等到做好抽取法力的準備時，再將他們移至剛才的房間進行『抽取作業』。」

「他還有別的實驗室，專門用來注射法力。」安潔麗克說。

「我們必須放他們下來。」山普森說。露西在他踝間鑽進鑽出。

「那我們就會害死他們。」小莉繼續閱讀實驗筆記。「根據這些紀錄，這些人中了一種法術——無夢之眠。若不先解除咒術，他們被人觸碰的瞬間便會死亡。」

「我們總不能放著他們不管吧。」佛珞依德說。

「妳說得對。」山普森走到房間一側的鐵櫃，開始將抽屜一個個拉開來翻找。「一定有什麼幫助他們的方法。」

「凡人就是有這個問題。」安潔麗克說。「完全沒有自保的意識。你們總是擔心其他人，總是像小童軍一樣要助人為樂，而且也像小童軍一樣蠢，難怪你們每次都會被人害死。」經過小莉身邊時，她拍了小莉後腦勺一下。「這就是為什麼你們每次都輸給我們巫師。我們只要給你們一顆閃亮亮的球，吸引你們的注意力，接下來就能隨心所欲地殺死你們的朋友……毀滅世界……你們照樣造句吧。」她指向上方的人繭。「這些就是閃亮亮的球，你們想待在這裡浪費時間，試著解開一個沒有人瞭解的咒術，還是去找你們的朋友？」

「閉嘴。」林克說。

「我在為你們說明情況，因為情況對你們非常不利。你們的目的是什麼？拯救世界？這種狗血劇情只有凡人電影才有可能上演。」

山普森稍微用力地將金屬抽屜推回原位。林克轉頭看他時，發現暗黑之子臉上的神情十分古怪。「我找到了——」他舉起一個玻璃藥瓶。「——**某種東西**。」

妮骷髏走到他身邊，撞撞他。「什麼樣的『某種東西』？」

他將藥瓶遞給妮骷髏。「這該不會——？」

她點點頭。

「那是什麼？」小莉問道，林克認出了她的「科學家保管者」語氣。小莉從妮骷髏手心取過小玻璃瓶，唸出標籤上的資訊：「『注入用法力：十二號受試者』。」她轉向安潔麗克。「看來這是妳被注入的藥物。」

安潔麗克揮揮手，雲淡風輕地說：「別談這些往事了，我才不管我的法力是從哪來的，我只要知道它現在在我身上就好了。」

「小莉，妳看瓶子背面。」妮骷髏安靜地說。

保管者少女蹙著眉，用手指翻轉小藥瓶。「為何？難不成——？」她倒抽一口涼氣，臉色刷白地說：「我的天。」

「小莉？妳還好嗎？」林克問她。他知道小莉一點也不「還好」，不知情況究竟有多慘？

「注入安潔麗克的法力……樣品編號與法力來源都寫在背面，這裡寫著：『SD樣品』——」

小莉的手震顫不已。

「『莎拉芬恩．杜凱。』」

第二十六章　諾斯

黑暗中的彩虹

諾斯凝視著他心愛的女孩。

心中想著，也許她需要十二步驟戒毒計畫。

她對西拉注入她體內的未知藥物上癮了，所以不肯在下一次注射藥物之前離開——因此，諾斯只有兩個選擇：繼續說服她離開，或者在她下定決心離開之前一直陪著她。

因為拋下她自行離開，並不是他能接受的選項。

我寧可讓西拉殺了我。

諾斯再次凝視她的紫色眼瞳，隔著鐵柵握緊她的手。

我真的失去理智了。

我知道這不對。

我知道她不屬於我。

但這些都不重要，只要我能看著她，只要我知道她沒事——只要我能帶她逃離這裡。

開什麼玩笑？他們兩人都心知肚明，諾斯對萊德莉·杜凱的一切都上癮了。

她就是他的毒品。

第二十七章　萊德莉
力量之奴

我需要他。

握著他的手時，萊德莉能感知到他的存在——兩人之間飛竄的能量流遍她全身，是全然不同的快感，對她而言幾乎堪比她對更多法力的渴求。幾乎。

和諾斯在一起的時候我更強大，也更能察覺到自己的力量。

物以類聚。

力量也不例外。

也許是才能、人情、法力的緣故，也可能是諾斯母親的女妖血脈——萊德莉不甚確定，只知道自己與諾斯在一起的時候，意識更加明徹、思緒更加清晰。諾斯的存在，使得全新的她變得更加強大，這就是她現在需要的感覺。諾斯就是她現在需要的人。

諾斯看著她，彷彿想在她眼底找到她的心。「萊，我認為我們應該離開這裡。我知道妳想再注入更多法力，但是我有種不好的預感，而且妳現在已經夠強大了。」

她一臉古怪地瞅著他。「沒有『太強大』，只有『更強大』，這就跟財富或美貌一樣，沒有『太多』這種道理。」

他咬著嘴唇，使萊德莉再次渴望啃咬他的唇，再次親吻他的唇。

一次又一次。

我到底怎麼了？

我什麼時候對男孩如此痴迷了？

而且還是巫師男孩？

一個不是林克的男孩。她不由自主地心想。

一個不屬於我的男孩。

是對是錯她不懂，現在她就連什麼對她有益、什麼對她有害都分不清了。

我要的東西就是我要的東西。

可是現在，這句話究竟是什麼意思？

我怎麼有資格貶低過去的自己？貶低我多年來的生活方式？

即使我現在明白，諾斯才是對我有益的人？

她吸入一口氣。

她沒有一刻不在評估自己的選項，早晚必須做出選擇。但選擇的時刻尚未到來。

「我們再過不久就會離開這裡了。」她提醒諾斯。「真的。」

她聽見走廊傳來的腳步聲。「噓，有人來了。」

片刻後，西拉的翼紋皮鞋映入萊德莉眼簾。

萊德莉移向鐵柵，而西拉竟退離鐵柵。

他怕我。萊德莉咧嘴一笑。

「她剛剛進來的時候嚇了我一跳。」萊德莉說。「我不是故意弄傷她的。」

這回輪到西拉露出微笑。「那當然，妳只是還沒習慣自己的新力量而已。」西拉走到萊德莉的牢房前。「妳總有一天會習慣的，就算永遠習慣不了也無妨，也就是偶爾有一兩個人受傷罷了。」

「凡人受傷是無妨，可是連巫師也一樣嗎？西拉啊，你怎麼年紀越大越冷血了？」萊德莉搖頭說。

「對我來說都差不多，反正他們擋了我的路，妨礙我取得我想要的東西。」他聳聳肩。「只要妳配合我，就不會有問題，而妳一旦不再與我合作……」他又聳了聳肩。「誰需要不配合的合作夥伴呢？」

萊德莉瞥見諾斯移近他自己牢房的門口。「西拉，你這人就是一坨屎，你知道嗎？你才不在乎萊德莉，不在乎任何人，這點你我都心知肚明。如果她因為你的實驗受傷的話——」

「沒事的，諾斯。」萊德莉打斷他。「沒有我的允許，西拉什麼事都不會做。」她瞇起眼睛，視線緊鎖在西拉臉上。幾條蛇攀上鐵柵，在夢魘頸邊十數公分處吐信。

萊德莉開始樂在其中，內心也因此感到一絲憂慮。「西拉，你別忘了誰是這裡的老大，否則我又得好好提醒你了。」

「我可不像妳關在牢裡。」西拉愚蠢地說。

萊德莉的牢門霍然彈開，西拉飛入狹小的方形空間，萊德莉則從囚牢走出來。

「是嗎？」

西拉翻了個白眼，伸手從口袋取出一根巴貝多雪茄，切除尾端後點燃雪茄，深深吸一口。當他呼出一口細細的煙時，攀附在鐵柵上的蛇退縮了。「妳說得對，親愛的，在獲得妳同意之前，不會有任何人對妳做任何事。所以，妳同意嗎？」

「你說什麼？」一想到西拉能提供的新力量，萊德莉就怦然心動。她試圖忽視躍躍欲試的喜悅。

「又到注射法力的時間了。」西拉停頓片刻。「除非妳不希望再接受實驗，如果是這樣的話，那我就要找新的受試者了。」

「不行。」萊德莉脫口說出，音量比原先預期的還大。「我是說，我準備好了。」她伸手拍拍西拉面頰。「我只要求你好好表現，把我要的法力給我，我拿到我要的東西之後自然會自己離開。」

「就是合作關係。」西拉說。他嘗試著擠出笑容。

「沒錯。」萊德莉撒謊道。她感覺到力量在體內流竄，灼燒她的經脈。

西拉解開牢房的鎖，伸手示意廊道。「妳先請。」

讓這個小老頭演出他的小禮節。

不要也行。

反正拿到妳要的東西之後，就可以走了。

萊德莉瞟了西拉的手臂一眼，隨後跨步從他面前走過。她對西拉的演技毫無興趣——除了西拉實驗室裡等待著她的法力之外，她對西拉的一切都毫無興趣。

「萊，求求妳別這樣。」諾斯從鐵柵的縫隙伸出手，苦苦哀求。「妳不需要更多力量了。」

你錯了，我需要。她心想。**比什麼都需要。**

而你需要我得到這份力量。

這樣的我才更加強大。我們兩人需要的正是這份強大。

但她並沒有說出口。

她僅僅對諾斯回眸一笑。「沒事的，寶貝，你等著瞧吧，我等會就回來。」

「妳不需要改變，我愛的就是這樣的妳。」他喊道。諾斯的臉瞬間炸紅，萊德莉看得出那是不經意衝口而出的話語。

她微微一笑。「但我不愛這樣的自己。」

萊德莉不理會垂頭喪氣的諾斯，跟著西拉走下廊道。「這一次，你要給我什麼樣的法力呢？」她問西拉，興奮到全身顫抖不停。

才抽到一半，西拉卻將價值五百美元的雪茄扔在地上。「我想給妳一個驚喜。」

萊德莉放鬆了心神，她最愛驚喜了。

除了驚喜之外，她也愛上了不屬於自己的力量。

然後，她生平第一次，有可能愛上了巫師男孩。

第二十八章　林克
與撒旦交戰

安潔麗克大步走到房間另一側，從小莉手裡搶過藥瓶。她讀懂標籤的文字，讀懂它的含意──莎拉芬恩‧杜凱的黑魔師法力，此刻流竄在她的體內。

她仰天大笑，豔紅捲髮在空中一甩。「這代表什麼意思，你們明白嗎？」

「嗯，我們完了。」林克喃喃嘀咕。

安潔麗克還沒說完。「巫界大多數的人都認為莎拉芬恩‧杜凱是史上最黑暗的巫師，她的力量可是傳說級別的。」

眾人仍震驚地說不出話，但安潔麗克的最後一句似乎將小莉拉回現實。「笨蛋，這我們知道。」

約翰看向小莉。「莎拉芬恩死了這麼久，西拉怎麼可能將她的法力保存至今？他不是把巫師困在這些繭裡頭，等到他想抽出這些人的法力、注入別人體內才放他們出來嗎？可是安潔麗克是多久前得到力量的？那是幾個禮拜前的事吧？」

小莉搖頭說。「我不知他是用何種方法辦到的，我只知道莎拉芬恩的法力應當隨主人永遠消失。」

林克還在努力消化這些資訊，強迫自己接受事實——眼前這位黑魔師體內，存在著萊德莉嗜殺成性的阿姨一部分法力。「她死了，伊森親眼看到的。」他說。

佛洛依德輕觸他肩頭。「她死了，對吧？小莉？」

「是。」小莉語氣慌張地說。「死得十分徹底，伊森的描述再詳細不過了。」她深深吸了一口氣，看著林克說：「無論西拉做了何種實驗，莎拉芬恩並沒有參與其中——至少，她生前並未參與實驗。」

得知實情後，林克終於將線索串在一起了。

安潔麗克使用黑魔師法力前，總是會伸展十指……

她揮動手指的動作也與莎拉芬恩一模一樣，還有握拳與攤開十指的樣子……暴戾嗜血的性格，就連嘴賤的習慣——這些都與林克印象中的莎拉芬恩．杜凱別無二致。

一個黑暗到不顧屋子裡的丈夫和女兒，直接燒了自己家園的巫師。

莎拉芬恩想殺死女兒蕾娜，試過多少次了？

林克已經數不清了。

天啊，蕾娜要是知道這件事，會怎麼想？林克永遠不想告訴她。

安潔麗克掃視上方隱隱發亮的人繭。「好吧，雖然這些都很有啟發性，不過我還有想去的地方，還有想殺的人呢。」

「妳至少該把我們朋友可能的所在處告訴我們吧？」山普森說。「這是妳欠我們的。」

「說實話，我什麼都不欠你們。」安潔麗克若無其事地揮揮手。「不過我並不是冷酷無情的人，只是無人能敵而已。」

林克走向房間另一頭，位於進來那扇門對面的門扉，等不及逃離詭異的人繭、安潔麗克與她的莎拉芬恩血統——總之是莎拉芬恩的某種東西。唯一比他更想逃離此處的就是約翰，他拖著小莉緊跟在林克身後。

踏進走廊的瞬間，安潔麗克逕自從他們身邊走過。「這地方比表面上看起來還要大，西拉有幾間私用實驗室，牢房在地窖裡。」

「還有地窖？」妮骷髏身體一縮。

「那是我們的叫法。」安潔麗克說完，回身面對林克。「如果你女朋友在實驗機構的話，大概就是被西拉關在地窖裡了。對了，我只知道怎麼找到牢房，還有西拉給我注射法力的實驗室。」

注射法力。**牢房**。這些字眼在林克腦中揮之不去。眾人在安潔麗克的帶領下穿過潔白晶亮的走廊，走下石製階梯來到建物地下的石隧道。

「我現在明白妳們叫它『地窖』的原因了。」妮骷髏悄聲說。

「噓。」約翰說。「我聽到聲音了。」

山普森點頭說：「我也聽到了，好像是女生的聲音。」

聞言，林克迫不及待地衝下隧道，膠底帆布鞋撞擊石地板發出吵雜聲響。

萊，**我來了**。

數秒後，他遠遠望見前方的鐵柵，以及兩排牢房。

當他衝到第一間牢房前，隔著鐵柵看向內部時，林克的心不由得一沉。

一位漂亮的棕髮少女手忙腳亂地遠離牢門，瑟縮在角落。

「別擔心，我不會傷害妳的。」林克想擠出笑容，卻徒勞無功。「我不是西拉的手下，我是來找我女朋友的。她叫萊德莉，妳有看過她嗎？」

妮骷髏追上來的同時，另一個少女走到她自己的牢房門口。「我們認識她。」她帶著俄羅斯口音說。「是新來的那個。」

林克快步走到她的鐵柵前。「對，就是那個，她在哪裡？她還好嗎？」他在隧道中狂奔，視線掃過每一間牢房裡囚禁的女孩，卻不見萊德莉的身影。

「你找到珍禽獸園了呢。」安潔麗克一面走來一面說。小莉、約翰、佛珞依德與山普森在後方，輕聲細語地安撫被囚禁的少女們。「看來西拉把大家都移過來了。」

「安潔麗克？是妳嗎？」又一位女孩走近鐵柵，伸長了脖頸想看得更清楚。

黑魔師走到她的牢房前。「杜露，妳還活著啊？真好。」

杜露露出寬慰的神情。「沒想到妳竟然回來救我們了。」

其餘的少女也紛紛走至自己的門邊。

安潔麗克用指尖摀嘴，似乎很努力憋笑。「我不是回來救妳的，杜露——我不是為了妳們任何一個人回來的。」她環視四周說。「我之所以回到這裡，只為了我自己……不過有這個機會和各位敘舊也不錯。」

安潔麗克在林克心目中逐漸與莎拉芬恩的形象重疊。妮骷髏怒氣洶洶地走向她。「我們不能丟著她們不管，讓她們繼續像動物一樣被關著。」

「拯救人從一開始就不在我們的約定範圍內啊，死靈巫師。」安潔麗克自顧自地繼續沿著隧道走遠。「我的履歷表不需要加上『英雄』這一筆，而且她們就跟剛才那些人一樣，只是亮晶晶的球球而已，我沒興趣。」

妮骷髏看著林克說：「在救出這些人之前，我哪都不去。」

佛珞依德從林克身邊擠過，站到摯友身旁。「我也是。」

「我們一定會想辦法放妳們出來的。」林克盯著站在鐵柵另一側的俄羅斯女孩說。「這樣問大概很失禮，不過妳能告訴我，萊德莉被西拉關在哪裡嗎？我非找到她不可。」

少女搖搖頭。「我們本來都關在同一個地方，可是後來西拉把我們移到這裡來了。」

「他們是在晚上把我們移過來的，所以到處都黑漆漆的，我們根本不知道這裡是什麼地方。」另一名少女──杜露──補充道。「西拉可能不希望再有人逃走了吧。」

林克遙望在隧道中漸行漸遠的安潔麗克，雖然他不願離開這些少女，但他非救出萊德莉不可，而唯一勉強能為他帶路的就只有那位黑魔師了。

「去吧。」佛珞依德推了他一把。「去找萊德莉，這邊的狀況交給我跟妮骷髏處理。」

「我可以留下來，帶她們一個一個瞬移出去。」約翰提議。

妮骷髏搖頭說：「林克可能會需要你幫忙，你和小莉跟他走，山普森留下來幫我們。別擔心，這邊我們會搞定。」

小莉不解地搖頭。「但是妳們要如何──？」

「我還滿擅長撬鎖的。」佛珞依德不好意思地說。「我很熟悉監獄的環境。」

山普森粲然一笑。「而且我還滿擅長拆除鐵門的。」

「再怎麼說，我和佛珞依德都是黑暗巫師。」妮骷髏接著說。「所以有些細節妳還是別問比較好。好了，快點去吧。」她用力推了林克一把。

那一刻，林克愛死她了。妮骷髏是個忠實又真誠的朋友，或許是林克朋友中除了伊森最忠實、最真誠的一個了。雖然他不知該如何表達自己的感動，但他希望妮骷髏能明白這件事。

「謝謝妳。」他說。簡短的道謝還遠遠不夠，不過林克不曉得還能說什麼，只好轉身去追安潔麗克。

當林克跟隨安潔麗克穿過一道門之時，他赫然發現這世界上存在比在睡夢中被魔法線繩掛在半空的巫師，以及鎖在珍禽獸園牢籠裡的少女更加可怕的事物。

至少，眼前的事物比先前看到的那些恐怖多了。

西拉・雷。

「慘了。」話才剛脫口而出，林克連忙憋住一口氣。他才不願被纏在混種夢魔繭內。

「說得好。」約翰咕噥一聲。

西拉不悅地瞇起眼睛，而包含屠夫克蘿伊在內，站在他兩側的四名暗黑之子皆沉著臉。

安潔麗克悠哉地走向嗜血夢魔。「西拉。」她的聲音帶著性感的沙啞。「好個驚喜──可惜一點都不『喜』。」

西拉點燃雪茄，試圖表現出與安潔麗克同樣從容自在的態度，卻完全失敗。「妳都闖進我的實驗機構了，還能驚喜到哪裡去？」

「我們還有未了的恩仇呢，而且你找的保全人員實在非常……」黑魔師瞪了克蘿伊一眼。「……無能，怪我囉？」

克蘿伊撲向安潔麗克，一隻手掐住黑暗巫師的喉嚨，然而安潔麗克僅僅揮了揮手指就令暗黑之子動彈不得。手臂不由自主地縮回來時，克蘿伊痛得皺起臉。

「哎呀哎呀。」安潔麗克說。「除非妳希望我逼妳跳支舞，不然我勸妳好好控制自己，布雪小姐。」

西拉瞪大雙眼。「妳奇特的能力我聽克蘿伊報告過了，沒想到是真的。」

「西拉，你還真缺乏想像力啊。」安潔麗克輕輕握拳，釋放暗黑之子。「不過你在我身上做的小測試，還有你收集起來關在實驗室裡那些『毛毛蟲』，確實是有那麼點創意。可惜你不能活著做完實驗了。」

「妳難道一點都不好奇嗎？」西拉問道。

小莉舉起實驗紀錄本。「你想做的事，我們全都知道了。你想抽出巫師的法力，再注入其他巫師體內——」

「『想』？」西拉挑起一邊眉毛。「愚昧的凡人啊，我做的可不只是『想』。」

約翰朝西拉猛撞過去，卻被安潔麗克舉起手臂攔下。

「嘖嘖，你忘了嗎？西拉是我的。」

嗜血夢魔適才一直專注於安潔麗克，其他人幾乎連看也沒看一眼，此時首次注意到約翰的存在。西拉舉起戴著戒指的手指，比著約翰。「你。你膽敢踏上我們雷家的土地？你是我們養育長大的——」

「養育？」約翰怒斥道。「你們利用我做人體實驗！」

西拉咬牙切齒，臉上布滿殺氣。「你只不過是我們配種配出來的畜生，就跟一條狗沒兩樣。在今晚結束之前，你也會像條狗一樣被我宰掉，為害死我的亞伯爺爺付出慘痛代價。」

「呃，那個。」林克似是在高中暑修課程般舉手發言。「其實，亞伯是我殺的。」

約翰往林克肩膀一拍。「是我們合力殺死他的。」

「聽起來是很有趣的故事呢。」安潔麗克打了個哈欠。「我說的『有趣』，是『無聊透頂』的意思。」她周圍捲起一陣風，將她一頭紅髮吹得彷彿環繞頭部的火紅光環。「但是不好意思，我跟西拉的恩怨還沒了結。」她轉向西拉。「我說的『了結』，是『你倒在地上死得不能再死』的意思。火與血的盛宴，何不現在開始呢？」安潔麗克扳了扳指關節，做好開戰的準備。「這不就是你改造我的時候，賦予我的新使命嗎？」

「安潔麗克，妳真讓我難過。」夢魔一隻手按著胸口說。「我一年前取得莎拉芬恩·杜凱的那份力量之後就一直保存著，等待適合它的巫師——有資格收下這份大禮的巫師——出現。」

「我才沒叫你送我什麼禮物。」安潔麗克憤怒地嘶聲說。「我也沒叫你綁架我、把我關在籠子裡，或是把我出租給你在黑黨裡的噁心朋友，逼我使用我的巫術。」

西拉任由雪茄掉落在地，用翼紋皮鞋踩熄菸蒂。「妳錯了，莎拉芬恩的力量就是一份大禮。一開始，我採集那份樣品是為了研究，後來我才發現她的力量超乎我想像得強大——我從她身上取得一點點樣品，效力就等同其他黑暗巫師全部的法力——這種力量不能白白浪費掉。」

安潔麗克朝他走去，在他面前一兩公尺處停步。「那就當作是我被你虐待這麼久的酬勞吧。我受夠這一切了。」

「我知道妳想復仇。那如果我能給妳更有價值的東西呢？」以一個將死之人而言，西拉的語氣太過鎮定，使得林克心神不寧。

「他在幹麼？」林克小聲問。

小莉的視線片刻不離夢魔的臉。「進行交易。」

然而安潔麗克似乎不感興趣。「沒有比復仇更有價值的東西了。」

「力量呢？」西拉問她。

「早就有了。」她回嘴。「多虧了你的實驗，我體內現在流淌著史上最危險黑魔師的法力，我甚至可以控制這些所謂『免疫』的新品種超自然生物。你還能給我什麼？」

西拉走近滿腦子想殺了他的黑暗巫師。「我能給妳的東西可多了：一整個帝國，強到包括其他受試者在內不會有人敢碰妳的力量，關於莎拉芬恩·杜凱法力的資料。」

安潔麗克歪著頭，彷彿在考慮與西拉交易。

「別聽他的。」林克說。「他只是想保住自己的狗命而已。」

西拉不理睬林克，一雙黑眸死死盯著安潔麗克。「對了，還有一件事。」他停頓片刻。「妳對永生有興趣嗎？」

第二十九章　林克
心碎

林克遇過的麻煩不少，他明白自己此刻陷入了極端危險的困境。

西拉提到「永生」的剎那，賽局便翻轉過來了。

安潔麗克表情一變，從憤怒與對鮮血的渴望，轉變為另一種渴望——對永生不死的渴望。

誰願意死呢？

誰願意化為塵土，被生者遺忘？

就連林克也深切理解這份誘惑。

如果西拉沒有撒謊的話。

無論如何，一旦西拉將永生的種子散播到安潔麗克心中，林克等人頓時成為隨手可拋、可有可無的消耗品。

林克靠向小莉與約翰。「我們得趕快閃人了。」

小莉點點頭，她攤開手掌讓林克看清寫在手心的字：

我們死定了

「我們在洗車場會合。」林克輕聲告訴約翰。約翰點頭同意。

西拉捲起衣袖。「所以，成交了嗎？」

安潔麗克將紅髮甩過肩頭。「你給我說詳細點。我剛剛在你的實驗室裡頭可沒看到不死藥，搞不好你只是在瞎掰而已。」

「這裡並不是我唯一的實驗機構，也不是規模最大的一間。妳喜歡棕櫚樹嗎？電影明星？海灘？」

他說的是洛杉磯。

安潔麗克指向屠夫克蘿伊。「我們一定要帶你的寵物上路嗎？她超煩的。」

克蘿伊橫白她一眼。

小莉偷偷握住約翰的手，林克則微微挪向露西。

西拉朝林克等人一點頭。「這個嗎，妳打算帶妳的寵物一起去嗎？」

安潔麗克回首瞟了他們一眼，彷彿忘了他們的存在。「你想拿他們怎麼樣，都隨你。」

她跨步離去。

林克愣愣盯著她的背影，卻無力阻止她。

克蘿伊咧起笑容的同時，約翰握著小莉的手點頭，林克抱起露西，以他此生最快的速度瞬移離開。

林克與露西衝破黑暗，砰的一聲摔在地板上。露西四腳著地，不過林克就沒那麼幸運了，他滾了半圈側躺著，臉頰緊貼著水泥地。他們回到了走廊，但是林克沒看見洗車場塑膠掛簾。

可惡。

片刻後，約翰與小莉出現了。

「我怕你來不及逃走。」約翰說。「洗車場在後面那邊。」

露西瞧也不瞧他一眼，彷彿被孤魂追趕般飛也似地跑走。

「牠打算去哪啊？」林克搖頭說。他只想盡快找到萊德莉之後離開這裡，不想旁生枝節。三人拐了個彎之後，林克注意到通往樓下的石階。「走這邊應該會回到地窖吧？」

他們走到樓梯底部時，林克瞥見走道盡頭又一排鐵柵門。

萊？

他不顧另一頭除了萊德莉之外，可能還有別人——暗黑之子、夢魔、金瞳巫師——他想也不想地朝牢門直奔過去。沒想到映入眼簾的人，完全出乎意料。

雷諾斯・蓋茲。

「林克，你在這裡做什麼？」諾斯的語氣竟然帶有一絲擔憂——以及林克無暇解讀的複雜情緒。

林克啞口無言。

我大老遠跑過來，就是為了救這個有錢小白臉？

他東張西望，腦子裡滿是尋找萊德莉的念頭……除了和諾斯攀談之外，別無他法。他走向諾斯的牢房。「萊在哪裡？你有看到她嗎？」

拜託，說「有」。拜託拜託說「有」。

諾斯清了清喉嚨。「萊德莉她……」

約翰與小莉走過來，約翰一隻手搭在林克肩頭。

「她怎麼樣了？」林克勉強擠出字句。「她還活著嗎？」

「嗯，抱歉，我沒有要誤導你的意思，她並沒有去世。」諾斯兩手用力搓揉自己的臉，似乎有話梗在喉頭說不出口。

「她還好嗎？」小莉終於出聲問道。

「她之前被西拉帶走了，西拉說要帶她去私用實驗室。」諾斯一臉嘔意。

「西拉為什麼要帶她去那種地方？」林克緊緊抓住鐵柵，懊悔自己沒有山普森拆除鐵門的巨力。答案在內心深處已昭然若揭。

諾斯盯著地板。「那個地方，是他用來——」

「做實驗的。」林克替他補完。

諾斯點點頭。「萊這些日子經歷了很多折磨，她……改變了。我不曉得有什麼更貼切的說法。」他注視著林克。「這不是我做的，也不是我所樂見的，你必須明白這點。」

他為什麼跟我說這些？林克不解地想。**為什麼不閉嘴就好了？**

約翰的視線移到樓梯間。「有人來了。」

林克做好心理準備。聽了諾斯的話語，此刻他心中燃起了殺意。

片刻後，露西小跑步踏入隧道，身後跟著妮骷髏、佛珞依德與山普森。

「諾斯！」看見他的那一刻，佛珞依德衝到牢房前。「你還好嗎？」

小莉望向山普森後方。「那些女孩呢？」

「在離開這裡的路上了。」妮骷髏邊說邊看著山普森，露出驕傲的笑容。「是山普幫了她們一把。」

「你們是如何如此迅速地幫助她們脫困的？」小莉問道。

「我們遇到一個認識諾斯的老太太。」妮骷髏解釋道。「她說她之前幫諾斯混進來，名字好像是布拉維爾——？」

「布拉本太太。」諾斯糾正她。

「我猜她一直想幫那幾個女孩逃出去，可是她沒辦法打開牢門。」山普森聳肩說。「既然我們解決了牢門的問題，她就叫我們來這裡幫你們。」

「她算是老朋友了。」諾斯哀傷地說。「布拉本太太為我做了太多太多，這份人情我一輩子也還不完。」

至於妮骷髏、佛珞依德與山普森找到他們的方法就不用問了，林克帶著露西瞬移後牠立即跑走，顯然是為了替妮骷髏等人引路。

妮骷髏四下張望。「萊德莉呢？」

林克看著諾斯。「你告訴他們。」

「西拉給她注射了幻術師的法力，還有其他我不知道的藥物。」諾斯搖著頭看向林克。「她因為這些藥物的關係，發生了一些變化。」

「什麼變化？」林克等著小白臉回答問題，卻有人搶在諾斯之前出聲。

「雖然這樣說有老王賣瓜之嫌，不過在我看來都是些好的變化，你們就當作是美容吧。」

林克猛然旋身。

萊德莉朝眾人筆直走來。她似乎與先前迥然不同，卻也毫無改變——撩人的語調、算計的神情確實是她的風格，卻比以往更加顯著。萊德莉彷彿變得更……更萊德莉了。

只有一個明顯的差異。

她的眼睛。

林克凝望過無數次的燦金眼瞳——專屬黑暗巫師的燦金眼瞳——如今卻變為鮮豔的紫色。

不重要，萊就是萊，只要她沒事就好。

林克走向她，將她拉入懷抱。能這樣貼近她，實在太好了。

她還是一樣溫暖，充滿活力與愛——

然而當林克後退，再次審視她時，她卻顯得不一樣了。

她受了這麼多苦，現在還活著就已經是奇蹟了。

「我還以為妳死了，萊，現在看到妳，我真的高興到沒辦法形容。」他注意到萊德莉盯著他瞧的古怪眼神，彷彿內心感受到的並非喜悅，而是恐懼。他不顧萊德莉奇怪的表情，一如往常地用手臂勾住她頸項——萊德莉猛地一縮身，宛如被潑了一身沸水。

「那是什麼味道？」她摀著口鼻，身軀盡可能遠離林克。「你們拖了腐屍進來嗎？」

林克嗅嗅腋下。

說不定她在跟我開玩笑。

不過她抬手臂將林克推開的模樣，絕非戲弄他的模樣。

「不曉得。」林克說。「我們在紐奧良一間鬼屋裡遇到一堆孤魂，妳現在可以聞到死人的味道了嗎？好像有點酷。」

光是這麼想，林克便毛骨悚然，但他不希望害萊德莉難過。

小莉緩緩走上前，邊走邊觀察萊德莉，當她距離林克只剩一兩公尺時，萊德莉忽然一陣作嘔，跌跌撞撞地退離他們。

「妳聞起來比他還臭，拜託妳別再靠近了。」萊德莉用手臂撐著牆，不斷乾嘔。

小莉全身一僵。「我的天。」

「怎麼了？」林克知道自己缺少一份關鍵的信息。

小莉拉著林克的衣袖向後退，在他們與萊德莉之間製造空間。

「約翰。」小莉揮手示意他靠近。「能麻煩你和山普森過來一下嗎？」

山普森與約翰走過來，站在小莉與林克身邊。

「現在是什麼狀況？」約翰問道。

小莉朝萊德莉的方向一點頭。「你們繼續走。」

山普森與約翰交換了困惑的眼神，而後照著小莉的要求繼續前進。

已經緩過氣的萊德莉毫無反應，任由混種夢魔與暗黑之子靠近。「你們要逮捕我嗎？」她笑問。

「能解釋一下現在的情況嗎？」約翰回頭看著小莉。

「我在測試我的理論。」她靜靜地說。

「什麼樣的理論？」林克問她。「小莉，現在到底是怎樣？為什麼我們一靠近萊，她就會想吐？」

小莉別過頭。「我想，那是因為我們是凡人——至少，你擁有部分凡人體質。」

林克腸胃揪成一團，一瞬間險些吐出來。「不可能。」他搖頭說。「萊，她說錯了對不對？」

萊德莉依然站得遠遠的，若無其事地將挑染粉紅的金髮拋到肩後。「聽起來很有道理啊。」

她那個語氣……為什麼一副怎樣都無所謂的樣子？

「萊，那妳跟我怎麼辦？我們要怎麼解決這個問題？」林克用力吞了口口水，一顆心不斷下沉。

萊德莉一臉困擾地避開他的視線。「不怎麼辦。搖滾小子，我們在一起的時候很開心沒錯，可是現在已經不同了。」

「萊，我們可以想辦法的，說不定有解藥之類的啊。」林克乞求萊德莉回心轉意，連自己的形象也不顧了。

其他人紛紛別開視線，彷彿目睹車禍現場。

「頂克小子，你不懂，我不是過去的那個我了。」

「那妳是誰？」林克感到受傷又茫然，但他試圖理解。他不願讓自己一路走來的努力化為一場空。

萊德莉望向別處。「說實話，我又想吐了。我得呼吸新鮮空氣。」

林克搖頭說：「我不曉得西拉對妳做了什麼，可是妳心裡一定還是沒變，妳還是同樣的女孩。」

「你錯得離譜。」她說。「現在，就連我也不曉得自己是誰了。」她此生從未如此開誠布公。

林克一隻手撫過自己的刺蝟頭。「我知道妳是誰，妳總是喜歡刁難我，死也不肯讓我叫妳『寶貝』；妳最愛惡整我媽，可是妳對妳關心的人很好，永遠不會離棄他們。」

萊德莉聳聳肩。「你說的是什麼酷刑？說清楚我才好做心理準備嘛。」

她對林克微微一笑，但她的心已不在林克身上。不在了。

林克將手伸進口袋，掏出他小心留存至今的物品。

一根櫻桃棒棒糖。

他舉起棒棒糖。

「妳是最愛櫻桃棒棒糖的女孩。」他深深吸了一口氣。「也是最愛我的女孩。」

林克想到萊德莉多半無法忍受他的氣味，於是他將棒棒糖放在地上，退了開來。

萊德莉緩緩走上前，視線在林克與棒棒糖之間飄移，當包著紅白包裝紙的棒棒糖已在她腳邊時，她駐足不前。

她要撿起來了。

林克內心一暖。

萊德莉盯著他——隨後望向一言不發的諾斯。此刻，諾斯似乎想離這裡的一切越遠越好。

但時候已到。

「萊，告訴我一件事。妳愛我嗎？」林克問道。

萊德莉不發一語。

他嚥了口口水。

「妳愛我嗎？妳心裡真的有那麼一丁點笨笨的妳，愛著那麼一丁點笨笨的我嗎？」當初逃離紐約市之時，林克曾在高速公路上這麼問她。

在車禍發生之前。

萊德莉毫不避忌地直視林克雙眼，一隻穿著厚底鞋的腳踩碎了棒棒糖。「不知道，現在可能不愛了吧。」她向前靠得更近，壓低音量悄聲說：「頂克小子，現在的我已經一點也不甜了。」

「什麼？」林克不敢相信自己的耳朵。

「我也不想像以前一樣甜甜的。過去那個女孩已經消失了，死了。她被西拉・雷害死了。」

頃刻間，林克所知的世界內爆了。自從認識萊德莉・杜凱以來曾擁有的所有夢想——他曾在乎過的一切事物——全數消逝殆盡。

當約翰帶著其他人瞬移離開實驗機構，離開西拉、安潔麗克與紐奧良，林克感覺一部分的自己也靜靜死去了。

最甜的那一部分。

但是林克拒絕離開。

等到他做好心理準備，他才會瞬移出去，因為現在，他只能獨自坐在牢房裡，坐在適才心臟被萊德莉用言行擊碎的地方。

林克盯著鐵柵，盯著灰泥天花板，盯著架構脆弱的小床。

我能怪她嗎？誰曉得她在這地方受了什麼虐待？

這時，他的視線捕捉到某樣東西。

刻在床頭櫃的文字。

林克

她寫了我的名字。

林克這時發現，萊德莉並沒有遺忘他。

是別人將她從林克身邊偷走的。只要能奪回萊德莉，要林克做什麼他都願意。

因為萊德莉・杜凱是我的女孩。

沒有任何力量能使林克忘記她，他發誓總有一天萊德莉也會這樣永遠記得他。

這並非承諾。

而是「誓約咒」，比手上這枚戒指還強大的咒術。

當林克舉起手看著戒指時，發現在他與萊德莉重逢後，戒指首度亮起綠光。

她多半永遠不會知曉，不過——

這，就是他的誓約。

第三十章　諾斯
天堂與地獄

諾斯站在萊德莉面前，凝視她迷人的紫色雙眼——他一時說不出話。他們仍然站在牢籠外。

萊德莉方才拒絕跟隨林克離開，而且在諾斯看來，她顯然生理上無法接受林克的凡人血統。

這是他無法改變的血統。

永遠、永遠無法改變。

「怎麼了，寶貝？」她用手指勾住諾斯褲子的皮帶環。

「萊，西拉這次給了妳什麼新能力？」

提到新的法力，萊德莉便眼睛一亮。諾斯只覺一陣噁心……她的眼神與吸食燦陽的化學家很相近。

萊德莉磨蹭他的臉頰，湊到他耳邊說：「這是驚喜喔。」她擦過諾斯的唇，諾斯腦海中除了她之外，什麼都不剩。「你喜歡我的驚喜，對吧？」

「我愛妳的一切，萊。」

他道出萊德莉想聽的話語，內心卻痛苦不堪——因為這些都是實話。**即使到了現在，即使到了永遠……都會是實話**。

諾斯加深這一吻，沉浸於萊德莉的一切。

「抱歉，打擾了。」一道話音從後方傳來，害諾斯嚇得差點跳起來。

他迅速轉身。「布拉本太太？妳來這裡做什麼？」

「做正確的事。」她答道。「我早在多年前就該為你母親做的事。」

「諾斯，這位太太是誰？」萊德莉問。

「她是西拉的傭人，更早之前是亞伯的傭人——我從小就認識她了。」

萊德莉僅僅一點頭。

「我們沒時間自我介紹了。」布拉本太太說。「我得快點帶你們兩個出去。西拉現在帶著他之前做人體實驗的巫師，準備前往他的洛杉磯實驗機構。」她搖了搖頭。「他說他有辦法讓那個女孩永生不死。」

聽見關鍵字，萊德莉猛然抬頭。「妳確定他是這麼說的？」

布拉本太太皺起眉頭。「我雖然年紀大了，不過耳朵還是很好使。」

萊德莉雙眼一亮。諾斯的心直往下墜。

永生不死？

她看似怦然心動。

諾斯用力握住她的手。「萊，別這樣，妳說過在那……那些事情結束後，我們就可以離開這裡的。」

萊德莉蜻蜓點水地吻了他一下，一條毒蛇纏繞她的頸項。「我要離開了。」

「到處都是西拉的守衛，我們該如何出去？」諾斯問年邁的巫師。

「不用經過他們。」老廚師領著諾斯與萊德莉走下廊道。「我會帶你們走一條隧道，你們沿著隧道走就會回到主屋，再從你溜進來的入口原路出去，就到英里隧道了。」

「謝謝妳。」諾斯說。

「這是我欠你，還有欠你母親的。」

「這裡有通往主屋的隧道？」萊德莉問道。「妳確定？」

「我當然確定了，妳以為是誰負責煮西拉那些研究人員的餐點？」

布拉本太太果真帶他們來到她的祕密隧道，當他們到達主屋內部的化外之門時，她匆匆給諾斯一個擁抱。「你得負責讓那個女孩恢復原樣，懂嗎？」她悄聲說。

諾斯點點頭。

這是我唯一的目標。

這是唯一要緊的任務。

即使到最後她選擇離開我，我也必須完成的任務。

萊德莉與諾斯馬不停蹄地前進，直到他們安全逃離西拉的宅院，來到巫界隧道。諾斯首次看見一絲希望。

他緊緊抱住萊德莉。「妳想去哪裡呢？」

她若有所思地歪頭說：「洛杉磯如何？」

諾斯感覺小腹被人猛揍了一拳。

洛杉磯。

西拉大型實驗機構的所在地。她想得到更多法力。

「布拉本太太說的話妳也聽見了，西拉正要去洛杉磯，我們應該盡可能遠離他才對。」

萊德莉翻了個白眼。「拜——託，洛杉磯是一座超大的城市，而且音樂在那裡很盛行——你可以再開一間俱樂部，那種沒有地址，一定要由內部人士引介才拿得到邀請的俱樂部。」

「萊，我不想去洛杉磯，別的地方隨妳選，就是別選洛杉磯。」他必須站穩陣腳、堅持己見，然而諾斯卻覺得自己在流沙中不斷下沉。

萊德莉靠近他，豔紫雙瞳在諾斯眼中搜索著。「我想和你在一起，諾斯，你難道不懂嗎？這就是我們在一起的機會啊。」她臉色一沉。「我就是要去洛杉磯，你到底要不要和我一起去？」

諾斯想起自己的母親——若她知道諾斯做了這麼多愚蠢的選擇，想必會十分失望。他也想起他自己犯下的罪孽。

假若前去洛杉磯，我還會犯下多少不可饒恕的罪惡呢？況且這麼一來，還很有可能和西拉．雷與萊德莉的阿姨——精神異常的黑魔師阿姨——糾纏不清。

萊德莉願意給他愛，但包裹著這份愛的，卻是諾斯完全無法理解的毒癮。儘管如此，諾斯此生首次得到了從頭來過的機會，得以從原本的生活圈消失，然後做正確的事情——成為更好的人。

一個讓自己引以為傲的人。

唯一的問題就是，犯毒癮的不只萊德莉一人——少了萊德莉，對諾斯而言就如同少了氧氣，他活不下去。

於是他做出改變一切的抉擇，拋開了成為更好的人這種念頭，決意成為萊德莉・杜凱所愛的男人——和她私奔去洛杉磯的男人。能毫不猶豫地將女妖與她天真男友引誘到紐約，認為罪惡感只存在弱者心中的男人。

去往何處，有差嗎？只要能和她在一起就好了。

諾斯拉起萊德莉的手，與她十指交扣。「我們何時動身？」

她粲然一笑，踮起腳尖吻他。

諾斯感覺到一條蛇纏繞著兩人手腕。

將他們束縛在一起。

之後
萊德莉

我說啊。

一個女孩在某些特定的時候會憎恨自己。

你懂的。

當她挑逗一個自己並不喜歡的男孩時。

當她為了她愛的男孩裝傻、裝純潔，拚命迎合對方時。

當她必須對男友坦白列出自己曾經吻過、愛過的所有男孩時。

當她望見男友眼中的痛苦——知道他以為自己是她的唯一，是從過去到現在她唯一愛過的男孩時。

雖然這些都無聊到不行，但這就是人生。

所以我有一句話想告訴你，你給我聽好了：

我不是那個女孩。

就這點，我應該說得夠清楚了吧？

我會一而再再而三地讓你失望。

不僅是你，這世上所有人都會對我失望透頂。
我就是這種女孩。
是人人私下聊八卦的話題。
是各種流言蜚語的主角。
是各種麻煩窘境的代言人。
我沒意見。
不過我還想告訴你一件事——我不知道你有沒有在聽，也不曉得你在不在乎——但從前從前，有著一個叫衛斯理·林肯的男孩。
我曾全心全意愛過他，或許這份愛曾觸動我的靈魂。我在腦海中編織了各種想像——家園、孩子與我沒資格想像的未來。
他曾給過我一枚戒指，我一直假裝它帶有更深的意涵。
但是，那是不屬於我的人生。
我現在懂了。
我不是那個女孩。
我配不上他，永遠配不上他。
我配擁有的東西不少——摧毀男人與男孩的魅力——世界的災厄——也許還有新萬靈法則的終結。某位黑暗巫師的心。
縱使如此，我還是想告訴你一個小祕密：我也失去了某些事物。
我也曾想得到某些事物。
雖然明知自己永遠無法得到它。

從前從前有著一個男孩，一個平凡的男孩，他占據了我的心。
現在，我已不再有心。
這，就是我的故事。
希望你走到最後能抵達不同的結局……雖然不太可能就是了。

作者鳴謝

經過《危險魔物》團隊不懈的努力，林克與萊德莉的故事得以在《危險詭計》延續下去，少了這個極具天分、無比專注的團隊，各位今天就不會有機會看到此書了。

我們的經紀人：卡蜜的茱蒂・理摩（以及作家之屋出版經紀的所有人）與瑪格的莎拉・伯恩（以及哲內出版經紀的所有人），謝謝你們打從《危險魔物》構想成形的瞬間就一直支持我們。

我們的編輯：卡蜜的艾林・史丹、凱特・蘇莉文與瑪格的潘・古柏，還有前編輯茱莉・契納，你們都是聰明絕頂的危險魔物，我們相信你們四位都擁有巫師法力。

小布朗出版青少年圖書部門的出版組、銷售組、編輯組、營銷組、廣告組、學校與圖書館、電子與美術編輯及校對組，謝謝你們為了世界各地的巫師奔波忙碌。萊德莉與林克非常感謝各位。

麥卡廷丹尼爾公關團隊的沙莉安・麥卡廷與賈琪・丹尼爾，謝謝妳們為《危險魔物》的世界帶來更多能量、更多創意，也謝謝妳們加入我們的大家庭。

我們的幕後團隊與助手：艾琳・格拉斯、克蘿伊・帕卡、妮可・羅伯森、維多利亞・西爾、澤妲・溫格德、艾瑪・彼得森與瑞秋・林迪，謝謝妳們包下從打字、查資料到確保我們集中精神（並遠離網路），甚至到為我們加油打氣的一切工作。也感謝我們的拉丁文譯者梅・彼得森，確保每一條咒語都符合它應有的含意。

各位讀者、作者、老師、圖書館員、書商、記者與社交網站朋友，謝謝你們從最初就一直與我們同在，我們真的非常感動。

最終，使我們生命中一切得以實現的，是我們家人的愛與鼓勵，我們對你們的愛永遠都說不盡。

亞歷克斯、尼克與史黛拉，路易斯、愛瑪、梅與凱特，我們會把最棒的歌曲留給你們。

XO，
卡蜜&瑪格

國家圖書館出版品預行編目資料

危險詭計：危險魔物. 2 / 卡蜜．嘉西亞（Kami Garcia），瑪格麗特．史托爾（Margaret Stohl）作. 朱崇旻譯. -- 1版. -- 臺北市：城邦文化事業股份有限公司尖端出版：英屬蓋曼群島商家庭傳媒股份有限公司城邦分公司發行，2022. 03
面；　公分
譯自：Dangerous deception
ISBN 978-626-316-549-6（平裝）

874.59　　　111000285

奇炫館
危險詭計（危險魔物2）
（原名：Dangerous Deception）

著　者／卡蜜．嘉西亞&瑪格麗特．史托爾（Kami Garcia & Margaret Stohl）
榮譽發行人／黃鎮隆
執行長／陳君平
協　理／洪琇菁
總編輯／呂尚燁
譯　者／朱崇旻
美術總監／沙雲佩
美術編輯／李政儀
執行編輯／許晶翎
企劃宣傳／楊玉如、施語宸、洪國瑋
國際版權／黃令歡、梁名儀
文字校對／施亞蒨
內文排版／謝青秀

出　版／城邦文化事業股份有限公司 尖端出版
台北市中山區民生東路二段一四一號十樓
電話：（〇二）二五〇〇—七六〇〇
傳真：（〇二）二五〇〇—二六八三
E-mail：7novels@mail2.spp.com.tw

發　行／英屬蓋曼群島商家庭傳媒股份有限公司城邦分公司 尖端出版
台北市中山區民生東路二段一四一號十樓
電話：（〇二）二五〇〇—七六〇〇（代表號）
傳真：（〇二）二五〇〇—一九七九

中彰投以北經銷／楨彥有限公司（含宜花東）
電話：（〇二）八九一九—三三六九
傳真：（〇二）八九一四—五五二四

雲嘉經銷／威信圖書有限公司 嘉義公司
電話：（〇五）二三三—三八五二
傳真：（〇五）二三三—三八六三
客服專線：〇八〇〇—〇二八—〇二八

南部經銷／威信圖書有限公司 高雄公司
電話：（〇七）三七三—〇〇七九
傳真：（〇七）三七三—〇〇八七

香港經銷／城邦（香港）出版集團有限公司
香港灣仔駱克道一九三號東超商業中心1樓
電話：（八五二）二五〇八—六二三一
傳真：（八五二）二五七八—九三三七
E-mail：hkcite@biznetvigator.com

新馬經銷／城邦（馬新）出版集團 Cite（M）Sdn. Bhd.
E-mail：cite@cite.com.my

法律顧問／王子文律師　元禾法律事務所
台北市羅斯福路三段三十七號十五樓

二〇二二年三月一版一刷

■中文版■

郵購注意事項：
1.填妥劃撥單資料：帳號：50003021戶名：英屬蓋曼群島商家庭傳媒(股)公司城邦分公司。2.通信欄內註明訂購書名與冊數。3.劃撥金額低於500元，請加附掛號郵資50元。如劃撥日起 10～14日，仍未收到書時，請洽劃撥組。劃撥專線TEL：(03)312-4212 ・ FAX：(03)322-4621。E-mail：marketing@spp.com.tw